Dhonielle Clayton
Tiffany D. Jackson
Nic Stone
Angie Thomas
Ashley Woodfolk
Nicola Yoon

W0209062

BLACKOUT à New York

TRADUIT DE L'ANGLAIS (ÉTATS-UNIS)
PAR NATHALIE BRU ET LUCIE CALMANOVIC-PLESCOFF

NATHAN

Les éditions Nathan remercient Kanelle Valton pour sa contribution à l'édition de l'ouvrage.

Citation p. 177 : *Lettres à Fanny Brawne*, John Keats, traduction de M.L. des Garets, Gallimard, 1912
Citation p. 191 : *Les Œufs verts au jambon*, Dr. Seuss, traduction d'Anne-Laure Fournier Le Ray, Ulysses Press, Berkeley, 2009.

L'édition originale de ce livre a été publiée pour la première fois en anglais aux États-Unis par Quill Tree Books, une maison de HarperCollins Publishers, 195 Broadway, New York, NY 10007, sous le titre *Blackout*.

Texte :
Blackout à New York © 2021 Dhonielle Clayton
Une longue traversée © 2021 Tiffany D. Jackson
Bas les masques © 2021 Nic Stone
Faites l'une pour l'autre © 2021 Ashley Woodfolk
Toutes les grandes histoires d'amour… et des poussières © 2021 Dhonielle Clayton
Tenir jusqu'à Brooklyn © 2021 Angie Thomas
Seymour et Grace © 2021 Nicola Yoon
Tous droits réservés, y compris pour la reproduction de tout ou partie de l'ouvrage sous quelque forme que ce soit.
Couverture : Erin Fitzsimmons

Traduction française © 2022 Éditions Nathan, SEJER,
92, avenue de France, 75013 Paris, France
Loi n° 49-956 du 16 juillet 1949 sur les publications destinées à la jeunesse, modifiée par la loi n° 2011-525 du 17 mai 2011

ISBN : 978-2-09-249602-2 – Dépôt légal : juin 2022

À tous les jeunes Noirs du monde :
vos joies, vos histoires, votre amour
et vos vies comptent.
Vous êtes une lueur d'espoir
dans l'obscurité.

Une longue traversée

ACTE 1

Tiffany D. Jackson

Harlem, 17 h 12

C'est un jour à faire une insolation. Le genre de journée où tout va mal. Les gens deviennent dingues, excités par la chaleur dans une ville pleine à craquer. Les jours comme ça, plutôt mourir que mettre le nez dehors. En temps normal, je serais recroquevillée devant la clim dans ma chambre, à regarder des films en streaming avec un thé glacé et un sandwich à la dinde. Alors, quand les portes du métro s'ouvrent sur le quai et que je me prends une bouffée d'air brûlant et moite en pleine face, je suis plus tellement sûre de le vouloir, ce nouveau job.

Une fois sortie de la station, je suis surprise de voir autant de gens dans la rue. L'enseigne de l'Apollo Theater brille sous un soleil de plomb. Si c'était mon film, j'aurais arrêté le tournage, ou alors on aurait fait ça de nuit. La semelle de mes baskets fond contre le bitume alors que je descends la 125ᵉ Rue en courant, en retard de dix bonnes minutes à cause du métro. Les transports en commun se fichent d'arriver à l'heure, même pendant une canicule. Et maintenant, je vais être en retard. Enfin, je serai à l'heure mais ça revient au même ! Papa dit toujours : « Être en avance, c'est être à l'heure ; être à l'heure, c'est être en retard. » C'est pour ça que je ne traînais jamais dans les couloirs entre les cours, que j'étais toujours la première à ma place plusieurs minutes avant la deuxième sonnerie. C'est pour ça que les profs m'aimaient bien, je crois. Ça prouvait que je les respectais. Même M. Bishop, alors que personne ne détestait le sport autant que moi.

Le temps que je prenne l'ascenseur jusqu'au quatrième, ma robe est trempée. Je n'ai jamais autant transpiré de toute ma vie. Mais faut que je dépose mes papiers avant la formation de lundi.

Oui, la formation d'intégration avec la RH. Pour un vrai job. La meuf s'apprête à devenir la nouvelle assistante stagiaire au siège principal de l'Apollo. C'est mon conseiller d'orientation qui m'a refilé le bail. Pour travailler dans le théâtre noir le plus célèbre de New York, connu pour avoir lancé des superstars comme Michael Jackson, Mariah Carey et Stevie Wonder. Je serai pote avec les plus grandes célébrités. Un bon entraînement pour quand je deviendrai une réalisatrice de première classe.

Le salaire : trois mille dollars pour six semaines.

OK, c'est à Harlem, à pas moins d'une heure et un changement de métro de Brooklyn. Mais ça mettra un peu de distance pour l'été entre mon quartier de Bedford-Stuyvesant et moi.

Je n'ai plus envie d'être là-bas. Plus depuis… que c'est arrivé. Plus depuis que « nous » s'est transformé en « elle et lui », puis en « moi toute seule ».

Le mail d'embauche disait d'arriver à 17 h 15, et vu que ce serait la première fois que mes collègues me verraient, j'ai mis ma robe babydoll jaune et bleue, achetée avec l'argent de ma remise de diplôme. Sans déc', je vais complètement refaire ma garde-robe avant la fac, pour aller avec ma nouvelle vie, maintenant que je laisse l'ancienne derrière moi. Je devrais peut-être même commencer à me présenter comme Tam plutôt que Tammi. Qui saurait la vérité ? C'est pas comme si on était plusieurs à aller à Clark Atlanta. Là-bas, je serai… seule.

C'était pas censé se passer comme ça, je me dis en avançant vers la réception. « Nous » avions un plan différent. On s'était fait des promesses. Mais il n'y a plus de *nous*, et maintenant je dois vivre ma vie, sans lui.

– Salut, chérie, dit une femme noire et âgée dans un grand sourire, de la sueur gouttant de son front. Que puis-je faire pour toi ?

Je redresse les épaules et chasse mes pensées.

– Bonjour, je m'appelle Tam Wright. Je suis la nouvelle stagiaire, je viens déposer les papiers.

– Ah, très bien ! Je vais voir si Maureen est là pour les signer. Oh là là, ça va, pas trop froid ?

Il fait une chaleur d'enfer dans la pièce sans fenêtre. Je jette un coup d'œil aux hommes et aux femmes à leur bureau, dans leurs vêtements trempés.

– Euh… non.

Elle se retourne pour attraper un dossier sur son bureau.

– Tu m'étonnes, j'ai entendu que c'était monté à trente-huit degrés vers midi et que ce n'est pas retombé depuis.

J'enroule mes tresses en un chignon haut et je m'évente le visage.

– Il fait toujours aussi chaud ici ?

J'essaie de ne pas paniquer, mais je pense déjà au peu de robes et de shorts que je possède pour survivre à l'été dans ces conditions. Il faut que mon look soit parfait. Tout doit être parfait.

Elle me lance un sourire compatissant.

– Désolée ma puce, l'ordinateur a fait des siennes toute la journée. Je crois que…

– Oooooh ! Merde. Désolé du retard !

La voix derrière moi me fait sursauter. Elle me glace le sang, même dans un four pareil. Je ferme les yeux et me mets à prier.

Faites que ce soit pas lui. S'il vous plaît, mon Dieu. Tout sauf lui.

– Salut, chéri. Que puis-je faire pour toi ? demande la femme.

Il a le pas d'un tueur. Il a toujours porté des baskets trop grandes pour lui, ou alors il refusait de les lacer, et ses semelles claquaient le sol comme pour lui faire un check à chaque pas.

– Eh ! Ça va ? Je m'appelle Kareem…

Il a la voix qui traîne, jusqu'à ce qu'il s'écrie :

– Tammi ?

Bordel.

J'ouvre enfin les yeux, pivote et me retrouve face à lui. Cette peau foncée. Ces yeux magnifiques. C'est pas comme si on s'était pas revus depuis. On est voisins, et on était tous les deux au lycée Stacey Abrams, dans l'Upper West Side. Mais là, c'est la première fois que je le vois d'aussi près depuis quatre mois – assez près pour le sentir. Si seulement il ne sentait pas aussi bon !

– Qu'est-ce que tu fais là ? je lui demande.

Ça sonne super agressif, mais j'ai mes raisons.

Il lève les yeux au ciel et se tourne vers la réceptionniste, comme si j'étais un fantôme.

– Désolé pour ça. Je viens déposer les papiers pour le stage.

Le stage ? Non, non, non… On ne peut pas travailler au même endroit. Impossible !

– Attendez, vous êtes tous les deux là pour le stage ?

– Non ! on répond à l'unisson, et on s'échange un regard noir.

– Enfin, oui ! à l'unisson, encore.

Mortifiée, je fais un pas pour m'écarter de lui et me racle la gorge.

– Ce que je veux dire, c'est que moi, je suis là pour le stage. Lui, je sais pas ce qu'il fait ici.

Il sourit.

– On dirait qu'on est là pour la même chose.

La femme prend un air gêné, puis elle ouvre rapidement le dossier qu'elle a entre les mains et en parcourt les pages. Elle retourne à son écran d'ordinateur, et pendant qu'elle lit quelque chose avec attention, j'essaie de le guetter du coin de l'œil. Il porte son jean préféré (même par cette chaleur), un polo noir et une paire de Jordan neuve. Qu'elle a sûrement choisie pour lui. Ses Converse rouges pourries et sa collection de t-shirts de super-héros me manquent un peu.

Arrête, Tammi ! Y'a rien du tout qui te manque chez ce débile !

– Euh, un instant, dit la réceptionniste, la voix tremblante. Asseyez-vous, s'il vous plaît. Je reviens avec Maureen.

Kareem et moi échangeons un regard méfiant pendant qu'on se dirige lentement vers la salle d'attente. J'espère que Maureen ne mettra pas trop de temps à venir me chercher… Et qu'elle le laissera poireauter ici.

Je m'assieds d'un côté de la porte d'entrée et Kareem de l'autre, l'air agité.

Fais bonne figure, Tammi.

Je me regarde vite fait sur mon tel, pour m'assurer que toute cette chaleur n'a pas fait fondre le gel qui tient mes petites mèches en place. Je ne veux pas de lui, non, mais je ne veux pas qu'il me voie mal coiffée non plus.

– Waouh, marmonne Kareem en levant les yeux et je suis son regard.

– Waouh.

Les murs de la salle d'attente sont tapissés d'affiches de concerts de l'Apollo. James Brown, Ray Charles, Ella Fitzgerald, Billie Holiday – mes grands-parents ont grandi en les écoutant. Je n'avais rien remarqué avant, et d'un coup, ça me frappe – ces couloirs ont accueilli des légendes. La puissance de l'idée me fait presque oublier le crétin de l'autre côté de la pièce. Est-ce que ça me fera le même effet, quand je serai dans des studios de télé ou de cinéma ?

Kareem s'agite toujours, fouillant dans toutes ses poches. Il fait ça quand il est perturbé ou en retard, c'est-à-dire à peu près tout le temps. Il ne serait *jamais* arrivé à l'heure au lycée si *je* n'avais pas programmé plusieurs réveils sur son portable. Je me demande s'il les a toujours…

Kareem se frappe le front, jure tout bas. Il a dû oublier quelque chose…

Stop ! Arrête de penser à lui. Lui ne pense pas à toi.

Et puis qu'est-ce qu'il fait ici ? C'est M. Taylor, notre conseiller d'orientation, qui m'a parlé de cette offre de stage, mais il a précisé qu'il n'y avait qu'une seule place, pour un élève qui voudrait étudier les médias et le divertissement. Kareem a dit qu'il voulait faire des études de compta (quel ennui !) pour apprendre à « compter sa moula ». Ah, mais c'est ça ! L'argent. Il veut les trois mille dollars.

Bon, tant pis pour lui, ici, c'est moi la meilleure. J'ai même envoyé mon film avec ma candidature (entièrement tourné et monté sur mon portable). Cette place est à moi ! En plus… J'en ai besoin. C'est un pas de plus vers l'empreinte de mes mains dans une étoile sur le Hollywood Walk of Fame. Papa et maman ne sont pas encore totalement convaincus par mon plan. Kareem, lui, l'était. Et maintenant, il doit bien s'en moquer. Non, je ne le laisserai pas me voler ça. Il ferait tout aussi bien de décamper et d'attraper la ligne A direction Brooklyn.

Je dégaine mon portable, histoire de me concentrer sur autre chose et d'arrêter de le regarder en douce. Il n'a pas tellement changé. Toujours aussi grand, tout en jambes et en bras désarticulés, avec ses beaux yeux et ses lèvres charnues. Sa peau a l'air un peu plus foncée. Peut-être qu'il est allé à la plage… avec elle. Rien que d'y penser, ça me rend malade. Je les imagine en train de marcher à Far Rockaway, elle dans un mini bikini, lui torse nu…

– Eh, t'as pas un chargeur ?

Je mets un moment à comprendre que c'est à moi qu'il parle.

– Quoi ?

– Un char-geur, répète-t-il bien lentement, comme si je ne parlais pas la même langue. J'ai oublié de charger mon portable et il me reste genre, cinq pour cent.

J'en crois pas mes oreilles.

– C'est… C'est tout ce que t'as à me dire ?

– Hein ? me répond-il, l'air surpris.

Comme d'habitude, il est à côté de la plaque.

– En quatre mois, tu m'as pas adressé plus de deux mots, et là, les premiers qui te viennent, c'est pour me piquer un truc ?

D'abord, il reste sans voix. Puis il plisse les yeux, s'enfonce dans son fauteuil et tchipe.

– Laisse tomber, rétorque-t-il en croisant les bras. Je sais même pas pourquoi j'ai essayé. Tu penses qu'à toi.

– T'insinues quoi, là ?

– Rien, marmonne-t-il.

Je jette un coup d'œil à la réceptionniste, de retour à son bureau. Elle détourne le regard et fait semblant de ne pas écouter.

Son portable ne serait pas tout le temps mort s'il ne l'utilisait pas comme enceinte de DJ. Même si j'avais un chargeur, je ne lui aurais pas prêté. Même si c'était le dernier gars sur Terre. Rancunière à mort.

Il tchipe de nouveau, s'enfonçant encore plus dans son fauteuil.

– Vas-y, on dirait que je t'ai demandé vingt balles. Crevarde.

– Yo, t'as fini ? Ou tu vas continuer à marmonner encore longtemps avec ton haleine qui pue ?

Kareem plisse encore les yeux, prêt à tuer.

– Bonjour tout le monde !

On saute tous les deux de nos fauteuils au son de la voix mélodieuse d'une femme qui contourne le bureau de la réception et s'avance droit vers nous.

– Bonjour ! Je suis Maureen. Tu dois être Tammi Wright. Et toi, Kareem Murphy ?

– Oui, on lui répond encore ensemble, et je me déteste parce que j'adore nous entendre à l'unisson.

Sors ça de ta tête, meuf ! Y'a plus de « nous ». « Nous » c'est mort, fini. Pour toujours.

Elle nous serre la main à tous les deux, puis soupire.

– J'aurais préféré que l'on se rencontre dans de meilleures conditions…

– C'est-à-dire ? demande-t-on en même temps, et je retiens un grognement.

– C'est un peu embarrassant. Il y a eu une petite erreur, il semblerait qu'une confirmation d'embauche vous ait été envoyée à tous les deux. Malheureusement, nous n'avons le budget que pour un seul stagiaire.

J'ai le ventre qui se noue, les mâchoires qui se crispent.

Kareem croise les bras, le visage fermé.

– Et donc ?

Elle déglutit ostensiblement.

– Seulement l'un d'entre vous a été accepté.

Le regard de Kareem croise le mien puis, *clic*, la pièce bascule dans le noir.

D'un coup.

Un instant, j'ai les yeux plongés dans les superbes yeux bruns qui m'avaient tellement manqué, et le suivant… plus rien. Pas de fondu au noir, de fondu enchaîné en douceur, ni de « coupez », « scène suivante ». Fin du film, point barre.

Perdue, je me mets à tituber, quand des voix s'élèvent de l'ombre.

– C'est quoi ce bazar ?

– Qu'est-ce qui se passe ?

– Que tout le monde garde son calme !

Dans la panique qui monte, on entend des bruits de pas et de chaises qui grincent. Peut-être que quelqu'un a touché un interrupteur sans le vouloir, mais ils l'auraient rallumé depuis. Quelque chose cloche. Où est Kareem ?

– Eh, il se passe quoi ? je crie, agitant les mains devant moi, mes yeux essayant de s'habituer à l'obscurité.

Quelqu'un me rentre dedans et je hurle.

– Tammi ?

Sa voix paraît lointaine, au milieu du chaos.

– Kareem, j'ai envie de crier, mais son nom reste coincé dans ma gorge.

Les lampes torches des portables s'allument, comme des spots éparpillés. Puis un nouveau *clic*. De la lumière, mais pas aussi puissante qu'avant. Les éclairages de secours, une lampe tous les trois mètres à peu près, qui laissent une grande partie du bureau encore dans l'obscurité. De l'autre côté de la salle d'attente, Kareem se retourne, fixe son regard sur moi, et je ne suis pas complètement sûre, mais je pourrais jurer qu'il a l'air presque soulagé. Les portes des bureaux s'ouvrent ; la lumière du jour filtre faiblement à travers quelques fenêtres étroites qui donnent sur un bâtiment en brique.

Après cinq minutes de bousculade, Maureen crie :

– Allez tout le monde ! On évacue !

– Tu es sûre ? demande la réceptionniste.

– C'est un vieux bâtiment. On ne sait pas combien de temps le générateur va tenir. Tout le monde dehors ! Allumez les lampes de vos téléphones et prenez les escaliers.

Kareem et moi ne disons rien le temps de suivre la foule et de passer la porte, traverser le hall d'entrée jusqu'à un panneau sortie rouge et brillant.

Il y a du monde dans les escaliers, tout le théâtre emprunte le même chemin. Mon cœur tambourine dans ma poitrine.

Peut-être que c'est un genre d'exercice incendie, ou que quelqu'un a fait brûler son déjeuner.

Dehors, les rues sont pleines de gens qui se déversent des immeubles. Ils inondent les trottoirs, tous sur leur téléphone dans une confusion collective. Dans le mélange de chaleur, d'humidité, de voix en panique et de soleil éblouissant, je retiens mon souffle. Il se passe un truc.

– Vous savez quelque chose ? je demande à un homme au coin de la rue, près de la station de métro. Est-ce qu'on est… en train de se faire attaquer ou… ?

Rien que de poser la question, ça me donne envie de vomir.

– Un genre de coupure de courant, me répond l'homme en faisant défiler les infos sur son portable. Dans toute la ville.

– Quoi ? Toute la ville ? s'exclame Kareem. (Je n'avais même pas remarqué qu'il était encore derrière moi.)

J'attrape mon portable pour appeler ma mère. Elle répond à la deuxième sonnerie.

– Ça va ? me questionne-t-elle.

J'entends mon grand frère et ma sœur se disputer dans le fond.

– Oui, ça va. Il n'y a plus de courant ici.

– Je sais, ici non plus. Où es-tu ?

– Devant l'Apollo… avec Kareem.

Un hoquet de surprise.

– Il est… avec toi ?

– Oui… Je, euh, je t'expliquerai plus tard.

– Wow. D'accord. Reviens dès que tu peux.

– OK. À tout à l'heure.

– Sois prudente, Tammi.

J'envoie un message à mon père pour lui dire que je vais bien. Son bus de tourisme est sûrement coincé quelque part dans les embouteillages. Et je n'ai aucune idée de l'endroit où se trouve Tremaine, mon petit frère. Il doit être fourré quelque part en train de prendre des photos. Enfin, c'est un grand garçon. De plus en plus de gens s'entassent dans la rue. Ma famille est en sécurité, mais moi ? Personne n'a l'air de comprendre ce qui se passe, pourquoi l'électricité est coupée. La ville pourrait être en train de se faire attaquer, personne ne serait au courant !

– Eh, dit Kareem. (J'avais presque oublié qu'il était à côté de moi.) Euh… Je peux avoir ton tel ?

– Pourquoi ? je lui réponds sèchement.

– Le mien est presque mort et je dois appeler ma mère.

Je lui fiche mon portable dans la main.

– Tiens.

Il secoue la tête et tape un numéro. C'était même pas la peine. Je l'ai toujours dans mes contacts.

– Nan, m'man. C'est moi. Ouais. Oui, c'est une longue histoire. Bref, plus de courant à la maison ? Vraiment ? Bordel, ici aussi. OK, j'arrive. Ouais, je sais, je vais essayer, OK ? À tout. (Il raccroche et me rend le téléphone.) Merci de ta générosité.

Je voudrais chasser le sarcasme sur ses lèvres d'une bonne claque, mais j'aperçois Maureen.

– Ah, par ici ! Maureen !

On se fraie un chemin à travers la foule pour la rejoindre au bord du trottoir.

– Désolée, ce n'est pas le bon moment ; j'essaie de nous compter, dit-elle sans même nous regarder. Vous devriez rentrer chez vous. On ne sait pas combien de temps ça va durer. Revenez lundi, d'accord ?

– Mais vous ne nous avez pas dit qui a été pris. Qui doit revenir ?

– Ce n'est vraiment pas le bon moment, me répond-elle, nerveuse. Je suis désolée, mais, là, tout de suite, je dois m'assurer que tout le monde est ici. C'est la procédure. Une fois que l'électricité sera revenue, je vous tiendrai au courant, d'accord ? Soyez prudents !

Elle se détourne rapidement avant que j'aie le temps de l'arrêter.

– J'y crois pas, je m'écrie, dépitée. On va devoir attendre tout le week-end ?

– Je crois qu'il y a des choses plus importantes, là, dit Kareem en tendant la main vers moi. Fais voir ton tel encore.

– Pour quoi, maintenant ?

– Yo, on est en plein milieu d'une urgence et toi, tu fais ta relou ?

– OK ! C'est bon. Juste, vide pas la batterie.

Il cherche un numéro sur son portable avant de le taper sur le mien.

– Eh, yo, Twig, ça va, frère ? Nan, je suis sur le… le tel d'une pote. Le mien est complètement mort.

Twig, c'est l'un de nos voisins. Grand, mince et dégingandé comme un arbrisseau. Pourquoi est-ce qu'il l'appelle, lui ? Qu'est-ce qui peut être assez important pour gâcher de la batterie ?

– Ouais, le courant est coupé dans toute la ville, putain. C'est ouf ! Mais y'a quoi pour ce soir ? Ouais ? Vraiment ? OK, t'inquiète. À tout. (Il me rend mon portable et sort son portefeuille.) T'as combien sur toi ?

– Pourquoi ?

Il souffle et montre du doigt la station de métro devant nous.

– Bah pas d'électricité, pas de métro. Faut prendre un taxi.

Il a raison. Les métros seront à l'arrêt, et je veux surtout pas me retrouver coincée dans un tunnel dans le noir.

Il compte sa monnaie.

– J'ai vingt. Toi ?

J'ai que cinq dollars.

– Ça va pas suffire pour rentrer. Avec les feux en panne, ce sera un coup de chance si on arrive à faire dix pâtés de maisons.

– Euh, il y a une banque de l'autre côté de la rue. Je peux retirer de l'argent.

– Plus de courant, plus de distributeur.

– Merde, je marmonne. Qu'est-ce qu'on fait ?

Je ne sais pas pourquoi je lui ai demandé ça. Peut-être parce que je ne connais personne d'autre aux alentours et que j'essaie de rester calme malgré l'angoisse qui grandit dans ma poitrine.

Il lève les yeux vers les panneaux de la rue et prend une grande inspiration.

– OK. C'est parti.

Il se met en marche et je le suis.

– On va où ?

– À la maison. Tu veux aller où ?

– Mais, comment ?

– À pied. (Il hausse les épaules.)

– À pied ! D'ici ?

– T'as une meilleure idée ?

– C'est, genre, méga loin ! Ça va te prendre des jours.

Il fronce les sourcils.

– Arrête tes histoires. On n'est pas dans le Bronx non plus.

Je regarde les panneaux. Il veut marcher de la 125e Rue jusqu'à Brooklyn ? On serait dans le Bronx, ce serait la même.

– Eh bah, à plus alors ! je lui lance en faisant au revoir de la main.

– Quoi ? Tu viens avec moi.

– Pfff ! Dans tes rêves !

– Écoute, on sait pas combien de temps ça va durer, mais je vais pas attendre pour voir. Il est déjà 5 heures et demie. Je veux pas me faire choper ici après la tombée de la nuit. T'as pas d'argent, les prix des applis de chauffeurs font que monter, et j'ai pas de tel. Alors il va falloir qu'on reste ensemble jusqu'à la maison. Et là, tu pourras recommencer à me détester ou j'sais pas quoi.

Eh, j'ai jamais dit que je le détestais ! Enfin, pas à voix haute.

Je jette un œil aux alentours, fais la liste de mes options. Peut-être que l'électricité ne sera pas coupée si longtemps que ça. Peut-être que ce sera juste quelques minutes de plus, deux heures maximum. Mais s'il avait raison ? Si ça prenait la nuit à réparer et qu'on était coincés ici ?

– On va prendre le boulevard Frederick-Douglass jusqu'à Central Park Ouest, dit-il.

Des employés du métro barrent l'entrée de la station. Je me demande combien de personnes sont coincées là-dessous, dans le noir… avec les rats ? Rien que d'y penser, j'en ai les mains qui tremblent. Mais il y a pire… Une chose en particulier, à laquelle j'essaie désespérément de ne pas penser.

– Tu viens ou pas ? lance Kareem.

Je soupire en voyant le soleil qui se couche et fais un premier pas dans sa direction.

Bas les masques

Nic Stone

Un wagon de métro, 17 h 26

Tremaine Wright kiffe pas trop les espaces clos. Moi, Jacorey « JJ » Harding Jr., je le sais, parce qu'en sixième, mes potes l'ont poursuivi dans les vestiaires des garçons, ces débiles, et ils l'ont enfermé dans le minuscule placard à balais.

Il était là, à cogner contre la porte en braillant « Ouvrez-moi ! C'est pas drôle ! » Même si je faisais pas partie des crétins qui poussaient de l'autre côté pour l'empêcher de sortir, je me doutais bien que mon pauvre « allez, les gars, laissez-le sortir » manquait un peu de conviction pour qu'ils me prennent au sérieux… Pas franchement le moment dont je suis le plus fier dans ma vie, mais bon, c'est comme ça.

Bref, ce jour-là, ça a sonné et on s'est tous tirés.

J'aurais oublié aussi sec si Tremaine s'était pointé en cours dans la foulée, comme je m'y attendais. *Y'a pas mort d'homme*, je me disais, jeune (et bête) comme j'étais.

Mais il est pas revenu.

L'heure tournait. Et sa chaise restait vide. Je me rappelle avoir regardé autour de moi dans un état second, en me demandant si j'étais le seul à avoir remarqué que le retard de notre pote était devenu une véritable absence. C'est là que j'ai commencé à stresser. Et s'il lui était arrivé un truc ? Et si – pire (dans ma tête de gamin de douze ans en tout cas) – il nous balançait en m'incluant dans les coupables ? C'était probablement ma mauvaise conscience qui me jouait des tours, parce que j'en avais pas fait assez pour l'aider *en vrai*, mais ça me tracassait grave, c'est tout. Je sentais la sueur perler à la base de mes cheveux et couler le long de mes aisselles qui n'allaient pas tarder à puer. Et si ça me retombait dessus ? Je serais privé de basket. Au début de l'année scolaire, mon père m'avait bien mis les points sur les *i*.

À la moitié du cours, j'ai plus tenu. J'ai demandé à aller pisser. Et j'ai filé aux vestiaires, en me forçant à ne pas courir. Je n'ai jamais trouvé le temps aussi long et aussi flippant que pendant les quinze secondes qu'il m'a fallu pour longer les casiers jusqu'au placard à balais, sérieux. De l'autre côté de la porte, il n'y avait pas un bruit. Ce qui, dans ma petite tête de fan de films d'horreur, pouvait indiquer que 1/ il avait réussi à sortir et était probablement en train de nous balancer, ou que 2/ il était parti pour le grand voyage… autrement dit : il était mort. Il avait passé l'arme à gauche, je crois que c'est ça l'expression.

Quand je l'ai trouvé, en ouvrant la porte, assis entre une énorme pile de rouleaux de PQ et un grand seau à serpillière jaune plein de flotte couleur morve de gargouille, c'est *moi* qui ai poussé un cri.

Le plus dingue, c'est qu'il a même pas levé la tête. Il a continué à regarder droit devant lui, probablement perdu dans les profondeurs de l'au-delà, ou un truc dans le genre.

– Tremaine ? j'ai fait en tombant à genoux, une main sur son épaule. Tremaine !

Je l'ai un peu secoué. Il a sursauté, il s'est tourné vers moi.

Et puis : il a crié. La pile de PQ s'est écroulée. Et il est juste resté planté là, à haleter comme un malade.

J'ai jeté un œil par-dessus mon épaule. Complètement flippé.

– Yo, frère, ça va ?

Il était vivant, c'était la bonne nouvelle, mais se faire choper ici alors qu'on était censés être en cours… c'était moyen réjouissant.

– Faut que… euh… faut qu'on se tire de ce placard, mec… je lui ai fait.

Il m'a regardé bizarrement, genre… à côté de la plaque, mais avec un peu de tristesse aussi, le tout saupoudré d'une pincée de… surprise ? Difficile à décrire.

Puis il a acquiescé du menton.

– Je kiffe pas trop les espaces clos, il m'a dit cash.

– OK, alors viens, on sort.

Je me suis relevé et je lui ai tendu la main. Il l'a prise. Et il s'est hissé sur ses deux pieds.

Il a contemplé les rouleaux de PQ éparpillés.

– Tu crois qu'il faut qu'on…

– Nan, je l'ai coupé. Ils sauront pas que c'est nous. On se tire, c'est tout.

Il a approuvé et on est sortis des vestiaires sans un mot, mais dans le gymnase, arrivés sur la ligne médiane, il a dit :

– Eh… tu crois qu'on peut garder ça pour nous ?

– Quoi ?

– Ma… *claustrophobie*. Je sais que tes potes adorent me faire la misère, mais j'aimerais mieux qu'ils aient pas un truc de plus pour les aider.

– Oh, j'ai fait.

C'était logique.

– Bien sûr.

Et là, de nouveau, j'ai commencé à me sentir coupable de pas avoir essayé davantage. Ça me grattait la gorge.

– Je… chuis désolé de pas les avoir empêchés, je lui ai lâché (tout en espérant qu'il répéterait jamais ces excuses à personne. La honte.)

– Je t'ai entendu leur demander de me laisser tranquille. Ça m'a trop choqué, sérieux.

– Oh.

– Est-ce que t'aurais pu insister ? C'est clair. (Il a posé les yeux sur moi.) Mais au moins t'es revenu me chercher.

Et il a souri. Juré, je voyais toutes les bagues sur ses dents. Une alternance de bleu et de vert. J'ai vite détourné la tête parce que le voir me faire un *smile* comme ça je sentais que ça me faisait rougir.

J'étais mal à l'aise, sans trop savoir pourquoi.

– Merci pour ça, il m'a dit. J'apprécie.

– De rien, mec. Évite de raconter ça, d'accord ? Je… euh… j'essaierai d'être plus ferme s'ils te font encore chier.

– Ce serait cool, ouais.

Et c'en est resté là. On s'est séparés devant le bureau des pions parce qu'il fallait qu'il récupère un bon de retard et moi, je suis retourné en cours avec le mot du prof qui m'avait permis sortir.

Quand il est enfin revenu, on a fait exprès de pas se calculer – aussi bien lui que moi.

J'ai tenu parole : j'ai demandé à mes potes de le lâcher. Et c'est ce qu'ils ont fait. Mais l'histoire entre Tremaine et moi ? J'en ai pas dit un mot (qui lui soit arrivé aux oreilles en tout cas) pendant les six ans ou presque qui ont suivi.

On s'est plus calculés.

Et maintenant ? Dans cette rame de métro plongée dans le noir ? Mes yeux ne voient que Tremaine Wright.

Ça fait un peu plus de quatre minutes que tout s'est éteint et que le métro s'est arrêté. On est dans la ligne A, direction Brooklyn. Je suis monté à mon arrêt habituel – la 145e Rue, à trois pâtés d'immeubles de chez moi. À la 125e, les portes se sont ouvertes et Tremaine est entré.

D'abord, je me suis dit, *Qu'est-ce que Tremaine Wright fout dans ce quartier en période de vacances ?* Puis j'ai remarqué qu'il avait son fidèle appareil photo avec lui, alors j'ai compris qu'il venait prendre des gens en photo, ou un truc comme ça. Il fait partie du groupe qui s'occupe de l'album de fin d'année depuis qu'on est en quatrième. Il a toujours un appareil photo d'une sorte ou d'une autre avec lui.

Il y a du monde dans notre wagon, mais il est pas bondé – toutes les places assises sont prises et il y a quelques personnes debout ici et là : une femme avec une poussette, un hipster barbu avec son vélo, trois filles en tenue de danseuses classique qui doivent avoir treize ans max, deux mecs probablement en couple, vu comment ils se tiennent proches.

N'empêche, même sans être serrés comme des sardines, on est assez nombreux pour que le hoquet de surprise qu'on a tous poussé en même temps quand les lumières se sont éteintes me donne l'impression qu'on vidait l'univers de son air.

Quelques secondes plus tard, d'une voix lasse, le conducteur a annoncé un incident technique.

Tout ce monde qui retenait son souffle s'est mis à grommeler. À marmonner. À tchiper.

Puis les lampes de poche des téléphones se sont allumées une à une.

Ça m'a d'abord un peu collé la chair de poule, mais au bout de quelques minutes, quand mes yeux se sont habitués à l'obscurité, je me suis un peu détendu. Assez, même, pour jeter un coup d'œil vers Tremaine.

Comme les deux personnes près de lui et les trois qui sont assises de l'autre côté de l'allée ont allumé leur téléphone, je le distingue plutôt bien, même dans l'ombre. Tout à l'heure, quand il est monté, je n'ai pas voulu chercher à savoir s'il m'avait vu – du coup, bien sûr, j'étais incapable de penser à autre chose – mais là, je le vois la tête appuyée contre une de ces affiches d'appel à la vigilance qu'il y a partout dans le métro : TÉMOIN DE QUELQUE CHOSE ? NE VOUS TAISEZ PAS. Et il a les yeux fermés.

Il a l'air presque tranquille, sauf que toutes les quelques secondes – ouais, je le fixe assez longtemps pour m'en rendre compte – il projette les lèvres en avant comme s'il allait se mettre à siffler, avant de refermer la bouche aussi sec.

Je baisse les yeux vers sa poitrine pour essayer de voir si elle se gonfle et ça me renvoie à un épisode de ma vie que j'avais oublié tellement je l'avais enfoui là où ni moi ni personne ne pourrait le trouver.

C'était l'an dernier. J'étais le seul étudiant de deuxième année à intégrer l'équipe universitaire, un honneur qui me donnait l'impression d'avoir un *S* invisible dessiné sur la poitrine. Je planais tellement haut que rien ne m'atteignait. Jusqu'au quatrième match, celui où, en voulant mettre un lay-up bien stylé, je me suis mal réceptionné. Résultat : grosse entorse à la cheville droite. Jamais j'avais douillé comme ça.

J'étais là, assis par terre, les yeux fermés, genou contre le torse, mort de trouille mais refusant de le montrer, parce que comme disent tous les coachs que j'ai eus : « Montre que t'as pas peur, prouve que t'es un homme ». Avec ma coach qui essayait de me calmer : « Inspire par le nez… voilà, c'est ça. Maintenant, mords-toi les lèvres, puis souffle par la bouche. C'est bien. » Ensuite, elle a demandé à deux troisième année de m'aider à me relever et de m'escorter, penaud, jusqu'aux vestiaires. Une fois debout, je me suis tourné vers les gradins. Et qui j'y ai vu ?

Tremaine Wright.

Il était debout, à quelques rangs du terrain. Un gros appareil photo à la main. Et il me fixait l'air… inquiet.

Les haut-parleurs du métro se mettent à crépiter : « Messieurs-dames, on me dit qu'il y a une coupure de courant dans toute la ville. On ne peut pas faire grand-chose, toute la signalisation est en panne. Je vous tiendrai informés dès que j'en saurai plus. Merci de votre patience. »

Tout le monde se remet à grommeler, à marmonner, à tchiper.

Les gens se mettent à l'aise.

Sauf Tremaine. Je le vois respirer fort. On dirait qu'il a du mal à trouver de l'air.

Et sa jambe s'agite comme une manette de jeux vidéo pendant une partie tendue de *Call of Duty*. Je crois que je savais pas qu'une jambe pouvait bouger si vite.

Sans attendre ma permission, mes yeux se posent sur son pied, et en voyant le blanc sur blanc *sur blanc* immaculé de ses Jordan Retro 1 (tellement blanc qu'elles luisent presque dans le noir de ce wagon à la con), je détourne le regard.

Je fais un petit inventaire rapide autour de moi assis par terre, maintenant, les deux gars matent un truc sur un de leurs téléphones, littéralement joue contre joue (forcément un couple). Les trois danseuses sont blotties les unes contre les autres et, vu leur tronche, je me dis qu'elles aimeraient bien que leurs parents soient là. Le cycliste a allumé sa frontale et la braque vers le plafond. Il a l'air trop fier de son idée.

À l'autre bout du wagon, le bébé dans la poussette se met à pleurer, ce qui attire mon attention (mais celle de personne d'autre – #NewYork). Comme la mère a posé son téléphone, lampe vers le haut, sur la capote de la poussette, je la vois se baisser pour attraper son petit gars et, aussi sec, sortir son sein que le gamin se met à téter.

Ça me donne le sourire. Il y en a au moins un parmi nous qui risque pas de sentir son ventre gargouiller. Pour de vrai, j'admire cette mère de faire ça sans se cacher.

Bon, OK, il fait grave sombre et personne peut vraiment voir, mais quand même. Perso, je trouve pas normal qu'une mère doive couvrir son bébé quand il… elle, ou… iel… mange. Même si je préfère garder ça pour moi.

Pfff. Je secoue la tête.

Une coupure de courant dans toute la ville ! Là, maintenant ! Sérieux, ça pouvait pas plus mal tomber. Non seulement je suis coincé avec Tremaine dans cette boîte de conserve jusqu'à je sais pas quand, mais en plus, pour moi, ce soir, c'était censé être un nouveau départ. Si la fin de la saison de basket a été rude – j'étais plus dedans depuis des plombes –, toute cette première semaine d'entraînement m'a redonné le feu.

J'ai même un peu pris le melon avec tous les compliments des autres de l'équipe. J'ai l'impression de renaître. Et puis, y'a la cousine de Langston, notre ailier-fort – Tasha de son petit nom, en visite de quelque part dans le Sud – qui m'a vu avec lui sur une photo et qui m'a apparemment trouvé mignon. D'habitude, avec un membre de la famille d'un joueur de l'équipe, je suis pas du genre à envisager de dépasser un certain niveau de relation (comprendre : à faire autre chose que le ou la saluer si on se croise dans un couloir). Mais là, c'est carrément Lang qui m'a dit qu'elle me kiffait, alors bon. Et en plus, elle est *trop fraîche*.

Donc…

Quand j'ai reçu le DM qui me demandait si j'étais chaud pour traîner avec elle à une fête à Brooklyn ce soir, j'ai pas hésité. J'ai dit à Lang que je viendrais l'aider à choisir sa tenue et je me suis même dit qu'en bougeant assez tôt, je pourrais passer faire un bisou à mon grand-père (faut vouloir vivre à Harlem – à l'opposé géographique de tous les endroits où se passe tout ce qui me plaît en ville). Voilà, en gros, la raison de ma présence dans cette rame de métro : nouvelle saison, nouvelle meuf, nouveau départ. Nouveau moi.

Bon… aux yeux de *tous* les autres, cela dit, je suis toujours le même moi : JJ « Jump-Jump » Harding. (En vrai, les deux *j* sont les initiales de mon prénom, Jacorey Junior, mais ce *Jump-Jump*, ça le fait pas mal, je trouve.)

Est-ce que je suis prêt à avouer que, aujourd'hui, le basket me soûle ? Que ce qui a été longtemps ma raison de vivre / mon phare / le seul truc qui me motivait, est devenu juste… un truc parmi d'autres ? Peut-être même un truc pénible ?

Non, je suis pas plus prêt à admettre ça à voix haute qu'à revendiquer haut et fort pour les femmes le droit d'allaiter sans se cacher sous un tissu qui étouffe leur bébé.

En parlant d'étouffer, c'est peut-être moi, mais on commence à étouffer dans cette rame.

Maintenant, c'est à mon tour de prendre une grande inspiration. Je jette un coup d'œil discret vers Tremaine Il a toujours les yeux fermés et on voit bien qu'il respire avec effort, mais désormais, ce sont ses deux jambes qui bougent. L'une après l'autre comme les deux baguettes d'un roulement de tambour. J'ai envie d'aller m'assurer qu'il va bien, mais après ce qui s'est passé il y a deux mois... Ben... j'hésite, quoi.

Il était sans doute en route pour la même fête que moi. C'est l'ex de sa sœur aînée qui fait le DJ, donc logique. Et j'ai entendu dire que Tremaine avait pris toutes les photos « live » qu'on trouve sur le site Internet du gars, qui le paie bien paraît-il. (Sinon ce serait chelou de suivre l'ex de sa sœur ou de son frère partout avec un appareil photo ?)

Je regarde une dernière fois ses Jordan blanc sur blanc sur blanc puis je ferme les yeux et laisse basculer ma tête contre le plan du métro derrière moi – un sacrilège, vu la coupe que je me suis payée cet après-midi. Je suis à deux doigts de braquer la lampe de mon téléphone vers ma tête pour que les gens puissent au moins constater les talents de mon coiffeur.

Je repense à la cage thoracique de Tremaine et j'essaie de caler ma respiration sur son rythme.

J'inspire par le nez. J'expire par la bouche.

Ses Jordan m'obsèdent tellement que j'ai la place de penser à rien d'autre.

À un moment donné, il va falloir que j'arrête de tout garder pour moi.

Coincés depuis douze minutes.

Tout à l'heure, j'ai menti.

Ce « on s'est plus calculés » ?

C'est du mytho. Complet.

J'aurais voulu que ça soit vrai, mais pour être honnête – et c'est tout ce que je peux être dans cette rame de métro, sans autre compagnie que les pensées que je noie en temps normal en m'activant vingt-quatre heures sur vingt-quatre : après cette histoire dans les vestiaires du collège il y a des années, c'était impossible de pas le calculer.

Malheureusement. Pas seulement parce que je sais, et que j'ai toujours su, ce que ça veut dire (même si je suis pas encore prêt à l'avouer à qui que ce soit), mais aussi parce que je suis pas le seul à avoir les yeux sur lui Tremaine a ce qu'il faut pour pécho à peu près n'importe qui… d'un bout à l'autre du spectre du genre, comme dirait ma petite sœur.

Je peux pas l'affirmer à cent pour cent parce que j'ai jamais osé l'approcher assez pour ça, mais je crois qu'on est plus ou moins de la même taille. Dans les un mètre quatre-vingt-trois tous les deux. Il fait peut-être même un ou deux centimètres de plus que moi.

Et il est balèze. C'est ça le plus ouf. Il est aussi tanké que la moitié des gars de mon équipe. C'est une des choses qui me travaillent. Sérieux. Si y'a personne pour le dire comme ça, on sait tous que des gars comme Tremaine et moi – grands, « athlétiques », d'une certaine origine ethnique (là, je lève grave les yeux au ciel) – sont censés être faits pour le sport. Mettre des paniers. Avoir des « mains » taillées pour lancer ou attraper des ballons dans tous ces « jeux pour les sportifs » (une autre expression de ma petite sœur). J'avais quatre ans, sans déconner, quand mon père m'a mis un ballon de basket entre les mains.

Mais tous ces trucs qu'on attend de nous ont jamais eu l'air d'atteindre Tremaine. Je me souviens qu'un jour, dans le couloir du lycée, j'ai entendu un de mes coéquipiers lui dire, « quelle tragédie qu'un mec de ta taille et de ta carrure préfère la photo » (comprendre : la photo plutôt que le ballon orange et noir autour de quoi tout gravite dans mon sport de prédilection).

J'ai eu envie de lui en mettre une, j'en revenais pas même à quel point. Tremaine, lui, a juste souri et il a dit :

« Faut bien que quelqu'un te tire le portrait pour ton futur poster, frère. »

Et mon coéquipier a rien eu à répondre, ce bouffon. Il est resté planté là la bouche ouverte, comme s'il venait de voir un truc surnaturel.

Pendant des semaines, j'ai repensé à cette scène.

Chais pas. D'un côté, j'aimerais être aussi… bien dans ma peau que Tremaine a l'air d'être. À l'aise avec ce qu'il est, ou je sais pas trop comment dire. Je suis un des dix meilleurs tireurs de l'État et j'ai toujours l'impression que rien de tout ça n'est mérité, c'est ouf. Un peu comme si quelqu'un, tout d'un coup, allait se rendre compte de qui je suis *vraiment*. Et puis après, je me dis que je vois pas en quoi ça serait un problème.

L'envie d'aller voir s'il va bien est de plus en plus forte…

Mais on n'a pas vraiment eu de contact depuis des années. J'aurais l'air de quoi à traverser le wagon dans le noir pour aller le voir, en pleine coupure de courant, genre je suis inquiet pour lui comme si on était potes?

Il me regarderait bizarre.

D'accord, je suis retourné l'aider quand on était en sixième après avoir joué qu'à moitié mon « rôle d'allié », comme dirait ma petite sœur. Et s'il est encore claustro, il est peut-être en train de péter un câble intérieurement, dans ce métro.

Mais si j'avais tort?

S'il m'en voulait de lui avoir jamais vraiment reparlé depuis cette époque?

Et s'il interprétait mal mon geste?

Le blanc presque fluo de ses Jordan attire de nouveau mon regard.

Et s'il avait raison de l'interpréter comme ça?

Coincés depuis dix-huit minutes.

Les gens commencent à s'énerver.

Le couple de mecs est définitivement un couple. L'un des deux a les yeux fermés et l'autre le tient dans ses bras. Ça me rappelle les pères de Langston, toujours collés l'un contre l'autre dans les gradins à nos matchs, pour encourager leur fils comme si c'était la chose la plus normale du monde, ce qui, en fait… est le cas. Quand mes parents viennent me voir jouer, ils sont tout le temps collés eux aussi. Alors pourquoi ceux de Lang pourraient pas?

Pourquoi ça me pose autant de problèmes tout ça?

Le hipster avec son vélo est assis sur sa monture à deux roues, les pieds sur les pédales, prêt à se tirer dès que les portes s'ouvriront.

Les danseuses sont blotties les unes contre les autres.

Le bébé dort (je crois) dans la poussette, mais sa mère a l'air à deux doigts de péter un câble, elle pousse et tire sur la poignée, comme si c'était la seule chose qui l'empêchait de fondre en larmes.

Et Tremaine… Ben… je bloque sur ses pieds.

Dommage que les téléphones captent pas dans ce tunnel. Une autre chose à savoir sur ma petite sœur: il y a des trucs me concernant qu'elle seule connaît. Grâce à son intuition. Parce que je n'ai jamais rien confirmé. Mais ces derniers temps, elle m'a fait comprendre qu'elle avait sa petite idée sur moi. En mars par exemple, elle n'arrêtait pas de me demander ce que je comptais faire pour le bal de fin d'année.

Elle: « Alors, c'est quoi le plan, grand frère? »

Moi: « Qu'est-ce que tu veux dire? Tu veux savoir quelle fille je vais inviter? »

Elle (en haussant les épaules) : « Ou quel mec. Ça fait vingt ans qu'on est au vingt et unième siècle après tout. »

Et puis en avril, sans prévenir, une des rares fois où on faisait nos devoirs ensemble dans la cuisine, elle m'est rentrée dans le lard :

« JJ, tu sais quoi ? elle m'a dit en jetant un œil pardessus ses lunettes à la Malcolm X. Il me tarde vraiment que t'amènes un être cher à la maison.

– De quoi tu me parles, Jordy ? j'ai demandé.

(« Un être cher » ? Qui parle comme ça à quatorze ans, sérieux ?)

– Je crois juste que tu ferais un super compagnon.

– T'es en train de me dire que tu veux que je me trouve une meuf, c'est ça ? »

Elle a haussé les épaules. (Cette fille avec ses haussements d'épaules.)

« Ou un mec. L'un ou l'autre. Je suis sûre que papa et maman seraient ravis. Arrête de faire genre et puis t'as des grands pieds, t'as qu'à foncer. »

C'est elle, aussi, qui a remarqué qu'en fin de saison, je me laissais aller… et elle me l'a fait savoir direct.

« Jacorey Jr., tu déprimes, elle m'a dit un matin au petit déjeuner. Je sais qu'il s'est passé un truc. Tu devrais juste… vider ton sac.

– Je devrais juste *quoi* ? j'ai répété.

– Vider ton sac. Dire les choses. Cracher ce qui te tracasse, quoi.

– Je sais pas de quoi tu parles ! » je me suis défendu.

En vrai, je savais, bien sûr. Je savais tout à fait de quoi elle parlait.

Le truc qu'elle pourrait pas savoir, par contre, c'est que là, en ce moment, même les yeux fermés, je vois les pompes de Tremaine. Parce que ces pompes, elles sont gravées dans ma mémoire.

Et alors que les minutes s'égrènent dans ce qui ressemble de plus en plus à un cercueil de métal géant – c'est un peu la forme des wagons de métro quand même – j'aimerais trop pouvoir appeler Jordy. Et je regrette de ne pas lui avoir tout dit ce fameux jour où elle m'a tendu la perche.

Parce qu'elle avait raison. Il s'était bel et bien passé quelque chose.

Vingt-deux minutes.

J'ai encore mytho. Sur le fait que Tremaine et moi, on n'avait pas eu de contacts depuis des années.

Je jette de nouveau un coup d'œil discret vers le couple de mecs. Ils sont complètement enroulés l'un contre l'autre, les yeux fermés.

Je referme les miens.

Tout ça a vraiment commencé en janvier. J'avais un peu le seum. Pour tout et rien. En général, quoi. Y'a que Jordy qui le sait, mais tous les hivers, je déprime un peu. Les coachs, eux, réagiraient encore à base de « chouineur » si je leur parlais de mes peurs.

Bref, j'ai fait un match pourri : deux marcher, une infraction inutile au chronomètre de tir, la lèvre éclatée en m'étalant sans raison sur le parquet, sans compter que j'étais incapable de marquer un panier. Et je parle même pas des quatre fautes à la mi-temps.

Bref, j'étais… à côté de la plaque.

Tellement à côté de la plaque que le coach m'a sorti du terrain.

C'était jamais arrivé. Regard plein de pitié, tape dans le dos, « T'en fais pas JJ, ça ira mieux au prochain match »… il m'a fait la totale. Aussi théâtral que ça ait l'air, j'avais l'impression de couler. Comme si on m'avait jeté par-dessus bord, des poids accrochés aux chevilles.

Arrivé chez moi, j'ai filé dans ma chambre direct et j'ai fermé la porte. Je suis allé sur Internet chercher le… contenu que je vais chercher d'habitude quand je veux déconnecter, quoi. Et je suis tombé sur un truc différent cette fois-là.

(En repensant à tout ça, d'ailleurs, j'ai de nouveau envie de mater ce couple de mecs dans le wagon. Parce que… voilà, quoi.)

Le truc, c'est que j'ai pas détesté ce que j'avais sous les yeux… Mais j'ai été interrompu par mon père. Il est venu frapper pour me demander si tout allait bien. Et même s'il a rien vu, j'étais tellement gêné que j'ai pas touché à ma tablette pendant toute une semaine.

Je mate de nouveau clairement le couple de mecs.

Le plus ouf dans tout ça, c'est que je suis presque sûr que Jordy a raison : ça poserait pas de problème à nos parents – même à mon père. Ils aimeront celui ou celle que je déciderai d'aimer. Ma mère et lui se sont rencontrés à un spectacle de drag-queens. Mon père était videur et ma mère était venue voir le spectacle de son meilleur ami de la fac. J'ai jamais rencontré cet ami parce qu'il est parti vivre à Atlanta avant ma naissance, mais, si j'ai bien compris, c'est lui qui a présenté mes parents.

Je pouvais pas m'empêcher de flipper qu'on découvre ce que j'avais regardé. J'ai entendu parler de mecs dans mon genre qui se font choper en train de mater certains trucs, et après, des fois, tout d'un coup, leurs coéquipiers veulent plus jouer avec eux.

Du coup, j'ai rien dit et mon jeu a continué à en pâtir. Et j'ai commencé à faire ces… rêves. De moi. Et d'autres gens comme moi. De moi *avec* ces autres gens comme moi.

Des mecs, je veux dire.

On passe en avance rapide : nous voilà en février. Je m'étais inscrit (sous un autre nom, évidemment) sur ce site que j'avais trouvé qui listait les événements réservés aux hommes. Je le parcourais sans aucune intention d'aller nulle part en vrai, puis j'effaçais mon historique, jusqu'au jour où un événement est apparu qui avait lieu le lendemain de mes dix-huit ans. Un bal masqué.

Je me suis vite déconnecté.

Le jour de mon anniversaire est arrivé et les gars de mon équipe m'ont organisé une fête de malade. Comme le père de notre pivot est proprio d'un club dans le nord de Manhattan, ils m'ont fait la totale. DJ de ouf, des tas de belles meufs. Et parmi elles, une fille d'un autre lycée, Shelley, qui a grave craqué sur moi. Elle m'a coincé dans un coin en dansant et a commencé à m'embrasser dans le cou.

Moi aussi, je l'ai embrassée – elle embrassait bien, objectivement – et quand elle est passée à la vitesse supérieure, je me suis laissé faire. On était en boîte, cela dit. Alors, évidemment, on pouvait pas aller plus loin.

Le plus dingue, c'est que… ça m'a soulagé. Elle m'a filé son numéro et m'a dit de l'appeler.

– Viens chez moi, elle m'a glissé, on reprendra où on en est restés.

Les gars de l'équipe étaient comme des oufs.

– T'as pécho la plus belle fille de Bed-Stuy Prep, frère !

Mais comme je savais que je me servirais jamais du numéro, je l'ai effacé.

Le lendemain soir, j'étais dans le métro avec un smoking dans mon sac de marin.

Et un masque.

Vingt-sept minutes dans la rame.

À 22 h 29, je suis arrivé devant l'immeuble en face de l'adresse indiquée dans l'annonce pour le bal costumé. Il y avait un recoin sombre où je pouvais me planquer.

Je m'étais changé dans des toilettes publiques à Herald Square, mais je portais un grand manteau pour que personne voie qu'en dessous, j'étais en smoking. Le bâtiment avait l'air grave louche. En brique, quatre étages, dans Bowery Street, avec un resto chinois au rez-de-chaussée. L'invitation indiquait qu'il fallait entrer, donner le mot de passe au comptoir, et que quelqu'un me conduirait à ma destination.

Je me sentais bête.

Et si c'était un piège ? La cérémonie d'initiation d'une secte ? Si j'étais sur le point de me faire trucider ? Mes parents – qui me croyaient chez un des gars du basket – m'avaient souvent briefé sur ce genre de trucs, et ça m'empêchait pas d'être là, en face d'un immeuble malfamé à l'autre bout de la ville, loin de la sécurité de mon appartement douillet à Harlem. Dieu seul savait quel sort horrible m'attendait peut-être.

Mais c'est là que j'ai vu un mec sur ma gauche, qui approchait du restaurant.

Lui aussi portait un manteau, et une casquette bien enfoncée sur le front. J'aurais reconnu cette démarche – et ces pompes – n'importe où.

En arrivant à la porte, Tremaine Wright a ôté sa casquette et avant qu'il ait le temps de mettre son masque, j'ai aperçu son visage. Puis il est entré et je l'ai regardé par la vitrine saluer la femme derrière le comptoir, qui l'a salué à son tour avec un sourire, et il s'est enfoncé dans le genre de couloir sombre qui mène souvent à des toilettes.

J'ai traversé la rue en vitesse.

Comme Tremaine, j'ai mis mon masque avant d'entrer. Un masque de Black Panther qui me couvrait tout le visage. Je voulais surtout pas prendre le risque d'être reconnu.

Je n'ai même pas eu besoin du mot de passe.

– Porte de gauche, au bout du couloir, a dit la femme sans lever les yeux, concentrée sur autre chose.

J'ai suivi ses indications. J'étais trop curieux pour reculer. La porte franchie, j'ai descendu un escalier qui débouchait sur un spectacle que je n'avais jamais vu de ma vie : des mecs en smoking aux couleurs et aux motifs assortis, portant des masques de toutes sortes.

Plusieurs « émotions », comme aurait dit Jordy, m'ont envahi en même temps. Un peu de peur, j'avoue. Je kiffais toujours pas l'idée qu'on pourrait me reconnaître. Mais je ressentais aussi autre chose, l'impression que je n'étais plus seul. J'avais pas encore le sentiment d'appartenir à un groupe. J'en étais (j'en *suis*) encore à essayer de comprendre qui je suis. Mais pénétrer dans cette salle – avec la musique à fond, ces mecs qui bavardaient, tous stylés à leur manière – m'a fait chaud au cœur, tant pis si ça fait nunuche.

Premier détail marrant de la soirée : le seul à ne pas porter de masque était le DJ. Et je l'ai reconnu. Je connais pas son vrai nom, mais tout le monde l'appelle Twig (et il faisait effectivement pas mal penser au personnage en forme d'arbre dans les films de super-héros où une bande sillonne l'univers, avec une femme verte et un raton laveur qui parle).

Si je savais tout ça, c'est parce qu'il avait fait le DJ à mon anniversaire pas plus tard que la veille.

Au moins une chose était claire : je risquais pas de retirer mon masque.

De toute façon, c'était visiblement le projet de personne. Certains masques ne cachaient que les yeux, d'autres tout le visage. Il y avait un type en smoking bleu aux motifs cachemire avec un masque en velours orné de plumes qui recouvrait la moitié supérieure de son visage. Un autre, en noir sur noir sur noir, qui en avait un ressemblant à un truc sorti du *Fantôme de l'Opéra*. Et un autre encore, en rouge, qui portait un genre de masque de bouffon.

Partout autour de moi, il y avait des gens comme moi déguisés et masqués.

C'était finalement pas bien différent des soirées du lycée.

Certains étaient plongés dans des conversations animées. Certains tenaient des verres. Quelques-uns faisaient pitié avec leur téléphone à la main.

Moi aussi, je devais sans doute faire un peu pitié, ceci dit.

« Première fois ? » a dit une voix sur ma droite.

En tournant la tête, je me suis retrouvé nez à nez avec un type en smoking de satin bleu turquoise et masque couvert de plumes de paon.

Un gros lourd.

« Euh... on peut dire ça, ouais, je lui ai répondu.

– J'aime ton style, il a continué en me matant des pieds à la tête. Très classique. Le masque est parfait aussi. Délicieusement outrancier. Tu as l'air d'être le genre d'homme qui sait ce qu'il veut. »

Il a souri, affichant des dents tordues.

L'heure de m'éloigner.

« Merci, je lui ai dit. Bonne soirée. »

Et j'ai pivoté, mais le type m'a pris par le bras.

« Eh oh, fais pas le timide, il a continué, en se penchant si près que je sentais la chaleur de son haleine dans mon oreille. On est tous ici pour la même chose, tu sais .. »

Et au moment où je m'apprêtais à l'envoyer valser sur le cul avec ses plumes de paon, une main s'est posée sur mon épaule.

« Ah, te voilà, je te cherchais partout, a dit une voix.

– Hein... »

Mais avant d'avoir eu le temps de voir comment j'allais gérer les deux à la fois et m'échapper en douce de cette soirée de merde, j'ai baissé les yeux sur une paire de Air Jordan 1 blanc sur blanc sur blanc.

Je me suis figé.

« Toutes mes excuses, a fait le paon lourdingue en matant Tremaine de bas en haut comme il avait fait avec moi. Je n'avais pas compris qu'il était réservé. »

Est-ce que Tremaine savait que c'était moi ? Son smoking était gris foncé et son masque un loup noir qui cachait le pourtour de ses yeux. Il me faisait penser à Zorro, ce type avec son épée, la star des films que kiffe mon père. Sa tenue a fait naître une drôle de sensation dans le creux de mon ventre.

« C'est bon, mec, lui a dit Tremaine. Stylé ton costume, au fait ! Puis il s'est tourné vers moi : allez viens, bébé... »

Et il m'a pris la main pour m'emmener ailleurs.

J'étais trop choqué pour riposter.

(*Bébé ?*)

Arrivé à une grande table au fond de la salle, il m'a lâché.

« Vraiment désolé, il m'a dit en secouant la tête. D'habitude, je prends pas la main de quelqu'un sans lui avoir d'abord demandé son nom, mais ce mec-là est un relou de première et on voit *direct* que t'es nouveau. Je m'appelle Tremaine. »

Confirmation.

C'était bizarre de le voir sans son appareil photo. Et j'en revenais pas qu'il m'ait donné son vrai prénom.

Ma gorge s'est serrée. Comment il faisait pour être aussi à l'aise ? Est-ce que moi aussi, j'y arriverais un jour ?

Il s'est penché vers moi.

« Et toi ?

– Oh… Tobias. »

J'ai attendu qu'il se mette à rire ou qu'il me reprenne. Une preuve qu'il savait qui j'étais.

Mais rien.

« *T* et *T* ! il s'est exclamé, en me désignant puis en se désignant, lui. Joli ! »

Ça m'a fait rire. Et ça m'a un peu détendu… mais pas autant que j'aurais voulu, vu que la culpabilité de lui avoir menti droit dans les yeux (sous son masque) a décidé de venir m'envelopper de toute sa gluante réalité.

En y repensant aujourd'hui, le souvenir a un goût doux-amer.

« Alors, parle-moi de toi, *Tobias.* »

Sa façon d'insister sur le prénom avait quelque chose d'un peu suspect, mais je me suis forcé à chasser le sentiment.

« Tu veux savoir quoi ? »

Il a haussé les épaules.

« Tes passe-temps ?

– Oh, facile : le basket. »

Direct, j'ai regretté ma réponse.

Il a pas traîné pour enchaîner.

« Ah. Un sportif. »

Je me suis marré de nouveau.

« Pourquoi tu dis ça comme ça ?

– On n'a pas beaucoup de sportifs par ici. »

Il a balayé la salle des yeux et j'ai suivi son regard.

« Et j'imagine que t'as pas souvent l'occasion de voir des mecs comme ceux d'ici dans tes activités sportives. Ça te met pas mal à l'aise ?

– Euh... (Cette fois, j'ai décidé de dire la vérité.) Si, plutôt. Entre nous, je suis pas sûr que ça se passerait bien si les mecs de mon équipe apprenaient que je suis là. »

Je me suis pas rendu compte à quel point c'était pourri ce que je disais avant que les mots sortent de ma bouche. Mais je voyais pas bien comment faire marche arrière.

« Tu... Euh... tu viens ici souvent ? j'ai demandé, pour changer de sujet.

– Souvent, ce serait exagéré. Ils organisent ce genre de soirée toutes les semaines, mais c'est que la troisième fois pour moi. C'est un endroit intéressant pour observer les gens.

– Observer les gens ?

– Ouais. Je suis grave branché photo et j'adore regarder les autres vivre même quand j'ai pas mon équipement avec moi.

– Je peux te demander ton âge ? j'ai lancé, pour voir s'il allait dire la vérité sur ça aussi.

– Dix-sept depuis décembre. (Il s'est encore penché vers moi.) Le répète pas, mais ils me laissent entrer juste parce que je connais le DJ. J'ai souvent couvert ses sets. En vrai, c'est interdit aux moins de dix-huit ans. Et méfie-toi des gens qui font semblant d'être quelqu'un d'autre. »

Il a dit ça en me regardant droit dans les yeux. Juré, j'ai arrêté de respirer.

Mais il a continué :

« Et toi, alors, t'as quel âge ?

– Euh… dix-neuf. Première année à la fac. Enfin… je passe en deuxième année maintenant.

– Tu me dis la vérité, là ? » il m'a demandé avec un clin d'œil.

Si j'avais pu me téléporter loin de cet endroit, sérieux, je l'aurais fait.

Mon silence en disait sans doute long parce qu'il a ajouté :

« T'inquiète, je te chambre. Tu fais des études de quoi ?

– Euh… génie mécanique. Mais je vais peut-être changer. (J'avais l'air grave ridicule, c'est clair. Je sais pas ce qui le poussait à continuer à me divertir).

– Un sportif intelligent. Double miam. »

Et il m'a décoché ce sourire qui mettait les filles en transe dans les couloirs du lycée. Impossible de mentir : maintenant que c'était moi qui y avais droit, je comprenais tout à fait.

Je me rappelle pas la suite de la soirée. Je crois que j'étais devenu en quelques minutes une sorte de version rêvée de celui que je deviendrais éventuellement un jour : un mec ouvertement bi qui entrait en deuxième année de fac à City College, impliqué dans la vie du campus, siégeant au conseil étudiant, basketteur et membre de la fraternité Alpha Phi Alpha.

En plus, elle coulait trop bien la conversation avec Tremaine. Plus elle durait, plus je lui lâchais des trucs sur ma vraie vie sans m'en rendre compte. Je lui ai raconté que j'étais un peu perdu parce que même si je savais que certaines filles me plaisaient, j'étais presque sûr de kiffer aussi les mecs. (À quoi il a répondu : « Pareil. Et laisse personne te convaincre que c'est mal de ressentir ça. Moi, je sais depuis le CE1 que je suis attiré par les *gens*, filles ou garçons. Si tu savais à quel point il y en a que ça rend dingues de pas pouvoir me mettre dans des cases, t'en reviendrais pas. »)

Je lui ai parlé de Jordy. (« Elle a l'air géniale. Rien ne vaut le soutien de la famille. »)

Je lui ai parlé de mes coachs. (« Le niveau zéro de la masculinité toxique, cher ami. »)

Et je lui ai dit que ça me stressait de ne pas avoir de certitudes. (« Bienvenue au club. Je te parle même pas de moi. »)

Je me suis tellement détendu au contact de Tremaine Wright que quand il m'a demandé si je sortais avec quelqu'un, ce cher Tobias a répondu : « Ben, vu ce que t'as dit au paon, tout à l'heure, je sors avec toi, non ? »

Ça nous a fait rire, et on a poursuivi la conversation.

On a encore parlé de la famille. Dans la sienne, c'est sa sœur aînée, Tammi, qu'il préfère, presque à égalité avec son père, Sean, qui est chauffeur de bus. Je lui ai raconté comment mes parents se sont rencontrés, et il m'a raconté pour les siens. Camille, sa mère, était stagiaire chez un photographe en Virginie. Un jour où elle s'était perdue dans Manhattan, elle a décidé de monter dans un bus pour touristes, parce que le Flatiron Building, en face de son studio photo, faisait partie du circuit. Quand ils sont arrivés à hauteur de l'immeuble, elle a demandé au chauffeur de la laisser descendre, mais comme il n'y avait pas d'escale prévue, il a refusé. Sauf qu'elle a insisté, alors il a fini par tourner la tête vers elle, et il a été tellement subjugué par sa beauté qu'il a embouti le taxi devant eux. « En plus, c'était son troisième jour, a dit Tremaine. Il a été viré direct. »

Ensuite on a parlé bouffe. Il est à moitié jamaïcain, mais ce qu'il kiffe par-dessus tout, c'est les ramen et le barbecue coréen. Je lui ai dit que mon grand-père était originaire de Géorgie, et j'ai fait le poète en lui contant mon amour de la *Southern soul food*, les plats que les Noirs du sud du pays cuisinent depuis toujours.

Puis on a parlé potes. Il a avoué que même s'il savait qu'il « intéressait » beaucoup de monde, il avait jamais eu de super potes, surtout chez les mecs. Il espérait qu'à la fac, ça changerait. Et moi, je lui ai dit que des super potes, j'en avais – surtout dans mon équipe – mais que j'avais peur de leur réaction s'ils apprenaient que j'étais pas hétéro.

« J'ai entendu dire qu'il y avait pas mal d'homophobes dans le sport, ouais », il a commenté.

Je lui ai fait remarquer qu'il donnait l'impression d'être super bien dans sa peau et que j'étais pas sûr pour ma part d'y arriver un jour. Il m'a assuré qu'il avait pas toujours été comme ça, et m'a avoué qu'encore aujourd'hui, il avait des passages à vide.

« Mais bon, il m'a dit, si je suis pas capable de m'aimer et de m'accepter tel que je suis, comment je pourrais m'attendre à obtenir ça des autres ? »

Évidemment, il avait pas tort.

Et puis brusquement, il a jeté un œil sur sa montre et m'a annoncé qu'il devait partir, pour éviter que ses parents lui fassent la misère.

Je savais que je pouvais pas l'accompagner jusqu'à la rue. C'était trop risqué.

Alors je lui ai dit que c'était sympa d'avoir discuté avec lui (sans déconner, je me prenais pour qui, là ?) et que j'espérais qu'on se recroiserait un jour.

Il a plissé les paupières et, pendant une microseconde, il a eu l'air triste, mais ça a été trop bref pour que je puisse commenter sans qu'il capte que je le matais de ouf.

« Ouais, mec, carrément, il a répondu. On se recroise. »

Mais quand il a tourné les talons, j'ai fait un truc qui m'étonne encore aujourd'hui.

« Yo, Tremaine », je lui ai dit.

Et je lui ai attrapé le bras. Il s'est retourné vers moi, j'ai soulevé le bas de mon masque, je me suis rapproché et… je l'ai embrassé sur la bouche.

« Bon ben… » il a fait, quand on s'est décollés – au bout d'un petit moment.

Il a rien ajouté d'autre.

Pendant ce qui m'a semblé durer quatre-vingt-trois minutes, mais qui était sans doute à peine quelques secondes de gros malaise, il s'est rien passé d'autre

« Sans doute que… tu devrais y aller, non ? » j'ai fini par dire pour briser cet intense silence.

Et sans doute aussi parce que je ressentais trop de trucs à la fois : j'étais choqué par mon audace ; je culpabilisais de pas lui avoir demandé la permission de l'embrasser (s'il y a un truc que je peux dire de mes parents, c'est qu'ils prennent le consentement très au sérieux) ; j'étais triste que nos chemins soient sur le point de se séparer, excité que nos lèvres se soient collées comme ça, flippé de ce que cette excitation me confirmait. Ce que je venais de ressentir en embrassant Tremaine avait rien à voir avec ce que j'avais ressenti en embrassant cette fille, Shelley, la veille.

Le truc me terrifiait.

« Ouais… il a dit. Sans doute que je devrais… »

Il y a un grand bruit sourd dans le wagon, suivi d'un long soupir collectif. Je rouvre les yeux direct.

– Oh non, il va bien ?

Les mots atteignent mon cerveau avant que j'aie eu le temps d'enregistrer qu'il y a une forme allongée par terre, mais quand mes neurones finissent par faire le lien entre le siège vide de Tremaine et les Jordan 1 blanc sur blanc sur blanc lacées au corps gisant sur le sol crasseux, sans m'en rendre compte, je suis déjà à genoux à côté de lui.

– Yo, Tremaine !

Je lui secoue l'épaule. Mes mains et mes aisselles sont moites de panique… exactement comme dans les vestiaires du collège.

Ça aurait été logique qu'entre-temps j'aie appris deux trois choses sur la manière de porter secours à un mec en détresse, mais même pas. La honte.

– Tremaine ? je répète en le secouant de nouveau. Ça va ?

C'est débile comme question.

Il grogne.

A priori, c'est bon signe.

– Tremaine, c'est moi, JJ, je lui dis en changeant de position pour le retourner sur le dos. Je vais te sortir de là, mec, mais si tu pouvais m'aider un peu en me montrant que tu m'entends, ça serait cool.

Nouveau grognement.

Je lui étends les jambes puis je reviens près de sa tête. Je commence à l'éventer avec mes mains, comme dans les films.

Je sais pas du tout ce que je fais, en fait.

Mais on dirait que ça marche. Sa tête pivote lentement vers la droite, puis vers la gauche. Avant de revenir au centre, et c'est là qu'il ouvre les yeux.

Mon cœur se met à danser des claquettes, sérieux.

– Oh merci mon Dieu, je m'exclame en faisant un signe de croix. Tu peux bouger ? Je vais te relever et te sortir de ce métro, mais si je dois te porter, va falloir que…

– JJ ? il marmonne, tout vaseux et paumé. (Et putain, c'est dingue comme j'aime et je déteste à la fois les trucs que ça me fait à l'intérieur. Faut que j'évite de regarder sa bouche.)

– Ouais, mec, c'est moi.

– Qu'est-ce qui s'est passé ? On est où ?

Il referme les yeux.

– Non, frère, faut pas que tu t'endormes. On est dans le métro. Il y a une panne de courant et on est coincés dans ce tunnel depuis, genre, une demi-heure.

– Je kiffe pas trop les espaces clos, il me dit.

– Ça, je sais. Mais ce que je sais pas et qu'il faut que je sache, c'est si tu peux marcher. Je vais aller ouvrir la porte, je t'aiderai à te relever et puis tu me diras, OK ?

Il marmonne son approbation. Ou peut-être son hésitation.

En une seconde, j'ai sorti mes clés de ma poche et à l'aide de la mini lame de mon porte-clés couteau suisse, j'essaie d'ouvrir une plaque au-dessus des portes centrales du wagon (heureusement que je suis assez grand pour l'atteindre). Je suis sûr que la plupart des passagers ne la remarquent même pas quand ils passent les portes, mais quand j'étais petit, mon père m'a appris comment sortir de *tous* les transports en commun en cas d'urgence.

C'est aussi lui qui tient à ce que j'aie toujours ce couteau suisse sur moi.

Une fois le petit compartiment accessible, je fais basculer deux manettes rouges qui actionnent le déverrouillage des portes – presque de la musique à mes oreilles – et je pousse de tout mon poids pour les faire coulisser.

Puis je me reconcentre sur Tremaine.

– Bon, je vais te soulever par les épaules pour t'asseoir, et puis je passerai les mains autour de ta taille pour te redresser, OK?

Cette fois, j'attends pas qu'il me réponde.

Je le lève – petit aparté: le mec pèse grave lourd – et je reste comme ça, à le tenir par la taille, le temps qu'il trouve son équilibre, avant de lui redemander:

– Tu crois que tu peux marcher?

Sa tête bascule contre mon épaule. (Ça me fait sursauter de ouf.)

– Ouais, si tu m'aides.

– Je suis là, je lui dis. Je crois qu'on va devoir avancer l'un derrière l'autre pour sortir de ce tunnel. Tu pourras prendre appui sur mon dos.

Je passe à sa droite sans complètement le lâcher et tire son bras sur mon épaule avant de me placer devant lui.

Quelqu'un me tend nos deux sacs à dos et le truc de ouf, c'est que j'arrive à me les caler tous les deux sur la poitrine – heureusement, ils sont pas lourds, eux. Puis Tremaine se suspend à mon dos de tout son poids et on commence à avancer vers les portes ouvertes.

En quelques secondes, on est dans le tunnel. Je sais que d'autres gens suivent, mais je reste concentré sur ma mission : nous ramener tous les deux au grand air.

Maintenant, un aveu : les tunnels du métro quand on est plus dans le métro ? Flippant. À me faire regretter ma passion pour les films d'horreur quand j'étais gamin. La petite lampe de poche à deux balles du téléphone aide pas vraiment.

On avance graaaave pas vite, pendant une éternité, et tout l'avant du corps de Tremaine collé contre mon dos (ce qui fait *beaucoup*). Je tiens son bras droit contre ma poitrine de la main gauche, et la lampe de mon téléphone de l'autre. Notre rame était presque arrivée à la station de la 96e Rue.

Alors je me concentre du mieux que je peux sur le poids de son corps contre le mien. Je sais que c'est à moi de le sortir *lui* de ce putain de souterrain et, comme par magie, ça garde mes pieds en mouvement.

Le tunnel s'élargit et le soulagement m'envahit.

– Je peux mieux marcher, maintenant, je crois, dit Tremaine en voyant la station devant nous.

Il pèse un peu moins contre mon dos, puis il retire complètement le bras de mon épaule.

– T'es sûr ?

– Ouais. Je peux aussi aider. Passe-moi ce sac.

– Non, mec, détends-toi. Je m'en charge.

– Alors comme ça, JJ Harding est un gentleman, hein ?

Je vois pas la tête qu'il fait – tant mieux, parce que ça veut dire qu'il voit pas la mienne non plus.

En vrai, j'ai pas fait attention à la direction qu'on avait prise, mais dès qu'on a les pieds sur le quai, où il a l'air de faire encore plus noir que dans le métro, sérieux, c'est comme si mon corps se vidait de toute son énergie.

– Ça te dérange pas si on s'arrête ici une minute ? je lui dis.

Sans lui laisser le temps de répondre, je me mets à avancer à tâtons jusqu'au mur et m'y laisse glisser comme de la condensation sur une tasse. C'est sans doute pas le sol le plus propre où s'asseoir – surtout avec un jean neuf – mais même si j'essayais, je serais incapable de me relever.

Je sens un corps se poser à côté de moi. Tout près.

– Ça va, mec ?

Tremaine parle pas fort, mais sa voix prend de l'épaisseur dans le noir. J'entends d'autres gens se hisser sur le quai – beaucoup parlent de chercher une sortie – mais le bras nu de Tremaine contre le mien me donne envie de juste… rester là.

– J'ai connu mieux, j'avoue.

Il se marre. Un quart d'heure plus tôt, j'aurais pas été prêt à admettre ce que ça me fait, d'être avec lui comme ça tout contre moi – et en sécurité ?

C'est juste dingue. Je suis grave content qu'il fasse noir parce que sans ça, je serais sans doute en train de chercher discrètement à mater sa bouche.

– Je vois ce que tu veux dire, ouais, il soupire. Quand le métro s'est arrêté… On va dire que je savais que ça allait pas le faire du tout du tout. Les espaces clos, pour moi, c'est zone interdite. Le métro, ça me va tant qu'il avance. Mais là, arrêtés comme ça ? Dans un *tunnel* ? La claustrophobie est devenue très *réelle*.

– Comme en sixième ? je lui demande.

– En gros, ouais.

– Je… (Je suis vraiment sur le point de lui dire ça ?) Je voyais que t'étais pas dans ton assiette. Désolé de pas avoir réagi plus tôt.

– Ouais, parce qu'avec ton passif…

Il me donne un coup d'épaule. J'ai l'impression que mon ventre monte mettre un dunk à trois cent soixante degrés dans ma gorge.

Je l'éclaircis.

– Ça va, quand même ? je demande.

– Ben… je viens de tomber dans les pommes dans un métro plein d'inconnus.

– Bah, il faisait trop sombre pour qu'on puisse voir ta tête.

Il se marre de nouveau.

C'est trop dur, là…

– Tu sais, faut que je te dise un truc, il me lâche. Malgré ta bravoure – un peu hésitante, c'est vrai – t'es vraiment plus BG sans ton masque de Black Panther. (Tout d'un coup, je peux plus respirer, alors parler…) Je t'ai vu à Herald Square ce soir-là. Tu sortais des chiottes avec ton smoking – trop stylé le smoking, au fait – et je t'ai suivi de loin. Je suis monté dans le F avec toi, à l'autre bout de la rame. Je croyais – ou plutôt j'espérais – que t'allais au même endroit que moi, même si ça me paraissait pas possible. Jump-Jump Harding à un bal masqué queer ?

Sérieux, malgré tout ce qu'il me raconte, je souris de l'entendre dire mon surnom. Et son « j'espérais » est pas tombé dans l'oreille d'un sourd.

– Quand t'es descendu à la Deuxième Avenue, j'étais scotché. J'ai continué à te filer jusqu'au moment où tu t'es planqué dans le recoin de cet immeuble sur le trottoir en face de la soirée. Et puis j'ai attendu quelques minutes pour voir ce que t'allais faire, avant d'entrer, en espérant vraiment que t'allais me suivre.

– Et j'ai suivi.

– Ouaip.

Je respire un grand coup maintenant. Honnêtement, je suis plutôt soulagé… mais aussi agacé, en vrai.

– Depuis le début, tu savais qui j'étais… je lui dis.

– Grave. Et je vais être franc avec toi, JJ, ça m'a gavé ton attitude. Je t'ai donné mon vrai nom, en espérant que ça t'encouragerait à faire pareil, mais non.

Oups. Je peux remballer mon agacement.

– Pendant des semaines – des SEMAINES, JJ –, j'ai pas su quoi penser. Tu me plaisais depuis même avant cette histoire dans les vestiaires en sixième. J'ai adoré discuter avec toi et en apprendre plus sur ta vie. Tu t'en es pas rendu compte, mais à un moment donné, t'as mentionné ta sœur par son nom.

– Ah ouais ? Merde…

– Eh ouais. Tu étais toi… mais tu faisais semblant d'être un autre. Et moi, je savais pas comment gérer. Surtout vu que toi, tu savais que j'étais moi. Et ce baiser…

– Ce baiser.

Les mots s'envolent avant que j'aie le temps de les attraper.

– Ouais, il me fait. Que les choses soient claires : j'ai kiffé. Et je suis sûr que tu l'as senti : je t'ai pas exactement repoussé.

Heureusement qu'il fait noir, parce que je souris comme un gamin de maternelle qui a eu les félicitations de la maîtresse pour son dessin.

– Mais en même temps, je me détestais d'y avoir pris du plaisir, JJ. Tu me baladais, depuis le début et tu m'as embrassé sans me demander la permission. C'était perturbant.

– Je suis désolé, Tremaine, vraiment, vraiment, vraiment désolé, mec.

Il ne dit plus rien et moi non plus, alors on reste assis là. En jetant un œil sur mon téléphone, je suis étonné de voir que même après m'être servi de la lampe de poche pendant quarante minutes, il me reste pas mal de batterie.

Un genre de métaphore ?

– Pourquoi t'as rien dit ? je demande à Tremaine.

– Je sais pas, figure-toi, il me répond. Ça fait des semaines que je me pose la question. Pourquoi je t'ai pas juste mis le nez dans ta merde ? J'ai toujours pas la réponse. Sans doute que… sans doute que je pige tout à fait qu'on puisse avoir besoin de temps pour comprendre qui on est. Même si vu ce que tu m'as dit de tes parents, je crois que ta sœur a raison de penser qu'ils te soutiendront.

J'acquiesce d'un signe de tête.

– Tu sais, je l'ai compris pendant qu'on sortait de ce tunnel, T. C'est pas que mes parents auront un souci avec le fait que je kiffe untel ou unetelle. C'est plus le basket. Il y a eu qu'un seul basketteur de NBA ouvertement gay dans toute l'histoire du basket.

– Jason Collins.

Je suis impressionné.

– Exact. Et ouais, il a eu beaucoup de soutien et tout ça. Mais ça fait des années et jamais personne d'autre a fait de coming out. Dans le sport, il y a juste ce… cette…

Et la suite ne vient pas, je trouve pas le mot qu'il faut.

– Stigmatisation, il me souffle.

On dirait que je peux cocher le « finit mes phrases à ma place » dans la liste « qualités du partenaire idéal ».

– Voilà, j'acquiesce. Et si mes parents ne feront pas tout un plat de mon… orientation sexuelle – c'est le bon mot là, je crois… ils vont pas trop kiffer que j'arrête le basket. Pour eux – et pour moi aussi jusqu'à peu – c'était ma chance de voir mes études payées par la fac. Et j'ai beau plus être très sûr d'avoir encore envie de jouer, tout balancer à l'équipe et aux coachs risque de me mettre un peu sur la touche, sans mauvais jeu de mots, et la qualité de mon jeu en pâtirait forcément. Je suis sûr qu'ils feraient tous genre ils me soutiennent – personne a envie d'être étiqueté homophobe. Mais en vrai, cette merde est bien enracinée.

Je l'entends soupirer à côté de moi.

Pendant quelques minutes, on ne dit plus rien. Le temps que mon dilemme se cale dans l'obscurité autour de nous. J'ai aucune idée de ce que je vais faire.

N'empêche, ça pèse moins lourd sur ma poitrine, je le sens. Savoir que quelqu'un d'autre connaît mon secret et que son regard sur moi a pas changé, ça… aide.

Un petit pas après l'autre, sans doute.

– T'allais à cette fête où Kareem est DJ, à Brooklyn ? je lui demande, histoire de dire quelque chose.

– Ouais, j'ai des photos à y faire.

– C'est ce que je me disais. Moi aussi, j'y allais.

– Je suis pas surpris.

J'entends le sourire dans sa voix.

– Et euh… on va y aller comment, du coup ?

Il lève les yeux vers le nom de la station.

– On est pas loin du parc…

Il se tourne vers moi.

– En vélo ? il suggère. On devrait pouvoir en choper deux à une borne. On arriverait là-bas dégoulinants comme des bœufs mais… au moins, on y serait. T'es chaud ?

– De ouf ! je lui réponds. Ça va être trop bon.

– Eh, JJ ?

C'est dingue comment je kiffe le son de ces deux lettres quand elles sortent de sa bouche.

– Ouais, Tremaine ?

– Tu me mentiras plus comme ça, OK ?

La remarque qui fait mal.

– Ouais, mec. Je te l'ai dit, je suis désolé.

– Je te pardonne. Pour cette fois.

Je me marre. Je me sens grave soulagé.

– Ça me va, je lui dis.

– Si tu veux tout savoir – mais t'as pas intérêt à t'en servir contre moi : je crois que je serai jamais capable de t'en vouloir longtemps.

– Tu sais quoi ? je lui dis. Moi aussi, je crois, j'étais en kiff sur toi depuis cette histoire en sixième, même si évidemment je refusais de l'admettre.

Il se marre franchement maintenant.

– Content de l'entendre, mec.

On se tait de nouveau, mais l'obscurité commence à me peser.

– Tu crois que la lumière va bientôt revenir ? je demande.

Il ne répond pas tout de suite ; j'insiste pas. Je reste là. C'est tout. Aucune idée de ce qu'on est censés faire ensuite.

En même temps, je me rends compte que je m'en fous. Enfin, pour l'instant.

Pile au moment où je pense qu'il va pas répondre, il dit :

– Je sais pas, mais j'espère.

Tout d'un coup, je me rends compte :

– C'est pas trop dur d'être dans le noir, avec ta claustrophobie ? Je peux faire quelque chose ?

Il se marre de nouveau.

– Non, c'est pas du tout ça le problème, il me dit en s'approchant encore de moi.

Juré, si on pouvait fondre, je serais déjà *littéralement* plus qu'une flaque visqueuse sur ce quai.

Et il ajoute :

– Honnêtement, là, tout de suite, j'ai pas peur. En vrai j'ai juste hâte de te voir sans masque.

Une longue traversée

ACTE 2

Tiffany D. Jackson

Central Park, 18 h 05

Kareem et moi descendons Broadway. L'air est tellement humide qu'on a du mal à respirer, on a l'impression de randonner à la surface du soleil. Ou peut-être que c'est à cause de lui, qui marche comme un foutu sprinter et moi je dois trottiner pour tenir le rythme. Quand on arrive à l'entrée de Central Park, je suis en nage.

– Sérieux, dis-je en haletant, pourquoi tu marches aussi vite ?

Il tchipe.

– Pourquoi tu marches aussi lentement ? Y'en a qui ont des choses à faire ici !

– Mmh. T'es vraiment à ses pieds, hein ?

– C'est quoi ton problème ?

D'un coup, il se retourne et je lui rentre dedans avec un bruit sourd. Il a… des muscles ? Quand est-ce que ça a poussé, ça ? Il a les bras épais. Et même un peu de barbe.

Je me recoiffe nerveusement, et manœuvre pour le contourner.

– Rien.

Il reste en arrière, comme s'il se demandait enfin si son plan de taré était vraiment une bonne idée. Moi, ça fait une demi-heure que je me pose la question.

Je ne peux pas rester coincée en ville sans argent, et lui ne nous abandonnera jamais, moi et mon téléphone, son seul moyen de contact avec le monde. On ne peut que compter l'un sur l'autre, pour le moment, que ça nous plaise ou non.

Il me rattrape, ralentit un peu le pas et on marche en silence pendant quelques minutes, en descendant Central Park Ouest, le long du plus grand parc de New York. Largué en plein milieu de Manhattan, on y trouve prairies, bois, fontaines, lacs, jardins, aires de jeux, restaurants, un zoo et même un château. C'est aussi rempli de gens pleins aux as avec leurs petits roquets hargneux (Prospect Park, à Brooklyn, c'est beaucoup mieux).

Papa se marre chaque fois qu'il raconte des histoires de touristes qui se perdent pendant des heures en pleine journée parce qu'ils cherchent désespérément la sortie. J'espère qu'aujourd'hui, ils trouveront leur chemin avant le coucher du soleil.

– Pas que ça te concerne, lance Kareem, mais je suis censé être le DJ à la Block Party de Twig ce soir, dans notre quartier.

Une Block Party ? Dans notre quartier ? J'étais pas au courant. Je suppose que ça fait partie des choses qui arrivent quand on n'est plus en couple avec quelqu'un : t'es plus invitée aux trucs comme la grosse soirée annuelle de son voisin. Presque tout le monde y va.

– Comment ils vont faire sans électricité ?

– Twig compte trouver un générateur.

Je secoue la tête.

– N'importe quoi.

– Et alors ? Il me paie huit cents dollars pour cette soirée et j'ai besoin d'argent. Il va rien me payer du tout si j'me pointe pas.

– Eh bah, avec toutes ces soirées, t'en as peut-être pas vraiment besoin, de ce stage, je réplique avec un haussement d'épaules.

Il ricane.

– Bien tenté. Mais je suis au dollar près. T'es pas la seule à vouloir rentrer à la fac en septembre.

Mon cœur se fend, mais il ne peut probablement pas l'entendre sous le bruit des embouteillages, donc je reste impassible. On était censés aller à la fac ensemble. C'était notre plan. Maintenant, il en a de nouveaux. Des plans dont je ne sais rien. Je regrette un peu de l'avoir bloqué sur les réseaux. J'aurais pu savoir à quelle fac il va. Et je ne veux pas poser la question, parce qu'il croirait que ça me fait quelque chose, alors que pas du tout.

– Oh, j'articule, m'efforçant de masquer la douleur dans ma voix. Dans ce cas, on verra qui de nous deux elle choisit.

– De toute façon, pourquoi t'en as besoin, de ce job ? C'est pas ton petit papa qui paie tes études ?

Il y a une pointe d'amertume dans sa question, mais je décide de l'ignorer.

– Si.

– Mais ?

L'idée de lui dire bruisse dans mon esprit, et je cède.

– Eh bah… Il y a un programme spécial qui me permettrait d'entrer plus tôt à l'université et de gagner des crédits.

– Plus tôt ? Genre, tu partirais d'ici plus tôt ?

– Le 8 août, je déclare fièrement. Et je voudrais tout payer moi-même.

Il détourne les yeux, enfonçant le poing dans sa main.

– Oh. Donc tu seras partie pour nos anniversaires ?

– Oh. Euh… oui. Je crois.

L'anniversaire de Kareem, c'est le 14 août. Le mien, c'est le 13. Il disait en rigolant qu'il adorait l'idée de sortir avec une femme plus âgée. Sept ans qu'on n'a pas fêté nos anniversaires l'un sans l'autre, et maintenant qu'il le fait remarquer, je ressens un pincement à l'idée de la tradition qui se perd. Rien ne sera plus jamais pareil, ni entre nous, ni dans la vie en général.

Faut dire (j'avoue, je ne devrais pas penser ça), ça fait du bien de marcher avec lui, côte à côte, juste tous les deux, encore une fois. On faisait toujours de longues balades. Enfin, pas aussi longues que ça. Le tour d'un pâté de maisons ou deux, peut-être. Là, c'est d'un autre niveau. Avant, ces douces soirées d'été nous donnaient des papillons dans le ventre, l'impression de tomber amoureux pour la première fois. On se laissait dériver le long des rues, nos épaules se cognaient, on ne savait plus marcher droit, on s'arrêtait seulement pour qu'il refasse mes lacets comme quand on était petits. On se souriait bêtement, on se tenait la main, on s'embrassait.

Beaucoup.

Des scènes sorties tout droit de ces vieux films d'amour des années 1990 avec des acteurs noirs, sur lesquels ma mère m'a branchée. Le genre de films que je voudrais écrire et réaliser un jour. Enfin, peut-être. Je suis plus tellement sûre de croire aux *happy ends*. À tous les coups, je vais finir par tourner des films d'auteur genre bien déprimants.

– Askip tu vas à Clark Atlanta ? me dit-il mollement. Félicitations… enfin, j'imagine.

Je chasse ma rêverie, et croise les bras sur ma poitrine.

– Tu « imagines » ? Tu savais que je voulais aller à la fac !

On devait y aller ensemble.

– Je sais ! T'avais toute une liste, mais je pensais que c'était l'Université de New York ton premier choix. L'école de cinéma.

Aux mots « New York », j'ai la gorge qui se serre.

– Ouais… Bah, il y a aussi un cursus audiovisuel à Clark Atlanta.

– Hmm. J'aurais jamais cru que tu voudrais partir si loin… si tôt. Les choses changent, faut croire.

– Et toi, tu crois que t'as pas changé ?

Alors qu'on arrive au coin de la 86e Rue, il ignore ma pique et étend rapidement le bras vers moi. Mon cœur s'envole. Il ne veut toujours pas me laisser traverser seule, sans que je lui tienne la main, même avec les voitures arrêtées dans les embouteillages. Tellement protecteur…

– Eh, fais voir ton portable vite fait, dit-il en remuant les doigts.

Pop ! Mon cœur se dégonfle.

– Pourquoi ?

– Quoi, « pourquoi » ? Faut que j'appelle quelqu'un, c'est tout !

– Qui ?

– Yo, t'as quoi à vouloir tout savoir ?

Il a déjà appelé Twig et sa mère. Il reste qui, à part…

– Sérieux ? Tu te fiches de moi ?

– Quoi ?

– Tu veux l'appeler ELLE ? Avec MON portable ?

Il tchipe.

– Vas-y, je suis pas débile non plus.

– Alors t'appelles qui ?

– C'est bon, arrête ! Je t'ai dit, faut qu'on fasse équipe, et après…

– Et après, quoi ? Tu pourras recommencer à m'ignorer ? C'est ça que tu veux, pas vrai ? (Je sors le portable de mon sac et le flanque dans sa main.) Tiens ! Appelle qui tu veux !

Il fixe le portable un moment sans bouger, le serre fort, comme s'il voulait le réduire en poussière.

– Tu vois, c'est marrant que t'aies autant de trucs à me dire tout à coup, alors que c'est toi qui m'as ignoré !

– Quoi ? C'est toi qui fais comme si de rien n'était et…

– Yo, pourquoi tu cherches les problèmes, là ? Je sais très bien que tout ce que tu veux, c'est rentrer pour retrouver ta vraie *bae*, la télé.

Le coup bas.

– Genre ! Toi t'es tellement aux pieds de la tienne que t'es prêt à traverser la ville à pied pour la retrouver !

– Vas-y arrête ! De toute façon, c'est toi qu'as rompu. Tu te rappelles pas ?

C'est pas… complètement vrai. J'avoue, je lui ai envoyé un message. Mais j'ai pas vraiment rompu avec lui. J'ai pas dit les mots « c'est fini ». J'ai fait que rendre les choses plus floues. Donc en vrai, c'est son silence qui en a fini avec nous. En tout cas, c'est ce que je veux croire.

– Alors ? T'as plus rien à dire hein ? grogne-t-il, avant de me tourner le dos et de s'approcher de la route, en laissant le bruit des voitures engloutir sa voix.

Parce qu'il ne veut pas que je sache à qui il parle, alors qu'avant, on se disait tout. J'imagine que ça n'a plus d'importance.

Une fille en salopette sort du souterrain de Central Park avec un énorme pit-bull noir. On s'écarte de leur chemin et elle jette un coup d'œil appuyé à Kareem, des pieds à la tête, en passant devant nous.

Attends… elle vient vraiment de le mater, là ? Juste devant moi ! Comme si j'étais pas là ? OK, à deux mètres de lui…

Tout le monde m'a dit de faire attention avec Kareem.

« Toi, tu vas avoir du mal à le garder ! m'ont dit mes cousins quand on a commencé à sortir ensemble. Grand, sourire de BG. Mignon. Ces mecs-là, on peut pas leur faire confiance. »

J'avoue, il est mignon, mais c'est aussi *Kareem*, celui qui peut réciter l'alphabet en rotant, qui sait à peine utiliser ses couverts comme il faut et qui pense que *Les Tortues Ninjas 2* mérite un Oscar. Pas tellement de raisons de s'inquiéter, à mon avis.

Jusqu'à ce que je le découvre par moi-même. Comment toutes les filles lui faisaient savoir en douce qu'il leur plaisait. Des messages pour rien dire, des cœurs sous toutes les photos qu'il postait, des demandes de playlists pendant les cours. Au début, il n'avait pas l'air de remarquer l'effet qu'il leur faisait. Moi, si. Seulement, je n'avais jamais imaginé qu'il donnerait raison à tout le monde.

« T'aurais probablement rompu avec lui après le lycée, de toute façon, m'ont dit mes sœurs après que c'est arrivé. J'veux dire, t'es mignonne et tout, mais c'est sûr, il voudra être avec des meufs qui sortent. Tu supportes même pas d'aller au supermarché quand il y a du monde. Et si tu trouves que les filles au lycée c'est déjà chaud, les filles à la fac… T'as encore rien vu. Sois juste contente que ça t'arrive maintenant et pas plus tard. »

Et je suis contente… dans l'ensemble. Je suis passée à autre chose, j'ai pris une voie différente pour l'université, vendu mon billet pour la fête de fin d'année, dit oui à Clark Atlanta, et décrété que Kareem était un sujet interdit à la maison. En ce qui me concerne, il n'existe plus. Je ne pense même plus à lui… Enfin, pas autant que ça… Plus autant. Mais le revoir aujourd'hui, ça m'a complètement prise au dépourvu. Tout ce que je sais, c'est que j'ai besoin de ce stage pour pouvoir quitter cette ville.

Et alors, j'aurai plus jamais à revoir Kareem.

Faites l'une pour l'autre

Ashley Woodfolk

18 h 37, dans une maison en grès rouge

Je suis dans le feu de l'action quand elle entre avec son chien. Littéralement : je piétine des flammes. Avec toutes les personnes âgées qui crient autour de moi.

– Nella ! Attention !

– Ne la déconcentre pas !

– C'est ta faute !

– Ouais, Mordy !

– Oh tais-toi un peu, Aida, tu veux ?

– Tu veux qu'on finisse à la rue ?

– Ou pire, morts !

– Pour toi, ça va pas tarder, de toute façon.

– Est-ce que tout le monde pourrait se la fermer !

Quelques secondes plus tard, je suis à bout de souffle, une carte à jouer roussie dépassant sous ma botte. Tous me dévisagent : les résidents d'Althea House, un employé de la maison de retraite et la fille à la porte d'entrée. Par terre, un trou brûlé dans le tapis bleu verdâtre. Je peux voir le parquet à travers, même si la salle de jeu n'est éclairée que par une petite dizaine de bougies.

– Wow, murmure la fille à la porte.

Le soleil n'est pas encore couché et l'entoure d'un halo de lumière. La pièce dans laquelle on se trouve est plutôt sombre, mais assez éclairée pour que je la voie, *elle*. Et elle est magnifique.

Elle porte une salopette sur un crop-top blanc, et je me sens vraiment très lesbienne quand mes yeux se dirigent tout de suite vers la bande de peau noire et douce que j'aperçois au-dessus du jean. Elle a une tonne de cheveux noirs et épais, enroulés en deux lourdes tresses qui tombent sur ses épaules étroites. Un tas de bracelets argentés à chaque poignet, qui tintent dès que son chien bouge au bout de la laisse détendue.

Son chien – un pit-bull noir au museau fripé – porte un bandana bleu autour du cou et une veste avec « L'Amour en Laisse » dans le dos. Sa queue remue tellement fort, on dirait qu'il twerke.

Ses lunettes à fine monture métallique sont un peu tordues et glissent sur son large nez. Elle les repousse à leur place, me sourit et applaudit au ralenti.

Je n'en suis pas fière, mais fixer les gens, c'est l'un de mes (nombreux) vices. Clairement, je suis toujours en train de la reluquer quand mon téléphone se met à vibrer contre ma cuisse. Je sursaute comme si on venait de me surprendre en train de tromper Bree, parce que je sais que c'est elle, et mon cœur se met à battre la chamade mais je ne peux pas dire si c'est parce que je viens de jouer à l'extincteur, à cause du message qui m'attend, ou de la fille à la porte.

Je sors mon portable. C'est bien Bree. J'avale ma salive. Je ne réponds pas.

– OK! intervient Mimi, la responsable des animations.

C'est elle qui a proposé de jouer aux cartes dans une salle remplie de bougies. J'ai suggéré de ne pas jouer dans une pièce sans fenêtre pendant une coupure d'électricité, mais elle n'a rien voulu savoir. Ça donnerait une « atmosphère », a-t-elle dit. Je lui lance un regard noir alors qu'elle frappe une fois dans ses mains, fort.

– La partie est terminée!

– Sans blague Sherlock, dit Queenie, ma vieille toupie préférée dans cette baraque, en jetant le reste de ses cartes sur la table.

– De toute façon, je ne suis pas très douée au poker lance Miss Sadie en haussant les épaules.

Elle était maîtresse de maternelle, et ça se voit Tout chez elle, de son cardigan rose à sa voix douce, me donne envie de chanter des comptines.

Pearl, qui fait comme si elle était au-dessus de tout ça, donne des coups de coude à sa meilleure amie, Birdie, la nouvelle arrivante.

– Je t'avais bien dit que c'étaient des fous ! dit-elle.

Birdie a l'air inquiète, mais elle ajoute :

– Oui, mais au moins, ça m'évite de penser à l'obscurité qui ne va pas tarder à tomber.

Aida, l'air désapprobateur, réajuste son hijab et lève les yeux au ciel en voyant son mari, Mordechai, la kippa de travers sur un crâne dégarni, et elle pose ses cartes. (Je me demande toujours comment ils ont fini ensemble, ces deux-là !)

Grand-père Ike soupire et dépose sa lourde main sur mon épaule.

– Beau travail, petite, me félicite-t-il en regardant le tapis brûlé.

Mais moi, c'est toujours *elle* que je regarde.

– Ah Dieu merci tu es là, Joss, j'entends Mimi s'écrier tandis qu'elle s'approche de la fille à la porte. La nuit va être longue, je pense, et Mordechai a déjà failli faire brûler la maison. Si Nella n'avait pas été là...

Donc, voilà Joss. Ce qui veut dire que le chien, c'est le fameux...

– Ziggy ! crie Mordechai.

Il fait rouler son fauteuil à travers la pièce et se penche pour gratter le chien entre les oreilles, et Joss lui demande :

– Vous vous souvenez de Ziggy aujourd'hui, hein ? Et moi alors ? Qui suis-je, Mister M ?

– Jocelyn Williams, évidemment, affirme Mordechai sans hésiter. (Je souris, agréablement surprise. Sa mémoire, c'est tout ou rien en ce moment.) Vous dites comment déjà, les jeunes ? « Sans déc' » ?

Joss rit, et la voilà qui embrasse Mimi et lui dit qu'elle est venue aussi vite que possible. Tous les résidents d'Althea House semblent avoir oublié le danger mortel qu'ils viennent d'encourir grâce à l'arrivée de Joss et Ziggy. Depuis, plus rien ne compte. Ziggy fait toujours sa petite danse du derrière en léchant le visage de Mordechai, et c'est la première fois que je vois Mister M aussi heureux. Même Aida sourit, elle qui est d'habitude une grincheuse finie, et quand Ziggy se retourne sur le dos, elle se penche et lui gratouille le ventre.

Joss s'approche de moi et étire un de ses bras dans un tintement. Je regarde ses bracelets, puis je lève les yeux vers les siens. Ils sont d'un marron tellement foncé qu'on les dirait noirs, et son regard est aussi profond que la couleur de ses yeux.

– Salut. Tu dois être la petite fille d'Ike. Il parle tout le temps de toi. Je m'appelle Joss, et ne le dis à personne, mais (elle fait un pas vers moi et murmure) ton grand-père, c'est mon chouchou.

Grand-père entend tout et il agite les sourcils.

– C'est réciproque, ma p'tite dame.

Je me souviens de ce que grand-père m'a raconté à propos de Jocelyn, la fille qui emmène son chien de thérapie à Althea House tous les mardis après-midi. Qu'elle est jolie, sympa et vraiment très intelligente. Que son chien est la créature la plus douce du monde. Que les voir ensemble, c'est presque trop beau pour être vrai. Que si je la rencontrais, je l'adorerais.

« Et je crois que Joss aime les dames elle aussi, chouchou », m'a-t-il dit la semaine dernière avec un clin d'œil, comme la cerise sur le gâteau parfait qu'il me cuisine depuis la fin de l'année scolaire, surtout depuis que je lui ai fait mon coming out.

Je n'ai jamais eu de copine, et on dirait que tout le monde s'investit à fond pour changer ça avant que j'entre à l'université.

C'est pour ça que j'évitais toujours de lui rendre visite le mardi – je ne voulais pas croiser Joss et Ziggy, le duo de choc qui, d'après lui, me ferait tomber raide dingue.

Et là, même si c'est vendredi, les voilà. Et me voilà, moi aussi. Je ne peux plus esquiver la rencontre, même dans l'obscurité qui progresse à grands pas.

J'avale péniblement ma salive et lui serre la main, en me répétant que je ne peux pas me permettre de me faire avoir encore une fois par la fille parfaite. Quand une personne paraît trop belle pour être vraie, c'est souvent le cas, et s'il y a bien une leçon que j'ai apprise grâce à Bree, c'est celle-ci.

– Salut, je réponds, en essayant de chasser la pensée de Bree le plus loin possible. Joli chien.

– Pas vrai ? lance-t-elle en jetant un regard vers lui. Zig, c'est le meilleur. (Elle voit le tapis brûlé et fait une grimace.) Alors, il s'est passé quoi exactement ?

Althea House porte bien son nom, c'est une vraie maison : cent ans d'existence, en grès rouge couvert de lierre dans l'Upper West Side, où deux meilleures amies, Marie-Jeanne Beauvais et Althea Walker, ont emménagé ensemble une fois leurs enfants adultes et leurs maris décédés. Elles sont restées amies jusqu'au bout, et quand Althea est morte soudainement il y a une dizaine d'années, Marie-Jeanne a transformé leur maison en une résidence pour seniors et lui a donné le nom de son amie, en espérant que le lieu apporterait de la joie aux dernières années d'autres personnes âgées, comme il l'avait fait pour elle.

Tout le monde appelle Marie-Jeanne la duchesse d'Althea House, et bien qu'on voie souvent sa petite-fille, Lana, faire des allées et venues, il paraît que c'est rare de croiser Marie-Jeanne en personne.

Les deux étages de la maison – divisés en sept chambres (deux doubles et trois simples) et un appartement sous les combles, où vit Marie-Jeanne – abritent les résidents. Au rez-de-chaussée, il y a un vaste salon-salle à manger, la salle de jeu et une grande cuisine lumineuse. Le sous-sol fait office à la fois de bureau du personnel, de buanderie et d'infirmerie. Althea House m'a servi de refuge tout l'été, le seul endroit où j'allais, à part au travail et à la maison. Grand-père Ike aime bien cet endroit, lui aussi, et pourtant, il n'y a pas grand-chose qui lui plaise depuis la mort de mamie Zora en janvier. Ça en dit long sur le lieu.

Je me laisse tomber sur le gros canapé en L et inspecte la semelle de ma botte. On dirait que le caoutchouc n'a pas fondu, un miracle.

– Les plombs ont sauté et tout le monde s'est mis à paniquer. Du coup, Mimi a cru que ce serait une bonne idée d'essayer de poursuivre les activités qu'elle avait prévues pour la soirée. Histoire que tout le monde reste occupé et un minimum calme, tu vois – qu'on traverse la panne tranquillement. Alors on a joué au poker. Les joueurs se sont un peu enflammés. (Ricanements de grand-père. Je lève les yeux au ciel et lui envoie un coup de coude dans le bras.) Sans mauvais jeu de mots. Mais Mister M était contrarié de devoir se coucher pour la quatrième fois à la suite.

– Il a jeté ses cartes, dit Pearl, et Birdie acquiesce.

– Comme un enfant capricieux, lance Queenie de l'autre bout du canapé, tout en inspectant ses ongles manucurés.

– On a failli mourir ! ajoute théâtralement M. Alec Montgomery-Allen, serrant contre lui ses aiguilles à tricoter, une pelote de laine pâle et ce qui ressemble à un début de couverture.

Son mari, Todd (l'autre M. Montgomery-Allen), acquiesce et remonte son pull (tricoté par Alec) sur ses épaules, même si la température n'a fait qu'augmenter depuis que la clim est coupée, comme tout le reste. J'espère que l'humidité ne va pas ruiner mon afro.

– Une carte a frôlé une bougie, a pris feu et est tombée sur le tapis, dis-je en reprenant mon histoire pour répondre à Joss. Puis Mister M a soufflé dessus. Je crois qu'il pensait pouvoir l'éteindre comme on souffle une bougie, genre.

– Sauf que le sol, c'est pas un gâteau d'anniversaire nom de Dieu, rétorque Queenie, en regonflant son afro argenté – elle a presque autant de volume que moi.

Je pouffe.

– En effet, approuve M. Todd Montgomery-Allen. Loin de là.

– J'aurais fait la même chose, mon biquet, chuchote Birdie à Mordechai, en lui tapotant le genou.

– Et alors, le tout petit feu a *légèrement* grandi, dit grand-père, comme si on exagérait tous. (C'est peut-être le cas, mais c'était un feu !) C'est là que Nella-chou est entrée en action.

Il me serre l'épaule encore une fois, comme s'il était fier de moi.

Sadie rit et glisse doucement :

– Mimi envoyait des messages, donc elle n'a rien remarqué jusqu'à ce que je crie. Tu y crois, à ça ?

Joss pince les lèvres, pour ne pas rire je pense, puis elle secoue la tête d'un air sérieux. J'y crois totalement, disent ses yeux. Mimi adore les résidents, mais la meuf envoie plus de messages que moi et Bree cumulées. (C'est dire.)

– Donc, je poursuis, j'ai écrasé la carte. À ce moment-là, tout le monde hurlait, pas seulement Miss Sadie. Et c'est là que tu es arrivée.

– OK, dit Joss, ses yeux sombres de nouveau posés sur moi. On dirait que tu leur as sauvé la mise.

Je ne pense pas avoir fait quelque chose d'exceptionnel. Je suis trop habituée à être celle qu'on vient secourir, pas celle qui vole au secours des autres. Mais quand elle me regarde comme à cet instant, comme si j'étais un genre d'héroïne, je ne peux pas m'empêcher de me sentir un brin chevaleresque.

Assez vite, tout le monde passe au salon où, heureusement, il n'y a pas encore besoin de bougies. Les Montgomery-Allen reprennent leur tricot, Queenie sort ses lunettes de lecture et un roman à l'eau de rose sûrement un peu cochon, Miss Sadie se met à bavarder avec Mimi, et tous les autres, dont Aida et Mordechai, se rassemblent autour de Ziggy.

Joss fouille dans sa banane rose et tend un petit sac plein de friandises pour chiens à grand-père Ike. Puis sans dire un mot, elle se dirige avec détermination vers le piano près du bow-window, d'où le soleil offre assez de lumière pour éclairer chacune des boucles qui frisent sur ses tempes. Je m'efforce de ne pas la fixer. Et quand elle se met à jouer un truc contemporain et joyeux, je ne peux pas m'empêcher de penser : *Mais c'est qui, cette fille ?*

Grand-père Ike ne s'approche pas de Ziggy avec les friandises, même si le chien les a vues et sa queue fait *bam, bam, bam* d'excitation contre le sol. Grand-père voit que je regarde Joss.

Je croise les bras et me force à détourner les yeux.

– Quoi ? je lui demande entre les dents.

– Je t'avais bien dit qu'elle te plairait, me répond-il. (Et là, il lâche une bombe avant de repartir vers Ziggy.) En plus, elle chante.

Comment je vais survivre à une soirée entière avec une fille comme Jocelyn Williams ? Aucune idée.

Mon portable vibre encore. Un autre message de Bree. Comme si elle sentait que je commence à m'intéresser à quelqu'un d'autre qu'elle.

Il paraît qu'il y a une panne à New York.

Ça va ?

Mon ex-amie-et-plus-si-affinités-imaginaires (comment on appelle quelqu'un qu'on rêvait d'embrasser mais ça n'est jamais arrivé ?) est en Haïti pour l'été, où elle travaille dans un hôpital pour enfants qui connaît souvent des pannes de courant, et c'est elle qui s'inquiète pour moi. En gros, si moi je suis héroïque, elle, c'est Wonder Woman. Ce qui lui va pas trop mal, vu qu'on dirait une Gal Gadot afro-latina (la peau plus sombre et les cheveux plus frisés, mais tout aussi splendide).

Je lui réponds rapidement.

Ça va.

Je dois empêcher mon pouce de faire défiler la conversation, pour ne pas me perdre dans les choses qu'on se disait avant.

Relire des conversations de manière obsessionnelle, encore un de mes vices.

J'ai aussi un message de mon cousin Twig.

TWIG

Slt couz, tu rentres qd à Brooklyn ?

NELLA

Bien le bonjour à vous, Twiggy-chou.

TWIG

Yo, t'as pas intérêt à m'appeler comme ça devant tt le monde.

NELLA

Lol. Ché pas. 9h ? Mais avec la panne, je viendrai ptet pas du tt.

TWIG

Y FAUT que tu viennes, couz ! Ça va être le feu. Y'a rien d'autre à faire ce soir de tte façon, sans électricité. Fais-moi plaisir et ramène des gobelets.

Je range mon portable et fourre les mains dans mes poches. Mon cousin Twig fait partie de ces gens qui se sentent *très concernés* par ma vie amoureuse, et il essaie toujours de m'emmener à des soirées. D'ailleurs, c'est lui qui m'a présenté Bree (« J'crois que cette meuf que j'connais aime les meufs aussi, couz ! ») en me traînant à une fête que je voulais zapper. Donc je n'ai pas eu le courage de lui annoncer quand ça s'est passé, entre Bree et moi. Ou plutôt, quand ça ne s'est pas passé. Lui et tous les autres dans le quartier doivent s'attendre à ce que je débarque avec elle, parce que ça faisait des mois qu'on était inséparables. Personne ne sait la vérité sur nous, et surtout, sur elle. Exactement comme moi je ne savais pas. Je me passe les mains sur le visage et je grogne, mais personne ne le remarque.

– C'est pendant un de ces machins que j'ai rencontré ma Zora, intervient grand-père, pile au moment où les doigts de Joss s'arrêtent sur le piano.

Les Costa, qui n'étaient pas au rez-de-chaussée avec nous, descendent les escaliers. Joss se retourne, les voit et sourit.

– Maria ! Santiago ! Je suis contente que vous ayez pu vous joindre à nous, lance-t-elle joyeusement.

– Eh bien, on a entendu le piano et on s'est dit que ça devait être toi, dit Maria. (Ça me laisse bouche bée. De tout l'été, je n'ai croisé les Costa qu'une seule fois. D'habitude, ils restent planqués tous les deux dans leur chambre à regarder des telenovelas et à se bécoter comme des ados. Marie-Jeanne, elle, je ne l'ai jamais vue. Je me demande même si elle existe.)

– Pendant quel machin ? demande Joss en se retournant vers grand-père.

Je ne sais pas comment elle arrive à écouter tout le monde en même temps.

– Il parle de la panne de 1977, je lui réponds.

– C'est ça, Nella-chou. C'était en 1977. Je ne l'oublierai jamais.

Grand-père se met à regarder au loin, comme chaque fois qu'il parle de mamie. Ma gorge se serre ; elle me manque encore plus quand il en parle, mais ça le rend tellement heureux que je ne lui demande jamais d'arrêter.

– Eh bien, continuez. Il me faut la suite de l'histoire, dit Joss. (Elle referme le piano et s'accoude au couvercle. Ses tresses épaisses tombent derrière ses épaules relevées.)

Grand-père sourit.

– Je l'ai tout de suite remarquée. Le jour où elle est arrivée. C'était son sourire. Elle avait les fossettes les plus profondes que j'avais jamais vues chez une femme. Mais elle ne savait même pas que j'existais, raconte-t-il, et tout le monde, jusqu'à Ziggy, semble l'écouter.

Le chien se pelotonne aux pieds de grand-père et pose sa grosse tête sur le bout de la chaussure orthopédique d'Aida. Queenie referme son livre et Alec et Todd arrêtent de tricoter. Pearl et Birdie ont un petit sourire complice. Même Mimi pose son téléphone.

– J'étais le concierge de son immeuble. Et j'essayais de faire en sorte que les locataires restent chez eux parce que les gens perdaient la boule, pillaient les bâtiments, allumaient des feux. La ville était sens dessus dessous. Mais Zora était bien décidée à la traverser à pied pour aller voir sa mère.

Je souris. Cette histoire, je l'ai entendue des dizaines de fois, mais je l'aime toujours autant, et même plus depuis que mamie Zo est partie. Je me retourne et m'agenouille sur le canapé pour le voir pendant qu'il raconte. C'était ça, ma grand-mère, être prête à tout pour les gens qu'elle aimait.

– Cette fille. Une vraie tête de mule, déjà à l'époque. Elle ne voulait rien savoir. Les métros ne marchaient pas, les bus non plus, et c'était à une bonne demi-heure de marche. Mais puisque ça faisait des mois qu'elle m'avait tapé dans l'œil, j'ai fini par céder. Je lui ai dit que si elle y allait, j'y allais avec elle. Quand j'ai accepté, elle m'a fait un sourire si grand, si large, avec ses fossettes profondes comme des petits puits, que j'ai su que quoi qu'il arrive, j'avais fait le bon choix.

– OK, il faut que je sache la suite, l'interrompt Joss. Vous avez une photo ? (Elle balaie la pièce du regard.) Je ne dois pas être la seule à vouloir les voir, ces fossettes !

– Oh, on sait à quoi elle ressemble, dit Todd, et tout le monde acquiesce.

Grand-père Ike sort tout le temps sa photo préférée de mamie. Tout le monde l'a vue, c'est sûr, et ça m'étonne qu'il ne l'ait pas déjà montrée à Joss. Sadie a même peint un portrait de mamie Zora d'après cette photo et l'a offert à grand-père pour son anniversaire. Il est dans sa chambre, accroché au mur.

Grand-père Ike sourit. Il plonge la main dans sa poche et en ressort son portefeuille. Mais quand il ouvre le petit volet qui cache d'habitude la photo usée de mamie Zora, il fait une drôle de tête.

– Mmh, grommelle-t-il.

Il nous tourne le dos, vide son portefeuille, puis le reste de ses poches, avant de nous refaire face. Des reçus pliés, des cartes de crédit, quelques factures froissées et une dizaine de pièces tombent en cliquetant sur la petite console à côté de lui.

– Tout va bien ? demande Queenie.

Mais grand-père fixe la table, puis se met à tourner en rond.

– Mmh, grogne-t-il encore.

Il se dirige vers le porte manteau près de la porte et retourne les poches de sa veste. Elles sont vides, et grand-père commence à avoir l'air inquiet.

– Mimi ? Tu n'aurais pas vu la photo de ma Zora ?

Mimi fait non de la tête.

– Je ne crois pas.

Il va vers le canapé et soulève les coussins, nous demande même de nous lever, à Queenie et à moi, pour regarder en dessous.

– Je ne sais pas où elle pourrait être, dit-il. Nella, tu sais comme je l'aime, cette photo.

J'acquiesce, en pensant au jour où mamie a reçu son diagnostic. Il a glissé la photo dans son portefeuille, et tout a changé.

– Grand-père, ne t'inquiète pas. Elle ne doit pas être bien loin. Tu n'es même pas sorti ces trois derniers jours, pas vrai ?

Il acquiesce, mais son regard balaie la pièce comme si la photo était juste devant lui, et qu'il ne la voyait pas.

– Alors on la cherchera quand la lumière sera revenue, je lui promets. On va la retrouver.

Mais il secoue la tête.

– Non, ma grande, tu ne comprends pas. Cette photo me suit partout depuis que j'ai quitté notre appartement. Il me la faut maintenant.

Grand-père a toujours la tête sur les épaules. Sauf quand il s'agit de mamie Zora. Quand elle est morte, il a touché le fond. C'est là que maman a pensé que ce serait une bonne idée qu'il emménage ici, plutôt que de rester dans l'appartement où il a vécu avec mamie pendant quarante ans. Il a fallu se battre pour lui faire quitter son trois-pièces sans ascenseur de Harlem. Mais ici, il a des amis, pas de factures à payer, et maman et moi n'avons plus besoin de nous inquiéter de savoir s'il mange ou s'il passe la journée à attendre, seul.

Grand-père file vers les escaliers et trébuche sur la première marche, sûrement parce que le couloir est plus sombre que d'habitude.

– Grand-père ! (Je cours vers lui et lui agrippe le bras. Je le redresse, même s'il s'est rattrapé d'une main.) Je vais la chercher, d'accord ? Toi, tu vas t'asseoir dans le salon. Faudrait pas que tu te casses le col du fémur, hein, vieux bonhomme ?

Il tente un sourire, mais qui ne monte pas jusqu'aux yeux. Peut-être parce que cette panne lui rappelle tellement l'été où il a rencontré mamie.

Je le raccompagne jusqu'au canapé du salon. Sadie pose une main sur son épaule et Aida lui tend le sachet de friandises de Ziggy, ramassé là où il l'a laissé tomber quand il a ouvert son portefeuille.

– Ziggy, dit Joss, debout devant le piano. (Elle s'est levée d'un coup quand grand-père Ike a trébuché. Elle s'approche de l'endroit où il s'est assis et le montre du doigt.) Genoux !

Ziggy s'avance à pas feutrés et pose ses deux pattes sur les genoux de grand-père. Puis sa tête par-dessus. C'est le truc le plus mignon que j'aie jamais vu.

Grand-père le caresse. Puis Joss dit : « Descends » et Ziggy laisse tomber ses pattes sur le sol. Grand-père lui donne une friandise et un peu de bave coule sur ses doigts quand Ziggy l'attrape.

– C'est bien, dit-il, mais il y a de la tristesse dans sa voix.

– Je vais la retrouver, je lui promets. Ne t'inquiète pas. Pourquoi tu ne terminerais pas ton histoire ? Je suis sûre que la photo est quelque part dans ta chambre. Je vais voir.

Je pars en direction des escaliers.

– Joss, pourquoi tu n'irais pas l'aider ? suggère grand-père. Ça ne t'embête pas ?

– Pas du tout, répond-elle. (Quand elle vient vers moi, Ziggy la suit.) Non, Zig, je reviens tout de suite. Tu restes ici, OK ? Ike, vous pouvez lui donner un autre gâteau ?

Il acquiesce et Ziggy se retourne dès que les autres résidents l'appellent. Je l'entends dire :

– Bon, où en étais-je ?

– Vous alliez traverser la ville ensemble, lui rappelle Mimi.

Et je peux voir le sourire de grand-père revenir, même s'il est décidément plus timide qu'avant.

Je jette un coup d'œil à Joss. Elle sourit aussi. Je me sens nerveuse, mais j'ai quand même envie de mieux la connaître.

Je me force à avaler ma salive et je lui rends son sourire. Puis on s'éloigne toutes les deux de la pièce éclairée par le soleil, en direction de l'obscurité.

Ses bracelets tintent comme un carillon.

J'allume la lampe torche de mon portable pour voir où je vais, et si la photo n'est pas tombée sur les marches ou le sol du couloir à l'étage. Grâce à ses bracelets, je n'ai pas besoin de me retourner pour savoir que Joss est là.

– La chambre de grand-père est tout au bout du couloir, dis-je une fois en haut. Je parie que la photo est juste tombée de son portefeuille.

– T'inquiète, répond-elle. Ça me fait plaisir de t'aider.

Je tire sur ma jupe en jean : mes mini jupes remontent toujours quand je prends des escaliers. Puis je pousse la porte de la chambre et entre. Il y fait un peu plus clair que dans le couloir, peut-être parce qu'elle est moins étroite. L'unique fenêtre fait face au mur de brique de la maison d'à côté, alors, même s'il y a toujours du soleil, des ombres s'étirent sur le sol.

Je cale mon portable sur le bureau de grand-père, et Joss fait de même sur la commode. Les deux faisceaux projettent une lumière blanche et douce à travers la pièce. Il a laissé un pull sur l'accoudoir de son fauteuil relax et le lit est défait, mais à part ça, la chambre est plutôt bien rangée. Au milieu, sur une couverture étalée au sol, des petits paquets de chips et de biscuits apéritifs posés sur un service en porcelaine très chic, une théière en céramique et des tasses où restent des traces de thé. Je rougis, un peu gênée, quand Joss demande :

– C'est quoi, tout ça ?

– Oh, euh…

Elle est mignonne. Je suis chelou. Je pensais que j'aurais un peu de temps avant qu'elle découvre cette facette de moi-même que je préfère cacher.

– De temps en temps, on fait des goûters-pique-niques avec des snacks de distributeur, je réponds tout bas.

– Des goûters… pique-niques… de distributeur ? Mais il y a pas de distributeur à Althea House, si ?

Je ne sais plus trop où me mettre, toujours dos à elle.

– Non. (Je déplace les couvertures sur le lit comme si je cherchais la photo, mais j'essaie surtout de ne pas la regarder.) Je prends de quoi grignoter au distributeur de mon boulot – je suis maître nageuse à la YMCA – et je les rapporte ici quand je viens rendre visite à grand-père.

– Hein ? demande Joss. (On dirait qu'elle sourit, mais je ne me retourne pas pour vérifier.) Pourquoi ?

– C'est idiot.

Joss me tapote l'épaule, alors je lui fais face. Elle a un sourire en coin et elle est incroyablement belle, même avec les ombres qui couvrent son visage. Elle fronce un peu les sourcils, comme si elle ne comprenait pas.

– Nella.

C'est la première fois qu'elle dit mon nom, et l'entendre de sa voix, ça me donne un peu plus chaud. Je rougis encore, et je remercie l'étroitesse de la pièce et ma peau noire. Je ne pense pas qu'elle puisse le remarquer.

– C'est un petit truc entre nous. On le faisait avec mamie Zora quand elle était à l'hôpital. Vers la fin.

Joss secoue la tête, pas certaine de comprendre, donc je continue :

– Les goûters et les pique-niques étaient ses deux activités favorites. Elle ne pouvait plus sortir, et elle n'avait pas organisé de goûter depuis qu'elle était tombée malade. Alors un jour, j'ai eu une idée. Je suis allée chercher sa vaisselle préférée dans son appartement. J'ai dit à grand-père et à ma mère d'acheter la masse de gâteaux au distributeur, on les a étalés sur son lit d'hôpital et on a fait un mélange de goûter et de pique-nique. Ça l'a rendue tellement heureuse, et ça nous a remonté le moral à nous aussi. Donc maintenant, parfois, quand je suis triste, grand-père me dit « d'apporter les renforts ». (Je fais un signe vers le sol.) Et c'est toujours de ça qu'il parle.

– Oh ! dit-elle dans un sourire. C'est trop mignon.

Je rougis encore, encore plus.

Quelques instants plus tard, elle se met à quatre pattes sur le sol, déplaçant doucement la vaisselle et la couverture. Je comprends qu'elle cherche la photo. J'avais presque oublié qu'on était montées pour ça, à la base. J'ouvre les tiroirs et soulève pulls, chaussettes et t-shirts. Mais pas de photo.

– Ma grand-mère est morte il y a deux ans, dit Joss doucement. Elle était éducatrice canine. Tu sais, ces femmes qui font parader des chiens en courant sur des tapis bleus.

Je souris un peu et acquiesce.

– On voit pas souvent des Noirs faire ça.

– C'est vrai ! Mais elle était carrément douée. Tous les chiens qu'elle a dressés ont gagné des concours. Puis quand elle a commencé à vieillir, elle s'est mise à dresser des chiens thérapeutes. C'était un peu moins physique mais elle pouvait toujours passer ses journées entourée d'animaux.

– C'est elle qui a dressé ton chien ?

Joss fait non de la tête et repousse ses lunettes sur son nez.

– C'est moi. Mais c'est elle qui m'a tout appris.

– Ça t'a pris combien de temps ?

J'ouvre le dernier tiroir et farfouille dedans.

– Quelques mois. J'ai adopté Ziggy quand il avait un an, à peu près. Il était tout fou. Mais gentil et tellement mignon. Après avoir vu les chiens avec lesquels ma grand-mère avait travaillé, je savais qu'il avait le bon tempérament pour être un chien thérapeutique. Je ne comprenais pas pourquoi il n'avait pas été adopté plus tôt.

– Il y a beaucoup de gens qui ont peur des pit-bulls. On voit plein de trucs débiles sur Internet.

– Oui. Ça me rend dingue. Tu savais que les pit-bulls sont les plus souvent euthanasiés ? Et que les chiens noirs, peu importe leur race, ont moins de chance de se faire adopter?

Je referme le tiroir et me tourne vers elle.

– Sérieux? Wow. Je savais pas. C'est genre... du racisme anti-chiens.

– Exactement. Enfin bref, Ziggy a compris l'entraînement très vite. Toujours envie de faire plaisir. Très doux. Très gentil avec les étrangers. On a commencé par rendre visite à des enfants à l'hôpital, puis on est allés dans les maisons de retraite. Une fois par mois, on fait aussi des visites en soins palliatifs, mais pas trop souvent, pour ma santé mentale.

Joss se redresse et soulève une pile de livres sur la table de chevet. Elle les feuillette l'un après l'autre. Je n'y avais pas pensé. Ça fait un bon marque-page, une photo.

– C'est elle? demande Joss, et pendant une seconde, je suis persuadée qu'elle l'a trouvée.

Mais quand je lève les yeux, je vois qu'elle montre du doigt le portrait de mamie Zora peint par Sadie, accroché à la porte de la chambre. Je souris un peu.

– Oui.

Sur le tableau, comme sur la photo, mamie a de longs cheveux gris et lissés, qui tombent sur ses épaules en larges vagues parce qu'elle les attachait toujours avec des pinces avant d'aller se coucher. Elle porte une robe vert émeraude et est assise dans sa cuisine, un coude sur la table, une cigarette à la main – la cause du cancer du poumon qui l'a emportée. Elle est belle, elle en impose, et elle ressemble beaucoup trop à maman. Je détourne les yeux.

Parfois, quand je regarde des photos d'elle pendant trop longtemps, je suis prise de panique : un jour, ma mère aussi va partir.

– Elle est magnifique, dit Joss et il y a quelque chose dans sa façon de le dire, au présent, qui fait ralentir mon cœur, qui apaise ma respiration.

– Oui.

– Tu lui ressembles.

Je cligne des yeux, surprise.

– Vraiment ?

– Ouep, me répond-elle, mais elle ne me regarde plus. Elle est penchée en avant, pour chercher sous le lit. Pourtant, sa voix sonne haut et clair, comme deux de ses bracelets qui tintent, quand elle ajoute :

– Toi aussi, tu es magnifique.

Je voudrais lui dire que je pense la même chose d'elle depuis qu'elle a passé la porte d'Althea House, mais je reste sans voix.

Je ne réponds pas.

On cherche encore un peu. J'éclaire sous la commode et dans le placard avec mon portable, et Joss retire les coussins du fauteuil pour chercher à l'arrière et sur les côtés. Mais pas de photo.

– Est-ce que Ike est allé ailleurs ? À part dans la salle de bains et tout. Ah, dans la chambre de Queenie ?

– Oui ! dis-je en regardant le saxophone de grand-père, posé sur le sol dans sa boîte. Ils jouent tout le temps ensemble.

– Je sais, dit Joss, sourire aux lèvres.

Je voudrais lui demander *comment* elle le sait, mais je ne le fais pas.

Quelques minutes plus tard, nous sommes de retour dans le couloir, en direction de l'autre côté de l'étage.

– Pourquoi t'étais triste ? demande Joss alors qu'on passe devant la salle de bains.

Je passe la tête et jette un œil au carrelage, mais rien.

– Hein ?

– Tu as dit qu'Ike t'a demandé d'apporter les renforts parce que t'étais triste. C'est pour ça que vous avez fait un pique-nique, non ?

– Ah, oui.

– Qu'est-ce qui t'avait rendue triste ?

Je regonfle mon afro.

– En vrai, je suis pas mal déprimée depuis la fin des cours. Ma copine est partie en Haïti pour l'été, mais elle ne m'en a pas parlé avant la veille de son départ.

– Pas cool. C'est dur, les relations à distance.

– Hein ? Ah, non. Pardon. Pas ma *petite* copine.

– Ah.

– Ouais. En fait… j'étais à fond sur elle. Et quand elle m'a dit qu'elle partait, c'était vraiment genre : « T'es collante à mort. Je pars à l'étranger pour être loin de toi. Ciao. »

– Aïe.

Joss a l'air mal à l'aise, j'ai peur d'en avoir trop dit.

– Enfin, là je simplifie, c'est juste qu'on est différentes, tu vois ?

Je tire encore sur ma jupe – une mauvaise habitude à ajouter à la liste de mes vices, parce que, comme grand-père ne se prive pas de me le faire remarquer, je pourrais tout simplement m'en trouver de plus longues.

– La différence, ça peut tout gâcher, dit Joss, et elle tend la main vers la porte de Queenie.

C'est un peu bizarre, d'entrer dans sa chambre sans permission. Je m'arrête, recule, et crie dans les escaliers :

– Queenie, est-ce qu'on peut vérifier dans ta chambre, s'il n'y a pas la photo ? Peut-être que grand-père l'a fait tomber là ?

Une seconde plus tard, elle répond en criant :

– Vas-y, chérie. Mais pas touche au tiroir du haut !

Joss ricane.

– Je parie que c'est plein de trucs porno, chuchote-t-elle, et Aida lance :

– C'est là qu'elle cache ses numéros vintage de *Playgirls* ! (On se regarde, Joss et moi, et on éclate de rire.)

– La ferme ! dit Queenie.

On entre sans attendre la riposte d'Aida, mais je sais qu'elles continuent de se disputer.

Je scrute la chambre. Coussins de sol à motifs, rideaux en dentelle, dessus-de-lit en patchwork et des montagnes de livres sur l'astrologie, les pierres précieuses et le tarot.

– On… On dirait qu'un catalogue de hippie a régurgité tout son contenu ici. Mais sans le côté bobo blanche… plus authentique, tu trouves pas ?

– Wow, acquiesce Joss, c'est exactement ça.

On balaie le sol de nos lampes torches, puis on regarde derrière la batterie de Queenie. Deux fois par semaine, la vieille dame et mon grand-père se font une jam. Ils parlent de monter un groupe, mais pas sûr que ça se fasse.

– Je joue du piano avec eux parfois, dit Joss après avoir cherché en silence un moment. J'apporte mon clavier pour que Queenie n'ait pas à descendre sa batterie. Je leur ai dit qu'on devrait faire des concerts dans le petit resto de *soul food* au coin de la rue. Y'a de la musique live de temps en temps.

– C'est pour ça que tu savais qu'il fallait chercher ici. Et c'est toi qui as eu l'idée du groupe !

Je lui envoie un petit coup de coude et elle rit.

– Je plaide coupable, dit-elle, puis elle prend une expression que je n'arrive pas à déchiffrer. La différence, ça peut tout gâcher, répète-t-elle. Mais même si elle est grande, je crois que si on veut que ça marche et si les deux personnes sont prêtes à faire un effort, on trouve souvent une solution. Je veux dire, prends Ike et Queenie. C'est le jour et la nuit – ton grand-père est super logique, super rangé, et Queenie croit à toutes ces… (Joss ramasse un gros morceau de quartz rose d'une petite étagère et lève les sourcils.) Mais ils ont une connexion musicale, c'est évident. Suffisamment pour avoir vraiment envie de jouer ensemble. Ils se disputent tout le temps, mais ça marche.

Je hausse les épaules.

– Tu dois avoir raison. C'est comme Aida et Morcy.

– C'est ça. Ce que je veux dire, c'est que souvent, si la relation ne marche pas, c'est pas à cause de la différence La question, c'est plutôt de savoir de quoi les gens ont envie. Et à quel point. Une fille ne veut pas de toi ? (Elle fait un signe dans ma direction avec le quartz rose, comme s'il y avait quelque chose en moi d'aussi précieux, d'aussi imparfaitement beau.) Elle sait pas ce qu'elle perd.

Je me force à avaler ma salive et me dirige vers la commode.

– C'est… gentil.

Je ne lui ai pas tout raconté, pour Bree. Quelques jours avant qu'elle parte, je me suis appuyée à une clôture à côté d'elle, j'ai pris sa main, passé une mèche de ses cheveux bouclés derrière son oreille, et murmuré : « Tu le sais peut-être déjà, mais je crois que je t'aime. »

Elle m'a lâché la main et fait un pas en arrière. Puis elle a dit :

« Mais Nella… Tu sais que je suis hétéro, non ? »

J'ai senti ma poitrine se comprimer.

« Mais on traîne tout le temps ensemble, et on se tient par la main, ai-je dit. On va au ciné toutes les deux puis on partage des glaces tard le soir.

– Oui. Mais je fais ça avec tous mes amis.

– Mais… Twig t'a vue embrasser des filles à toutes ces soirées ? C'est pour ça qu'il nous a présentées. »

Bree s'est mordu la lèvre.

« Ah. Mince. Bah, je fais ça quand j'ai bu, c'est tout. »

J'y ai pas cru, qu'elle était hétéro. Mais pire que mon erreur, c'était ma gêne : je croyais sortir avec quelqu'un qui ne pensait pas sortir avec moi.

Trois jours plus tard, elle m'a annoncé qu'elle partait. Comme ça. En plus de l'humiliation, ça m'a brisé le cœur – je me suis fait larguer par une fille que je n'avais même pas embrassée.

Alors, les compliments de Joss, je les collectionne comme des pièces brillantes trouvées par terre : dans la poche, en lieu sûr. Elles sont jolies, c'est sympa de les avoir, mais elles ne valent pas grand-chose. Parce que si quelqu'un avec qui j'avais passé des mois peut me jeter aussi facilement que Bree l'a fait, je ne comprends pas pourquoi je devrais m'émouvoir de plaire à une fille que je viens à peine de rencontrer.

Joss le voit bien.

– Tu me crois pas ? demande-t-elle. (Je hausse les épaules.) C'est plus facile de croire le négatif que le positif.

(Elle a l'air de réfléchir.) J'essaie toujours de dire la vérité. Mon ex aussi était très différent·e de moi – plus métal que pop. Plus noir que rose. Iel aimait les chats… Les *chats* Nella. Plus que les chiens. Iel a rien compris à la vie !

Je ris. Ça ne fait qu'une heure que je la connais (sans compter toutes les histoires que grand-père m'a racontées sur elle), mais je ne peux quand même pas imaginer Joss avec quelqu'un comme ça.

Elle attrape un tube de rouge à lèvres de Queenie et continue :

– Taylor, c'était son nom. On l'appelait Tay-Tay. C'était ma première relation, donc je l'aimerai toujours, je pense. Mais quand moi, je voulais Tay comme iel était, Tay voulait quelqu'un avec qui iel avait plus de points communs. Et tu ne peux pas forcer quelqu'un à t'aimer.

Ça, je le savais trop bien.

Tout en parlant, Joss se penche vers le miroir et étale un indigo profond sur ses lèvres.

– Elle m'a déjà laissée essayer cette couleur, dit le reflet de Joss. Promis. Je le ferais pas si je pensais que ça la gênait.

Et maintenant, en plus d'être très mignonne, très sûre d'elle et très gentille… Elle a soudain une bouche très attirante.

Je me retourne. Je suis censée chercher une photo, pas fixer les lèvres de Joss. Je balaie le sol et le lit du regard, l'étagère avec les pierres et les livres, puis la table de chevet.

Il y a un pot de caramels, j'y plonge la main et en attrape quelques-uns. Queenie les distribue toujours, donc comme pour le rouge à lèvres, je sais que ça ne la dérangera pas.

J'en envoie un à Joss et m'assieds sur le lit.

– J'adore ces machins, dit-elle.

Elle s'installe sur l'un des coussins au sol, déballe le bonbon, et le fait sauter dans sa bouche pourpre, parfaite. Puis elle ramasse un livre sur l'une des piles près d'elle et me demande mon signe astrologique.

– Poissons, dis-je, et là, parce qu'elle a l'air tellement sûre d'elle, d'être tellement elle-même sans aucune honte, je lui demande : Est-ce que tu savais déjà, avant Taylor, je veux dire, que t'étais queer ?

– Non, répond-elle sans hésiter.

Puis elle pointe la lumière de son portable sur la page et me lit mon horoscope, dans le gros livre qu'elle tient entre les mains. Ça parle de trucs vagues sur l'ambition, le changement et le fait de s'appuyer sur les gens qu'on aime dans les moments difficiles, mais je n'écoute pas vraiment. Je la regarde.

Quand elle lève enfin les yeux, je souris.

– Quand est-ce que tu as su ?

– J'avais douze ans, quand j'ai rencontré Tay-Tay. Mais on est seulement devenu ami·es au lycée. Je sentais comme une chaleur quand on était ensemble. Comme si on était des aimants. On pouvait pas s'empêcher de se toucher. Donc on se tenait souvent par la main, on jouait avec les cheveux de l'autre et on se blottissait ensemble quand on regardait des films. On était meilleur·es ami·es. J'y pensais pas plus que ça. Puis, l'année dernière, iel m'a fait son coming out. Iel m'a dit qu'iel était non binaire et queer, et m'a avoué qu'iel m'aimait bien. Tay avait l'air tellement confiant·e. Je voyais bien qu'iel avait réfléchi à tout Et je crois qu'iel savait que je me posais encore des questions. Je lui ai dit que je n'étais pas sûre de mon identité, et iel a eu l'air très déçu·e. Mais j'ai ajouté : « Je ne saurais pas dire dans quelle case je rentre. Mais je sais que moi aussi, je t'aime bien. »

J'acquiesce.

– C'était un peu comme ça pour moi aussi. L'un des mecs les plus populaires du lycée, Tristán, m'a écrit une lettre d'amour en seconde, et quand je l'ai montrée à ma meilleure amie en pensant qu'elle rigolerait, elle m'a dit : « vas-y, fonce ». Elle ne comprenait pas pourquoi je ne voulais même pas lui parler. Mais il ne m'intéressait pas, parce que j'étais à fond sur elle. Pour faire vite : elle ne m'aimait pas. Elle est devenue chelou. Je me suis accrochée. On n'est plus amies.

– Ça craint, dit Joss.

Un silence s'installe. Je glisse du lit sur un coussin près d'elle. Je lui prends le livre d'astrologie des mains et elle penche le téléphone vers moi, pour que je trouve son horoscope. Elle est taureau, et le sien parle d'opportunités et d'ouverture à ce que l'univers lui envoie. Ses yeux pétillent un peu dans le noir.

– Je ne crois pas que la photo soit ici, dis-je, même si une part de moi voudrait rester là, à côté d'elle, encore un peu.

– Non, lance-t-elle.

Mais elle ne bouge pas non plus.

– Il va peut-être nous falloir de l'aide, suggère Joss quelques instants plus tard.

Elle se relève et se penche. Sa main tendue est douce quand je l'attrape. Elle m'aide à me lever, mais ne me lâche pas tout de suite, et j'adore le contraste entre le métal froid de ses bagues et la chaleur de sa paume. On se dirige vers la porte et ses bracelets tintent quand elle l'ouvre.

– De l'aide ? je demande.

Elle descend les escaliers en sautillant et entre dans le salon. Mimi et toutes les personnes âgées nous regardent, pleines d'espoir.

– Désolée, grand-père. On revient bredouilles.

– Ah, merde.

– Mais j'ai une idée, dit Joss. Ike, je peux voir votre portefeuille ?

– Euh, oui.

Il le sort de sa poche et Joss appelle Ziggy. Elle le lui tend et le chien le renifle avec application.

– Je ne sais pas si ça va marcher, dit-elle, mais je parie que la photo a la même odeur que le portefeuille, non ? Vu qu'elle était dedans, d'habitude ? Elle doit sentir le cuir. Ziggy peut peut-être nous aider à chercher.

Je me mords la lèvre pour m'empêcher de trop sourire. Cette fille !

– Excellente idée, dit Birdie.

– Du génie, marmonne Mordechai.

– Cette fille pourrait devenir détective, ajoute Mimi, sans quitter son téléphone des yeux.

Les Costa et les Montgomery-Allen rient en chœur.

– Pas sans mon fidèle coéquipier. Vas-y, Ziggy, l'encourage Joss. (Puis elle se tourne vers moi. Encore en train de la fixer.) Quoi ? demande-t-elle.

Je secoue la tête.

– Juste… toi, je bafouille.

Et j'emboîte le pas à Ziggy. Quand je réalise que je n'entends pas ses bracelets à ma suite, je me retourne. Elle n'a pas bougé.

– Juste moi, hein ? dit-elle, sourire en coin.

– Oh mon Dieu.

Je me couvre la bouche des mains quand je me rends compte de ce que j'ai laissé échapper. Mais au moment où nos regards se croisent, je décide d'assumer. Je rattrape sa main, ça semblait tellement normal quand on l'a fait là-haut. Tellement naturel.

– Allez, viens.

Ziggy trottine dans le couloir qui mène à la cuisine, et on le suit dans le corridor sombre. Il y a des petites bougies à piles sur le sol pour que les résidents puissent se rendre aux toilettes. Dans la cuisine, il fait encore clair grâce à toutes les fenêtres.

Ziggy s'approche des portes coulissantes en verre qui mènent au petit balcon à l'arrière de la maison. Il pousse le bas de la porte-fenêtre et laisse une petite empreinte de truffe en forme de cœur sur la vitre.

– On… On dirait que ce n'est pas à la photo qu'il veut nous emmener, dis-je.

J'ouvre, et Ziggy sort d'un bond, renifle un peu, et lève la patte avant de lâcher un arc de pipi parfait à travers la rambarde.

– Ziggy, non ! crie Joss, mais c'est déjà trop tard et j'éclate de rire.

– J'espère qu'il n'y avait personne en bas !

Je m'approche du bord et jette un œil par-dessus. Heureusement pour nous, il n'y a qu'une petite éclaboussure sur le bitume.

– C'est bien.

Je tapote sa tête toute douce et caresse ses oreilles veloutées. Sa langue rose pendouille, on dirait qu'il sourit.

– C'est pas bien du tout ! proteste Joss.

– Au moins, il a pas pissé sur le balcon.

Je me laisse tomber dans un des fauteuils de jardin et, avec sa tête, Ziggy pousse ma main pour que je le caresse encore.

– OK, l'idée était bonne.

Elle s'assied dans la chaise en face de moi et observe l'immeuble de l'autre côté de la ruelle. Des gens ont sorti un barbecue et écoutent de la musique sur des enceintes Bluetooth. Deux hommes âgés dansent ensemble et leurs amis applaudissent.

C'est étrange, de s'asseoir au soleil quand on sait qu'il ne reste que quelques heures de clarté. Je me demande comment on va faire, et comment tout le monde va réagir, une fois que le soleil sera couché.

– Ça me fait bizarre de penser qu'on est tellement habitués à tout voir autour de nous. Je parie que c'était un peu flippant pour mes grands-parents, de faire tout ce chemin dans le noir. Surtout avec les pillages et tout ce qui se passait à ce moment-là.

– Ah mais oui ! s'écrie soudain Joss. J'ai pas eu la suite de l'histoire !

Elle remonte ses lunettes sur son nez et tend la main vers Ziggy. Immédiatement, il se tourne vers elle et monte sur la chaise. Il est énorme, c'est trop marrant et trop chou de voir son gros corps tout écrasé contre elle.

– Tu me racontes ?

D'un coup, je me sens seule, les deux dans le même fauteuil, et moi un petit mètre (qui semble démesuré) plus loin. J'acquiesce et regarde au loin à nouveau.

– Ils ont marché de leur immeuble au nord de Morningside Park jusque chez mon arrière-grand-mère, qui vivait à East Harlem, entre la 116e Rue et la Deuxième Avenue. Et retour.

– Wow, s'exclame Joss.

Je ne la regarde pas, mais j'entends ses bracelets et Ziggy qui halète. Je tripote mon collier : un médaillon en or rose que Bree m'a offert pour mon anniversaire et qui me rappelle encore plus ma solitude, et la distance qui me sépare de Joss semble s'élargir. Je laisse tomber ma main et reprends :

– Oui. Mais ils ont parlé tout du long. Mamie lui a raconté des histoires sur son enfance à Harlem, parce que grand-père venait tout juste d'emménager à New York. Lui a parlé de la vie à Charlotte, sa ville de naissance, en Caroline du Nord, et il lui a expliqué comme il était content d'être venu dans le Nord. Quand ils sont passés devant l'Apollo Theater, elle lui a dit que sa mère l'avait emmenée à la soirée amateurs, puis qu'elles avaient bu des milkshakes à la fraise. Elle lui a raconté sa tristesse quand la salle a arrêté de programmer des concerts pour devenir un cinéma. C'est là qu'il lui a confié que si l'Apollo refaisait une soirée amateurs, il espérait qu'elle accepterait d'y aller avec lui.

– Il fallait qu'il tente sa chance, dit Joss, ses bracelets carillonnant.

– C'est ce qu'il a fait. Et quand ils sont passés devant une camionnette de glacier, il lui a offert un cornet de glace à la fraise saupoudrée de vermicelles en sucre, et lui a dit quelque chose du genre : « Je crois qu'ils n'avaient plus de milkshakes. » Je sais que ça avait plu à mamie dis-je en souriant. Et la glace avait dû faire son effet parce que quelques pâtés de maisons plus loin, ils sont passés devant un magasin en feu, elle lui a pris la main et ne l'a plus lâchée du chemin. Le temps qu'ils arrivent chez mon arrière-grand-mère, ils connaissaient leur deuxième prénom, leurs espoirs et leurs rêves, et comme le dit grand-père : « Nos mains étaient faites l'une pour l'autre. »

Joss pousse un soupir satisfait.

– C'est quoi, ton deuxième prénom ? me demande-t-elle.

– Rose. Et toi ?

– Mae. Moi, mes grands-parents se sont rencontrés à un match de base-ball. Mon grand-père jouait, et ma grand-mère a rattrapé une de ses balles perdues. Elle lui a demandé de la signer après le match et il a écrit son numéro de téléphone dessus.

Je souris.

– Et tes parents ?

– À l'université. Elle était dans la sororité[1] Delta Sigma Theta, et lui dans la fraternité Omega Psi Phi. Ils se sont rencontrés à un spectacle de stepping[2] et ont juré que c'était le destin. Les tiens?

– Ils étaient ensemble depuis le lycée. Ils ont divorcé quand j'avais dix ans, mais sont restés amis. Ça fait bizarre, parfois. Mais c'est sympa. Je souris en pensant au jour où ils m'ont tous les deux accompagnée au défilé de la Pride, avec t-shirt et short arc-en-ciel assortis. C'était gênant, mais adorable. Ils sont chou, j'ajoute.

– Ah, je vois. J'espère que je connaîtrai une belle histoire un jour, moi aussi. C'est tellement romantique.

Être assise ici avec elle, à se raconter des histoires d'amour, c'est clair que c'est romantique. Je m'apprête à le lui dire, quand mon portable vibre. Je le sors de ma poche. C'est elle.

Toujours pas d'électricité ?

T'es où ?

---

1. Dans les universités américaines, les fraternités et sororités sont des organisations sociales souvent non mixtes, rassemblant des étudiants de premier cycle. Elles ont pour but de fournir un cadre d'entraide et de proposer des activités extrascolaires. Historiquement, Delta Sigma Theta et Omega Psi Phi sont des organisations noires engagées pour les droits civiques. *(Note de la traductrice.)*

2. Le stepping est une danse percussive pratiquée par les esclaves aux États-Unis. Les fraternités et sororités noires l'ont reprise pour en faire un symbole de fierté. *(Ndlt.)*

– Argh, Zig, t'es sur ma vessie, grogne Joss en le poussant doucement de ses genoux. Je reviens tout de suite, Nella.

– OK, dis-je, en me demandant si elle a besoin d'aller aux toilettes, ou si elle a vu le nom de Bree sur mon écran.

Je sais que je ne devrais pas, mais je fais défiler mes messages avec Bree jusqu'à atteindre les bons moments. Les messages mignons, à l'eau de rose, qu'on s'envoyait avant qu'elle ne me rejette et parte pour l'été.

NELLA

Ta bouille me manque.

BREE

Pas autant qu'à moi.

NELLA

T'as les plus beaux cheveux au monde.

BREE

Ton afro est pas mal non plus.

NELLA

Tu me comprends trop bien. Comment tu fais ?

BREE

Je sais pas, ma belle.

NELLA

Comment on faisait avant de se connaître ?

Ou plutôt : Comment j'ai pu être aussi naïve ?

Quelque chose m'oppresse, un manque, une douleur. Je refais défiler la page dans l'autre sens et je réponds.

NELLA

Non, toujours rien, mais il fait pas encore nuit.
Je suis avec grand-père. Ça va, t'inquiète pas.

BREE

Appelle-moi. J'ai besoin d'entendre ta voix
pour être sûre que tout va bien.

NELLA

Non.

BREE

Pourquoi ?

NELLA

Parce que tu m'as brisé le cœur, putain.

J'entends la porte vitrée s'ouvrir et je fais glisser mon portable dans ma poche.

– J'ai le portefeuille d'Ike. Viens, on réessaie, dit Joss.

Elle tend le portefeuille à Ziggy pour qu'il le renifle, et je renifle en même temps. Mince.

– Eh, lance Joss. (Elle pose la main sur mon épaule et se penche pour voir mon visage.) Eh, tu pleures ?

– Juste un peu.

– Attends, quoi ? Pourquoi ? Qu'est-ce qui s'est passé ?

– C'est stupide.

Je m'essuie les yeux avec le bras.

– Les larmes, c'est jamais stupide.

– C'est juste mon ex nulle. Ou pas mon ex, je sais pas. Quand on passait du temps ensemble, je croyais qu'elle m'aimait. Genre, pour de vrai. C'est trop gênant, mais je pensais qu'on sortait ensemble. En fait, elle était gentille avec moi, c'est tout. Depuis le début, elle voulait seulement qu'on soit amies, et moi, j'étais sûre qu'il y avait autre chose. Maintenant, quand elle demande des nouvelles, je me sens pathétique. On dirait qu'elle me voit comme une petite fille naïve dont elle doit prendre soin. Ça me rend dingue, mais elle me manque tellement que je la laisse faire. C'est horrible.

Joss s'agenouille en face de moi et sèche mes joues de son pouce. Sauf qu'elle me met un peu le doigt dans l'œil.

– Aïe !

Je ris.

– Oh merde, pardon ! Besoin d'un câlin ?

J'accepte et lui attrape la main pour qu'on se lève toutes les deux.

On se prend dans les bras. C'est bien. Elle est douce et sent bon et frais, comme du pain chaud ou des donuts. Et vu qu'on fait la même taille, c'est parfait.

– Bon, on la trouve, cette photo ? m'encourage-t-elle.

Ziggy est en mission. Il retourne dans la cuisine, sa truffe ne quitte pas le sol. Il nous mène à la porte du sous-sol et au moment où on l'ouvre, il fonce en bas des escaliers, comme s'il était né pour voler à la rescousse des photos.

– La buanderie, dis-je. Pourquoi on n'a pas pensé à la buanderie ?

Si la photo est tombée du portefeuille dans la poche de grand-père, l'employé qui a fait la lessive l'aura trouvée avant de laver son pantalon.

– Quel génie, mon Ziggy.

Il y a une lanterne sur batterie en bas des escaliers, que Mimi a sûrement laissée là en cas de besoin. Je la ramasse et l'allume, et on retourne dans la buanderie, convaincues d'approcher de la clé du mystère.

Je pose la lanterne sur la machine à laver et avec nos téléphones, on cherche sur les étagères et le sol tous les objets tombés des poches. Il y a des billes, de la monnaie et des clés dans des petits pots tout le long des étagères à côté de la machine et du sèche-linge. On trouve plein de reçus, de stylos et de boutons, mais pas de photo.

– Argh ! je m'écrie. J'en ai marre. Où est-ce qu'elle pourrait être ? C'est pas si grand que ça, ici, et grand-père ne se déplace pas tellement. Ça devrait pas être si compliqué.

Joss cherche toujours. Ses bracelets font de la musique et Ziggy ne la quitte pas d'une semelle. Elle se passe la langue sur les lèvres, toujours colorées. J'avais oublié, vu que j'évitais de la regarder. J'essayais vraiment de ne pas la fixer, sur le balcon.

– T'es pas obligée de faire ça, tu sais.

Je commence à m'inquiéter, j'espère qu'elle ne m'aide pas seulement parce qu'elle a pitié de moi. Je repense à tout ce que je lui ai raconté et je me sens vraiment nulle. *Ma grand-mère est morte. Ma meilleure amie ne m'aime pas. Je me suis fait jeter par quelqu'un avec qui je ne sortais même pas.* Puis j'ai pleuré. Mon Dieu.

– T'inquiète, Nella.

Elle trouve un panier de linge propre et se met à regarder méticuleusement sous chaque chemise et pantalon pliés.

– Joss, arrête. (Elle s'arrête. Me regarde. Sa bouche est tellement pourpre.) C'est bon. T'es pas obligée de m'aider.

– Je le fais parce que j'en ai envie.

Je grimace.

– C'est bien le problème. Je crois qu'il y a un truc chez moi qui fait que les gens ont envie de m'aider. Un truc un peu pathétique. Je veux dire, pendant deux mois, j'étais persuadée de sortir avec une fille. Même ma famille essaie tout le temps de m'aider dans ma vie amoureuse. Les gens ont envie de venir à ma rescousse, de s'occuper de moi ou je sais pas quoi, mais c'est ça qui fait qu'au bout d'un moment, ils ne veulent plus de moi.

– Tu n'as pas besoin qu'on s'occupe de toi, Nella. Tu n'es pas une petite fille sans défense.

– Je sais.

– Tu es sûre ? demande Joss, et elle a l'air plutôt fâchée. Si je t'aide, ce n'est pas parce que je te trouve pathétique. Et pour être bien claire, tu ne l'es pas. Tu es sensible.

Douce. Vulnérable et gentille. (Je n'en reviens pas. J'ai les yeux qui me piquent, au bord des larmes.) Je t'aide parce que j'avais besoin d'une excuse pour te parler, pour apprendre à te connaître, pour te suivre dans cette maison dans le noir. T'es… assez incroyable. Comme me l'avait dit Ike. Mais avant que tu t'en rendes compte, les autres ou moi, on peut penser ce qu'on veut, ça changera rien.

Je ne sais pas quoi dire, alors, pendant une longue minute, je reste silencieuse.

– Cette fille, elle t'a probablement menée en bateau, exprès ou non, parce que tu es chaleureuse, gentille et douce. Peut-être qu'elle ne comprend son erreur que maintenant. Tu es comme le quartz rose dans la chambre de Queenie : tout ce que tu dégages, c'est de l'amour.

J'ai du mal à avaler ma salive.

– Ça, je sais pas, je réponds enfin, puis je me mets à parler plus vite que je ne le voudrais. C'est toi qui es incroyable. Tu as dressé ton chien pour venir en aide aux autres. Tu es bénévole dans des hôpitaux pour enfants, dans des refuges pour animaux, dans des maisons de retraite et en soins palliatifs. Tu joues du piano comme une pro, et grand-père m'a dit que tu chantais ! Et puis, regarde-toi ! Ton… ton être tout entier est une œuvre d'art !

Cette dernière phrase, je n'avais pas prévu de la dire tout haut. Mais c'était vrai. Je l'avais assez fixée pour le savoir. Je tire sur ma jupe.

Joss s'approche de moi, et je recule jusqu'à me retrouver contre le sèche-linge.

– OK, dit-elle, sa voix s'abaissant d'une façon qui me fait rougir. Et toi, tu as trouvé une façon de rendre heureuse ta grand-mère mourante. Tu as été assez courageuse pour dire à ton amie que tu l'aimais, et tu t'es battue pour que vous restiez amies même si elle ne t'aimait pas comme tu le voulais. Tu es toujours sympa avec la fille qui t'a brisé le cœur. Je t'ai vue lui envoyer des messages. Tu as éteint un feu avec ta botte ! Et ne parlons pas de gens qui sont de vraies œuvres d'art parce que… (Elle fait un pas en arrière, me toise.) Wow, meuf.

– Oh ! Oui, mais…

– Mais rien du tout. Nella Rose Jackson.

Je remarque l'or rose de la monture de ses lunettes, comme celui de mon collier.

On est assorties.

En revanche, ses yeux sont de la couleur de la pièce – la couleur d'une salle toutes lumières éteintes – mais avec un peu de brillant et de doré au centre, comme la lanterne à côté de nous. Et d'ici, je vois que sa peau est un peu plus claire que la mienne, coquille de noisette, ou les serviettes en papier dans les toilettes du vieux cinéma à Midtown. Je tends la main et touche l'une de ses longues tresses, tellement douce et solide, comme tout ce qui la concerne.

– OK. Jocelyn Mae Williams, dis-je. (Elle sourit un peu.) Je vois. Mais le truc, c'est que…

– Tu as peur, me coupe-t-elle. (Et j'acquiesce, en pensant à Bree, à l'amour, et à ce que ça fait de le perdre. À combien ça fait mal.) Je peux être assez courageuse pour deux, si tu veux. Mais là, entre nous, je sens qu'il y a quelque chose de différent.

Je n'ai jamais embrassé Bree parce que j'avais trop peur. Et ça me semble risqué, de laisser quelqu'un entrer si tôt dans mon cœur naufragé. Mais d'un coup, je décide qu'on ne peut pas être courageux si on n'a pas un peu peur.

J'observe son rouge à lèvres sombre, ses cheveux noirs, ses yeux noirs. Je ravale ma peur et la serre contre moi.

Quand on s'embrasse, c'est lent et chaud. Épais et sucré, comme les caramels qu'on a pris sur la table de chevet de Queenie, mais il y a quelque chose sous la saveur de bonbon que je sais être essentiellement Joss. J'ai envie d'y goûter plus. Je l'embrasse plus fort et me demande pourquoi on a perdu tellement de temps, à parler, à tout faire à part ça, chacune de notre côté.

La première fois qu'on interrompt le baiser, Joss dit :

– Va falloir qu'on travaille sur ton pessimisme. Tu crois pas que ce qui se passe, là, c'est peut-être une bonne chose ? Que ça ne nous mènera pas forcément à la catastrophe ? Et si on découvrait qu'on était faites l'une pour l'autre, comme les mains de tes grands-parents ? Et si, avec ta douceur, ton cœur trop tendre, tes beaux yeux et tes jupes vraiment très courtes, t'étais exactement ce que j'attendais?

Je rougis.

Je ne sais pas. Comment savoir? Je crois que j'ai envie d'essayer.

Je me penche et l'embrasse encore.

La deuxième fois, c'est moi qui prends la parole.

– Je pleure beaucoup, je la préviens.

Elle rit.

– Je peux faire avec.

– J'écris tout le temps à Bree.

– Peut-être que tu devrais plutôt m'écrire à moi.

– Je voulais éviter de te rencontrer. Je savais que ça se passerait comme ça.

– J'ai eu envie de te rencontrer dès la première fois qu'Ike a prononcé ton nom.

On s'embrasse à nouveau.

Je tends la main pour la poser sur la bande de peau que je fixe depuis qu'elle a mis le pied dans Althea House. Je remercie l'univers, la mode et Dieu en personne pour ce crop-top en particulier et l'ouverture qu'il me propose. Je suis infiniment reconnaissante envers la crème qu'elle utilise, sa peau est douce et soyeuse. Et quand elle touche mes cuisses, j'oublie combien de fois j'ai dû tirer sur le morceau de tissu autour de ma taille, et je suis trop contente de ne pas porter une jupe plus longue.

Je voudrais l'embrasser et la toucher jusqu'à demain matin, mais Ziggy se fraie un chemin entre nous.

– Pas maintenant, Zig, dit Joss contre mes lèvres, en essayant de son mieux de ne pas interrompre le baiser une troisième fois.

Mais quand j'ouvre les yeux, je vois grand-père à la porte de la buanderie.

– Grand-père ! je m'écrie. J'attrape la main de Joss et l'attire à côté de moi.

– On… on va commander des pizzas, lance-t-il dans un sourire. Je voulais savoir si vous en vouliez, les filles.

– Oh, oui, super, on répond en même temps.

– T'en as un peu là, dit grand-père en passant un pouce sur ses lèvres.

Je me cache le visage. Joss et grand-père éclatent de rire. Puis de son doigt, Joss essuie un peu du rouge à lèvres étalé sur ma bouche.

– Tu as toujours mon portefeuille, ma petite dame ? demande grand-père à Joss.

Elle le tire de sa poche et le lui tend. Il l'ouvre, et je m'attends à ce qu'il se remette à chercher, mais il en sort un petit carré, qui ne peut être que…

– La photo ? s'exclame Joss.

– Où est-ce que tu l'as trouvée ? je demande, et au regard qu'il me jette, je comprends.

– Vous… ne l'aviez jamais perdue, c'est ça ? dit Joss.

Grand-père hausse les épaules.

– Tu étais tellement triste, Nella-chou. Et tu passais tout ton temps ici depuis que Bree était partie. Je voulais simplement que tu rencontres une gentille fille de ton âge. Que tu te fasses une amie. Je ne pensais pas que ça prendrait cette tournure aussi vite. Mais je ne suis pas mécontent.

Je m'approche et lui envoie un coup de coude.

– J'y crois pas.

(Ou peut-être un peu.)

Les yeux de Ziggy sautent de grand-père à moi puis à Joss, la queue qui twerke sans s'arrêter.

– Merci, grand-père.

Je lui frotte le bras à l'endroit où je l'ai frappé et lui fais un câlin.

– Alors, vous voulez quoi comme pizzas ? demande-t-il en regardant le haut des escaliers.

Je retourne au sèche-linge et attrape la lanterne. Et la main de Joss. Je plane peut-être sous l'effet du baiser et de l'obscurité, mais quelque chose me dit… qu'on est faites l'une pour l'autre.

– Pour moi une hawaïenne, et Ziggy, tout lui va, dit Joss.

– Pepperoni c'est bien. Mais je préfère ton goût à toi, je lui glisse à l'oreille.

Mon portable vibre, et quand je le sors, je vois un nouveau message de Twig.

TWIG

Tu rapportes des verres ou bien ????

NELLA

Wow. Oui. Relax, Twiggy.

TWIG

Hey, j'ai dit quoi sur ce surnom ?!!

Je souris et je range mon téléphone.

– Je n'ai aucune idée de comment y aller, mais tu veux venir à la Block Party de mon cousin à Brooklyn après ?

Elle sourit.

– Évidemment. On pourrait peut-être même marcher, comme tes grands-parents. Et prendre des glaces à la fraise sur le chemin ?

Je souris encore plus, me penche vers elle et l'embrasse sur la joue.

Quand on arrive en haut, les résidents s'échangent des messes basses.

Les Montgomery-Allen nous sourient.

Birdie et Pearl prennent un air surpris et échangent un regard.

Miss Sadie marmonne quelque chose sur « l'amour naissant » à Mimi.

Queenie jette un œil à nos visages rougis et fait : « Mhmmm. »

Aida et Mordechai se chamaillent, sans même nous remarquer.

Il y a une sublime vieille dame que je n'avais jamais vue avant assise au centre du canapé, dans un peignoir frangé de fourrure, un verre de vin à la main.

– Dites donc, ça a l'air d'aller vous deux, dit-elle.

– Madame Marie ! s'écrie Joss, et je demande :

– Marie ? *La* Marie-Jeanne Beauvais ?

– En chair et en os, chérie. (Elle plisse les yeux et prend une gorgée de vin, puis caresse Ziggy comme un chat.) Je croirais voir mon fils la première fois que je l'ai surpris en train d'embrasser un garçon.

Ma salive a du mal à passer, et je baisse les yeux. Les doigts de Joss se figent entre les miens.

– Oh, ça m'est bien égal, mes petites chéries. Complètement. L'amour, c'est l'amour, les filles. Gravez bien ça dans vos têtes.

Je rougis, beaucoup. Joss rit, fort.

Je souffle enfin, regarde Joss, et dis :

– Peut-être qu'on devrait se mettre en route vers Brooklyn maintenant ?

Marie-Jeanne nous entend.

– À pied ? Jusqu'à Brooklyn ? Ah non, mes petits chats. Pas de ça chez moi. J'avais prévu de passer la soirée chez mon fils et mon beau-fils à Bedford-Stuyvesant, parce que je décolle demain matin avec ma petite-fille de l'aéroport John F. Kennedy. Je vous dépose ?

Joss se tourne vers le chien.

– Si ça ne vous dérange pas de prendre Ziggy aussi ?

– Tes amis sont mes amis, chérie, la rassure Marie-Jeanne.

Joss la remercie et fait un grand sourire.

– Alors, on les commande, ces pizzas ? crie Mordy.

Et quand Joss serre ma main dans la sienne, je la serre en retour.

Une longue traversée

ACTE 3

Tiffany D. Jackson

Colombus Circle, 19 h 02

On marche toujours : on descend Broadway, on dépasse le Lincoln Center, puis on pique droit vers la 59e Rue et Colombus Circle. Les voitures et les taxis sont quasiment à l'arrêt depuis la 72e, la place ressemble à un parking. Sans électricité, la ville se transforme en un gigantesque bazar. La police ferme l'entrée de la station de la 59e avec du ruban. Toujours pas de métros ?

– Le temps qu'on arrive au bout de Manhattan, les métros remarcheront, je lâche. Pas vrai ?

Kareem hausse les épaules, sans me regarder.

– Ptêtre bien.

– Mais… ils auront bientôt tout réparé, c'est sûr.

Il faut qu'il y ait des métros avant qu'on soit à Lower Manhattan. Obligé.

– Ouais, bien sûr. (Il ricane tout en fendant la foule au coin de la rue.) Tout prend des plombes dans cette ville.

– Pfff! J'en peux plus de cet endroit! Suffit qu'il fasse un peu chaud et y'a plus rien qui marche.

– OK, donc New York va pas te manquer du tout?

– Alors là, pas du tout.

Pas avec Atlanta et Hollywood qui m'appellent.

Kareem s'apprête à dire quelque chose, puis se ravise et détourne les yeux, pendant que je m'évente. J'ai l'impression que ça fait des heures qu'on marche.

– Eh, on peut faire une pause? je lui crie.

– Quoi? On n'est même pas encore à Midtown! Tu veux déjà t'arrêter?

– Kareem, il fait super chaud, je rétorque, et je sens la sueur me dégouliner dans le dos. Continue à marcher, toi. Moi, je suis crevée, j'ai soif et j'ai besoin de faire une pause!

Kareem soupire et enfonce les poings dans ses poches. Il sait qu'il vaut mieux ne pas trop pousser quand je suis à bout. On se dirige vers un banc tout juste libéré près de l'entrée du parc. Dans le coin, quelques vendeurs ambulants. L'un vend des hot dogs, l'autre des noix grillées, un autre encore des accessoires pour téléphones.

Kareem observe les présentoirs en passant devant.

– Je devrais peut-être m'acheter une batterie.

– Tsss ! Et gaspiller ton argent ? T'as autant envie de nous lâcher que ça, moi et mon tel, hein ?

– Sans déconner Tammi, tout tourne pas autour de toi ! Y'en a qu'ont des trucs à faire !

– Comme tu veux, mec ! C'est ton argent. Je serai là-bas !

Je n'attends pas sa réponse et pars furieuse m'asseoir sur le banc. Ma robe est tellement imprégnée de sueur que je pourrais l'essorer. J'attache mes tresses en chignon et jette un œil à mon portable. Soixante-cinq pour cent de batterie. C'est le dernier appel de Kareem qui a dû la vider. Qu'est-ce qu'il se passera, s'il s'éteint ? Il n'aura plus besoin de moi. Il pourrait même me laisser, tout ça pour la soirée de Twig. Pour Imani. Je me retrouverais toute seule. Sans tel, sans argent, sans pouvoir rentrer à la maison si les métros ne se remettent pas bientôt en marche.

Je laisse rouler ma tête et inspire profondément à plusieurs reprises.

Ça va. Tout va bien. Ça va !

– Tiens.

Kareem est là devant moi, me flanquant une bouteille d'eau glacée sous le nez.

Je lève sur lui des yeux noirs.

– T'as dit que t'avais soif, non ? C'est pas de l'eau aux électrolytes de luxe là, mais c'est le mieux que j'ai trouvé et ça m'a coûté trois dollars vu qu'on est dans le parc avec tous les touristes. T'as intérêt à savourer.

Je ne veux pas la prendre. Je ne veux pas qu'il pense que j'ai besoin de lui pour… quoi que ce soit. Mais j'ai déjà prévu d'utiliser mes cinq dollars pour prendre le métro une fois qu'on sera au bout de Manhattan. Parce que c'est sûr, l'électricité sera revenue d'ici là. Obligé. Mais si je ne remets pas un peu d'eau dans mon corps, je vais m'évanouir.

– Merci, je marmonne.

– Tu, euh… Tu vas pas nous faire une… une de tes crises de panique, hein ?

Mes joues s'enflamment. Je me détourne pour prendre une gorgée d'eau.

– Nan, je bafouille. J'ai chaud, c'est tout.

C'est un mensonge. Un frisson grandit dans ma poitrine, qui menace d'éclater depuis la coupure de courant, mais j'étais trop secouée pour en parler. Trop gênée pour lui dire que j'ai besoin d'aide et…

Non !

Je n'ai pas besoin de Kareem.

Je m'en suis très bien sortie toute seule ces quatre derniers mois, sans aucune aide de sa part.

Kareem n'a pas l'air de me croire, mais il ne dit rien non plus. Il s'installe à côté de moi, sirote sa bouteille à lui en observant les alentours. Moi, je déborde de questions indiscrètes. Où est-ce qu'il ira à l'université ? Qui est-ce qu'il veut tellement appeler ?

Attends une minute !

L'air de rien, je fourre la main dans mon sac et ouvre le journal d'appels. Je sais que je devrais pas faire ça. C'est, genre, comme fouiller dans son intimité, mais il faut que je sache. Je me sentirai mieux une fois que ce sera fait.

Le numéro commence par 718, sûrement un fixe. C'est peut-être celui d'Imani. Qui d'autre ?

– C'est ouf de voir tous ces gens dehors comme ça, dit Kareem, qui regarde un vieil homme toujours dans son uniforme Comcast essayant tant bien que mal de faire la circulation. Tu te rends compte, on est au milieu d'un moment… énorme. Genre, on pourra raconter ça à nos enfants !

Je ris.

– C'est bon, c'est pas la Seconde Guerre mondiale non plus ! C'est juste une coupure de courant.

– Ptêtre, mais il se passe des trucs de dingues pendant les pannes d'électricité, répond-il en jetant encore un œil à son tel. (La batterie n'était pas censée être morte ?) Tu te souviens de ces histoires sur la panne des années 1970, non ?

On a eu un cours dessus en option d'histoire de New York. Ça n'a duré que vingt-quatre heures, à peu près, mais c'était assez pour faire beaucoup de dégâts dans la ville, en provoquant une énorme vague de crimes.

Pas étonnant qu'il veuille rentrer avant la nuit.

– Oui, je me souviens.

– Imagine, dit-il dans un petit sourire, si ça se repasse cette nuit ?

– Hein ? Ils ont brûlé des immeubles ! Volé des magasins. Le Bronx était en flammes !

Kareem se marre.

– Mais après avoir tout pillé, ils ont découvert le hip-hop.

Je lève un sourcil.

– Eh mais j'suis sérieux ! (Il rit encore.) Clairement, j'étais le seul concentré sur le documentaire que tu nous as forcés à voir.

– N'importe quoi ! Il paraît que la pédagogie par la télé, c'est le meilleur moyen d'aiguiser son esprit pour la fac. Et puis, tes animes là, au bout d'un moment, j'en peux plus. Moi, j'ai l'intention de faire des films sérieux. Du genre à gagner des prix et à faire couler de l'encre.

Il lève les yeux au ciel.

– Ouais, bref… Sans la panne, ces mecs auraient jamais volé de platines. Et alors, ils auraient jamais pu faire autant de soirées. Et on aurait pas de hip-hop aujourd'hui. Donc… peut-être que quelque chose de bien ressortira de tout ça, comme la dernière fois. Ce genre de magie, ça arrive que dans le noir.

Nos regards se croisent et je meurs d'envie de m'appuyer contre lui. Juste un moment. De me sentir en sécurité… Mais je me retiens, le visage en feu.

– Bon. La panne avait pris fin après plus de vingt-quatre heures, j'ai dit, en regardant l'heure.

– T'inquiète. On sera à Brooklyn avant ça.

Il se lève.

C'est exactement ce qui m'inquiète.

Il regarde son portable pour la cent millième fois, l'air contrarié.

– Eh, pourquoi t'arrête pas de regarder ton tel ? Je croyais qu'il était mort. C'est pour ça que t'as besoin du mien, non ?

Il grogne.

– Il me reste que deux pour cent. Et t'as quoi à me fliquer comme ça ?

– Je voudrais un peu d'honnêteté, c'est tout.

Il écarquille les yeux.

– D'honnêteté ? Tu veux dire quoi, que je suis pas honnête avec toi ?

Je hausse les épaules.

– J'ai rien dit moi, c'est toi qui dis ça.

– Attends, je t'ai jamais menti. Pas une seule fois

– Si, à propos de cette soirée.

– Sérieusement ? C'est toujours ça le problème ?

– Je dis juste, si c'est *elle* que t'essaies d'appeler – tu sais, la meuf avec qui tu t'es casé trente secondes après qu'on a rompu –, alors dis-le !

Kareem lève les bras en l'air.

– Tu sais quoi ? Merde. Je vais pas te laisser me tailler le costard du mec qui t'a menti puis t'a trompée. Mais vu que tu veux fourrer ton nez partout, OK ! (Il prend une grande inspiration.) J'appelle la maison de retraite de Granny. Voilà. T'es contente ?

– Granny ?

– Oui. Elle a peur du noir. Depuis...

– La panne.

Je finis sa phrase, comme une évidence.

Mais oui, bien sûr !

– Oui ! Et ma mère garde les jumeaux, donc personne peut aller voir comment ça va, sauf moi. Elle est toute seule et je veux pas qu'elle pense qu'on l'a oubliée ! C'est pour ça que je marche vite. Faut que j'aille la voir avant la fête.

Sa grand-mère a connu la panne des années 1970. Ça explique pourquoi ça l'intéressait tellement.

Sérieux, c'est lui qui est censé avoir mauvaise mémoire, pas moi.

Granny s'occupait de nous après l'école quand on était petits. Elle n'aimait pas qu'on reste seuls, même quelques heures. Elle inventait toutes sortes de jeux après les devoirs, pour qu'on ne reste pas collés devant la télé. Et quand maman revenait du travail, Granny ne me laissait pas rentrer seule, même si j'habitais que quelques maisons plus bas. Elle me raccompagnait toujours et nous disait à Kareem et moi de nous tenir par la main pour ne pas qu'on se perde.

Elle doit avoir tellement peur...

– OK… Attends une seconde, je réponds. (Je m'écarte et sors mon téléphone.) Salut, maman.

– Coucou ma puce. Ça va ?

– Ça… ça va. Écoute, euh, tu peux me rendre un service ? Tu penses que tu pourrais faire un saut à la maison de retraite de Granny ? Kareem est super inquiet. Elle a peur du noir.

– Oh. Euh, oui, bien sûr. Je vais essayer de passer et je te tiens au courant.

Je raccroche et retourne voir Kareem, qui écrase son poing dans sa paume.

– Ma mère va passer.

Il reste bouche bée.

– Quoi ? Sérieux ? Elle ferait ça ?

– Oui, pourquoi pas ?

– Bah, on n'est pas… ensemble.

Je hausse les épaules.

– C'est pas parce qu'on n'est pas ensemble que j'ai oublié combien Granny compte pour toi.

Il hoche la tête, sans expression.

– Oh. Euh… merci ?

– T'inquiète.

Nos regards se croisent quelques instants, jusqu'à ce qu'il détourne les yeux et se racle la gorge.

– Bon… on devrait prendre Broadway.

– Et tomber sur tous ces gens à Times Square ? Nan, on devrait attraper la 11e et la descendre jusqu'en bas.

– Tu veux traverser le no man's land au beau milieu d'une panne d'électricité ? Nan, pas envie de me faire racketter aujourd'hui.

Je me mords les lèvres : il arrive au bout de sa patience.

– Mais…

– Écoute, tu peux me faire confiance ? Pour une fois ?

– Quoi ? Je te faisais confiance.

Il secoue la tête et s'éloigne en silence.

Et je le suis.

Comme je l'avais prévu, c'est le bazar quand on arrive au centre de Manhattan : la place de la Times Square Ball, la fameuse boule lumineuse que tout le monde vient voir pour le Nouvel An, ou pour admirer les panneaux publicitaires géants qui brillent au-dessus des têtes. Cette fois-ci, les gens sont debout un peu partout avec leurs téléphones pointés vers le ciel, pour capter une image rare : Times Square éteint.

– Waouh, dit Kareem en riant, alors qu'on avance dans la foule. Je l'avais jamais vu comme ça, yo ! Regarde, tous les écrans sont noirs ! C'est un truc de ouf !

Derrière lui, je retiens ma respiration, repoussant des coudes, sautant par-dessus des poussettes, faisant des pas chassés pour éviter les chaises pliantes en métal rouge que la ville éparpille à Times Square pour les touristes. La plupart d'entre eux sont debout dessus pour prendre des photos, stupéfaits.

Kareem s'arrête dans un petit espace vide près du guichet de Broadway, devant les gradins en verre qui d'habitude brillent en rouge. Kareem m'avait emmenée ici une fois, pour la Saint-Valentin, parce qu'il savait que j'adorais poser pour les artistes de rue. Il m'avait même offert des roses. Je me demande s'il s'en souvient…

Arrête ça. Il se souvient jamais de rien.

– On devrait pas y aller ? je demande, pressée de sortir de la foule.

Trop de monde, pas assez d'air.

Kareem lève les yeux vers le ciel avec un sourire moqueur.

– Tu vois, c'est ça ton problème. Tu sais pas vivre dans l'instant.

– Quoi ? Bien sûr que si !

– Depuis la primaire, t'es toujours stressée par ce qui peut arriver après, il continue, en regardant toujours en l'air. À te demander ce qu'on aurait à déjeuner avant d'avoir fini le petit déj. Le collège, tu l'as passé à te demander dans quel lycée on irait, et tout le lycée, dans quelle fac. Tu profites jamais de ce que t'as là.

Il baisse les yeux vers moi et sourit. Le genre de sourire qui me faisait fondre. C'est… gênant. Parce que ce sourire ne m'appartient plus.

– C'est toi qui me mets la pression pour arriver à l'heure à ta soirée, je rétorque.

– Ouais, mais c'est, genre, un moment historique ! Les trucs comme ça, ça arrive qu'une fois dans la vie, et toi, tu prends même pas une seconde pour juste lever. Les. Yeux.

Un index sous mon menton, il fait basculer ma tête vers l'arrière. Le ciel est d'un bleu profond, on se sent comme absorbés par les ombres des gratte-ciel. D'habitude, être à Times Square c'est comme être assis dans une ampoule électrique. Ce soir, tous les panneaux, toutes les lumières et les marquises des théâtres sont éteints, on pourrait presque sentir la Terre tourner doucement. C'est comme être au beau milieu de l'univers, en attendant le Big-Bang.

– Waouh, je bafouille.

– Je t'avais dit ! C'est dingue, hein ? (Je sens un sourire s'étirer sur mon visage et, ensemble, on éclate de rire.) Dis, je comprends pas pourquoi tu veux partir plus tôt et aller à la fac aussi loin. Y'a pas un endroit dans le monde comme notre ville. Ça va te manquer, tu sais ?

Je pince les lèvres, mon sourire s'efface.

– Mais moi, je manquerai à personne.

– Qui t'a dit ça ?

J'écarquille les yeux, et me retourne vers lui d'un coup.

– Quoi ?

La lumière des phares qui passent court sur son visage. Il ne dit rien, je n'arrive pas à lire son expression. Mais ses lèvres… Ses lèvres m'appellent et moi, je résiste. Mon esprit et mon cœur jouent au tir à la corde. Parce que, même si j'ai envie de l'embrasser, ça ne change rien au fait qu'il n'est plus à moi.

– Je… Faut que j'aille aux toilettes, je laisse échapper.

– Naaan ! Tu peux pas te retenir ?

– Mec, on vient d'arriver à Midtown et on a encore masse de chemin à faire ! Tu crois que je vais pouvoir me retenir aussi longtemps ?

– Merde, il grogne. Tu veux t'accroupir dans une allée ou bien…

Et paf, en une seconde, c'est redevenu un crétin.

– Y'a un McDo sur la 42e Rue, je le coupe. On y va.

– OK, mais on peut se grouiller alors ? Il est déjà 7 heures et demie. J'ai dit à Twig que je serais là à 9 heures et on n'est même pas encore au pont.

J'en ai la respiration coupée, comme si on venait de faire sortir tout mon air d'un coup de poing.

Ça va aller. Le temps qu'on arrive au pont, tous les métros auront redémarré. T'inquiète pas.

– Bah c'est toi qu'es là à mater des écrans noirs, je lâche en me retournant d'un coup, et je rentre dans un homme debout sur une des chaises rouges.

– Aaah ! braille le type en tombant, et je trébuche avec lui, à deux doigts de me planter la tête la première sur le bitume… avant que Kareem ne me rattrape par la taille et me soulève vers lui.

– Yo, ça va ?

Les pieds ballants, je lève les yeux vers lui, puis je regarde ses bras, prise d'un genre de vertige.

– Euh oui, oui, ça va, je bredouille, me tortillant pour me libérer de ses mains.

Il n'est pas à moi, je me répète sans arrêt, pour me forcer à oublier comme c'est bien d'être à nouveau dans ses bras.

– Eh ! crie le gars au sol. T'as pété mon téléphone !

Il est assis avec son portable entre les mains, l'écran en miettes. *Oh-oh*...

– Désolée, j'avais pas vu...

– T'es aveugle ? Tu vois pas quand y'a quelqu'un devant toi ?

– Eh, tu lui parles pas comme ça ! aboie Kareem. C'était un accident, alors on se détend !

L'homme se relève, époussette sa jambe.

– Donc c'est toi qui vas me payer mon téléphone, ou c'est ta petite copine ?

Kareem se plante devant moi et le toise.

– Mec, je paye rien du tout. Et elle non plus.

– Il va bien falloir que l'un de vous deux paye. On peut pas casser les affaires des gens et partir comme ça.

Kareem pouffe.

– T'es bien un touriste pour penser ça.

– Et c'était un accident, je m'écrie et me tourne vers Kareem. On y va, le mec est taré.

– Très bien, j'appelle la police.

– Mec, t'es sérieux ? s'écrie Kareem. Tu t'entends ou quoi ? On est en pleine urgence. Ils sont un peu occupés, là !

Une foule commence à se former autour de nous pendant qu'ils se disputent, tous les téléphones parés à filmer ce qui va se passer. La vidéo sera sur tous les réseaux sociaux avant la fin de la panne. Et si nos universités voyaient ça et nous viraient avant même qu'on ait une chance de commencer ?

– Kareem, viens, je le supplie en tirant sur son bras.

– Non, vous n'irez nulle part ! dit l'homme, s'avançant vers nous.

– Sinon quoi ? lui lance Kareem à la figure. Tu vas essayer de nous arrêter ?

L'homme hésite, comme s'il passait les différentes options en revue. Et Kareem n'a aucune intention de battre en retraite. Ce scénario, je l'ai déjà vu cent fois. Alors, j'utilise une technique que j'avais au collège, quand Kareem se faisait harceler par des crétins du quartier : je prends une de ses mains entre les miennes et je l'attire vers moi, plus près.

– Kareem, je le supplie doucement. S'il te plaît. On y va.

Kareem détourne les yeux de l'homme et les pose sur moi. À ce moment-là, on redevient « nous ». Une foule de mots dans le plus simple regard. Et même si c'est injuste pour mon cœur déjà embrouillé, c'est le seul moyen de le garder concentré sur moi.

Kareem fait un hochement de tête hésitant, pressant ma main. L'homme hurle derrière nous tandis qu'on s'éloigne en se faufilant à travers la foule. On ne s'arrête pas avant d'atteindre le coin de la 42e Rue et de Broadway, tout ça pour trouver le McDo fermé.

– Mince, je marmonne.

Kareem jette un œil à nos mains, ouvre la sienne, puis s'éclaircit la gorge :

– Euh… Y'a des toilettes dans la grande bibliothèque, sur la Cinquième Avenue.

– C'est encore ouvert tu crois ?

– Ils peuvent pas fermer la bibli. C'est, genre, illégal, non ?

– OK. On essaie ça.

– Attends, deux secondes.

Il montre du doigt un panneau publicitaire posé au coin de la rue, qui dit : « Glaces gratuites » avec des flèches. Un sourire s'étend sur son visage.

– Kareem, non…

Mais c'est déjà trop tard. Il court et disparaît dans une boutique bondée. J'attends dehors, appuyée contre un poteau. Même une fois le soleil couché, la température n'a pas baissé du tout, et il doit y avoir un million de personnes qui errent dans les rues. Je me demande comment on ne s'est pas tous évanouis.

Écoute, tu peux me faire confiance ? Pour une fois ?

J'arrive pas à oublier ses mots. Qu'est-ce qui lui a fait dire ça ? Pourquoi il pensait que je ne lui faisais pas confiance avant ça ? Et après tout ce qui s'est passé, est-ce qu'il n'a pas prouvé qu'en fait, j'avais raison de ne pas lui faire confiance ?

– Et voilà ! (Kareem réapparaît avec deux pots.) Glace aux cookies avec fraises et biscuits à la farine complète pour la p'tite vieille. Euh… Joyeux anniversaire en avance ?

– Waouh. Merci, je m'extasie. Tu t'en souviens.

– Tu crois quoi ?

On descend à fond la 42e Rue, dépassant les magasins les restaurants et Bryant Park. Le temps qu'on arrive à la New York Public Library, ma glace est presque un milkshake.

– Viens, on finit ça avant d'entrer…

– OK, dit-il.

On s'assied sur les marches en béton de l'entrée, entre les statues de lions géants, et on regarde les voitures passer sur la Cinquième Avenue. On dirait que les seules lumières qui fonctionnent dans la ville sont celles des voitures, des camions et des taxis.

– On devrait pas manger quelque chose d'abord ? Genre un vrai déjeuner ou un dîner ? (Je ris en faisant sauter le couvercle en plastique de mon pot.) Granny nous tuerait si elle savait qu'on mange le dessert avant les légumes.

– Qu'est-ce que je te dis depuis le début ? C'est historique, on peut bien manger le dessert d'abord, dit-il en plongeant sa cuillère dans son pot. Mmmh ! Même à moitié fondu, c'est un délire !

Je glisse la cuillère hors de ma bouche, dégustant la glace rafraîchissante et le mélange parfait de garnitures qu'on a concocté ensemble un été. Je me demande s'il a vécu ça avec Imani aussi. Vraiment, je voudrais savoir toutes les choses qu'on faisait avant et qu'ils font ensemble.

– Mon père va se marier.

J'en fais presque tomber ma cuillère.

– Quoi ? En vrai ?

– Ouais, soupire Kareem en secouant la tête, mais avec le sourire. Il se marie à l'étranger en janvier. Il m'a demandé d'être son témoin. Ça m'étonne que ta mère t'ait pas dit. Je sais qu'elle et ma mère se parlent.

Maman a plutôt bien suivi la règle anti-Kareem, mais là, le scoop valait carrément le coup !

– Et ta mère, elle le prend comment ? je demande.

– Elle est… soûlée. Ou plutôt, elle était soûlée. Puis triste. Elle a pas voulu lui adresser la parole à la remise des diplômes. Je la comprends.

– Et… et toi ?

La main sur la nuque, il renifle.

– Bah au début, j'ai juste pris ça genre… il est parti, ça a rechargé ses batteries, puis il a mis toute cette nouvelle énergie dans la mauvaise personne. J'aurais aimé qu'il réessaie, pour de vrai, tu vois, avec maman. Pas que pour elle, mais pour moi et les jumeaux aussi. Ça, je lui ai dit… parce que j'avais rien à perdre, pas vrai ? C'est pas comme s'il pouvait me tej d'une maison où il vit même pas.

– Wow. (D'habitude, Kareem est la dernière personne à dire ce qu'il a sur le cœur.) Et il a répondu quoi ?

Il prend une grande inspiration.

– Un truc en mode : « Les gens s'éloignent, ils changent. On peut pas lutter contre ça. Lutter contre une personne qui change, c'est lutter contre soi-même. Tu peux seulement l'accepter et choisir de l'aimer quand même. Et si tu peux pas, il faut la laisser partir, pour ton propre bien. » Je crois que c'est tout. Enfin bref, maintenant, on se parle. Comme des frères presque. Il me donne plein de conseils sur… des trucs. Sa meuf est plutôt cool. Ils voyagent prennent des photos malaisantes, font du sport ensemble… On dirait qu'ils sont meilleurs potes. Je suis content pour le gars. J'aurais un peu aimé que ce soit comme ça dès le début. Genre, y'a quatre ans, quand il est parti.

Kareem rit. Ça fait du bien de le voir aussi… heureux. Lui et son père étaient en froid depuis le collège, quand les disputes ont commencé. J'essaie d'ignorer les pincements dans mon ventre, la rancœur. C'est moi qui aurais dû être là quand tout ça s'est passé. Pas Imani. Ce qui me fait penser… pourquoi j'étais pas là, en fait ?

– Tu pensais vraiment ce que t'as dit tout à l'heure ? je lui demande. Que tu crois… que c'est moi qui ai cassé avec toi ?

Kareem retire lentement la cuillère de sa bouche.

– C'est pas ce que t'as fait ? il grommelle. Ton message, c'était plus ou moins une lettre de rupture.

– C'était… nan rien, laisse tomber.

Il lève un sourcil.

– Nan, vas-y, dis.

– J'ai cru que… toi, t'avais rompu avec moi.

– Quoi ? lâche-t-il. Comment ? J'ai rien dit !

– Justement, t'as rien dit ! Tu m'as laissée sur un « vu ».

– Mais pourquoi toi non plus t'as rien dit ?

– Parce que ! (Je poignarde ma glace.) T'es allé à cette soirée. Sans me le dire.

– Yo, ça faisait un bail que j'attendais que quelqu'un me mette sur la liste. J'ai pensé que tu comprendrais.

Je fais non de la tête.

– Tu cherchais juste une porte de sortie. T'as toujours voulu y aller, à toutes ces soirées.

– Oui ! Parce que j'aime la musique ! C'est pas ma faute si t'aimes pas la foule.

– Et je t'avais dit que je l'aimais pas, cette fille.

– Et moi je t'avais dit qu'il fallait pas t'inquiéter. Je suis avec toi ! J'veux dire… j'étais.

J'inspire profondément. La morsure de ce « étais » me prend à la gorge.

Il se lève et fait les cent pas une marche plus bas.

– Non mais tu l'as lu, ton message pourri ? Est-ce qu'aller à cette fête méritait vraiment tout le venin que t'as craché ? C'était ma première session de DJ payée ! Je croyais que tu serais contente pour moi. Surtout qu'on faisait toujours tout ce que tu voulais. Mais à la place, tu m'as traité de putain de menteur et de traître alors que je t'ai jamais trompée ou même menti ! Tu m'avais déjà tej quand je lui ai demandé de sortir avec moi !

– Pour la dernière fois, je t'ai pas tej !

– T'as arrêté de me parler ! Tu voulais que je fasse quoi ?

– T'aurais pu ramener tes fesses en bas de la rue, frapper à ma porte comme tu l'as fait un million de fois depuis qu'on est petits, et me parler. C'était ton boulot en tant que copain !

Il s'arrête devant moi et se penche en avant, transperçant mon crâne avec ses yeux.

– Tammi, mon seul boulot, c'était de t'aimer. Tu veux me dire que c'est pas ce que j'ai fait ? Et vu qu'on parle de boulot, c'était quoi, ton job à toi ?

Mon cœur fait un bond dans ma poitrine. Je veux pas entendre ça. Je veux pas avoir cette conversation. Je veux pas parler d'amour ou de quoi que ce soit. C'est fini ! Il n'y a plus de lui et moi, plus de nous, juste lui… et elle.

– On… on devrait y aller, je dis. T'as une soirée, pas vrai ?

Kareem ouvre la bouche pile au moment où un SDF monte les marches en courant et passe à côté de nous. On le regarde se précipiter vers une des portes de la bibliothèque et la tirer. Fermée.

– Merde, dit-on à l'unisson.

– Qu'est-ce qu'on fait ? je gémis. Je vais pas pisser dans une ruelle !

Kareem prend un air contrarié, puis ses yeux descendent jusqu'à mes pieds.

– Tsss ! Toi et tes foutus lacets !

Je suis son regard. Je suis tellement habituée à ce qu'ils soient défaits que je n'avais même pas remarqué.

Il s'agenouille, ses doigts s'affairant sur les cordons.

– Pourquoi t'achètes des baskets si tu sais même pas faire tes lacets ? (Il tchipe et soupire.) Sérieux, comment t'as fait sans moi tout ce temps ? T'as dû te ramasser – ça m'étonne que tu te sois pas déjà cassé un bras.

Il finit de lacer ma chaussure gauche et s'attaque à la droite. Je soulève ma pointe de pied et instantanément, je sens ma cheville bien calée, au chaud, en sécurité. Peut-être bien pour la première fois depuis des mois.

– Merci, je dis d'une voix douce.

Il s'immobilise, comme si les mots avaient touché quelque chose en lui. Lentement, les yeux rivés sur ma chaussure, il se détend, ses épaules se relâchent, ses mains se déplacent doucement de mes lacets à mon mollet droit. Puis il pose son front sur mon tibia dénudé et inspire.

Je fixe le haut de sa tête, mon cœur bat la chamade. Je meurs d'envie de bouger, de fuir son contact, mais je brûle de rester comme ça dans le noir avec lui… pour toujours.

Il tourne la tête, pose la joue contre ma jambe.

– Qu'est-ce qui nous est arrivé ? murmure-t-il.

Et pour la première fois, je ne sais plus très bien.

Toutes les grandes histoires d'amour… et des poussières

Dhonielle Clayton

New York Public Library, 20 h 03

Certaines histoires se racontent dans le noir. Il y a celles qui font peur, où le personnage est poursuivi dans les bois. Les policiers, où un groupe de suspects se retrouve pris au piège. Mais les histoires d'amour aussi peuvent briller lorsque les lumières sont éteintes[1].

Un flot de gens inonde la rue, leurs visages paniqués, sûrement à l'idée du coucher de soleil et de l'obscurité à venir. Moi, j'ai hâte de voir ça. Il y a deux personnes assises près de l'un des lions en pierre, devant le bâtiment, et je

1. La vérité: Je n'ai jamais connu d'histoire d'amour. Il paraît que seule une personne sur 562 trouve l'amour. J'ai lu ça hier et j'ai ajouté l'info à mon album de scrapbooking sur les relations amoureuses. Je découpe les histoires de coups de foudre et de mariages dans les journaux. Mais je crois que trouver l'amour, c'est aussi rare que trouver deux flocons de neige identiques.

ne peux pas m'empêcher de les regarder. Quand j'étais petite, ma grand-mère m'emmenait ici, nous disions bonjour aux sculptures, et elle me chuchotait que les deux lions – Patience et Courage – protégeaient les livres du danger. Chaque fois, je levais les yeux vers ma grand-mère, très contente d'elle, pour lui demander pourquoi quelqu'un voudrait faire du mal aux livres. Elle me faisait un clin d'œil, puis me rappelait que les histoires pouvaient être dangereuses.

Le garçon se penche vers la fille qui a l'air d'avoir mon âge, des tresses aussi épaisses que celles que j'ai enlevées la semaine dernière, et la peau à peu près de la même nuance de bronze. Je me demande si elle a aussi des taches de rousseur. Elle le regarde bizarrement, comme si elle voulait lui poser une question, une question comme celle que je porte à l'intérieur de moi.

Il y a peut-être déjà une histoire d'amour entre eux. Ou un terrain propice. Est-ce qu'un jour, ça m'arrivera aussi ?

– Grouille, avant qu'on se fasse attraper !

Je me faufile à travers les portes d'Astor Hall et pénètre dans la bibliothèque. Tristán, mon meilleur ami, me désigne la section pour enfants.

Je cours derrière lui alors qu'ils commencent à fermer les portes, à cause de la coupure d'électricité. Le grincement métallique résonne autour de nous.

La pièce s'assombrit et on entre sur la pointe des pieds.

– Lana, avoue que t'as perdu – j'ai pas envie de dormir ici et encore moins de rater la soirée de Twig à cause d'un pari. (Tristán me cogne le bras.) Je lui ai dit que j'animerais, dit-il en prenant sa voix de présentateur de podcast. Je peux pas laisser tomber un frère.

– On pourrait refaire *From the Mixed-up Files of Mrs. Basil E. Frankweiler*[1], mais version bibliothèque, je le taquine. En mode soirée pyjama.

– Quoi ?

Il ne se souvient pas de toutes les soirées pyjama qu'on a faites. Ni qu'il ronfle et parle en dormant depuis la maternelle.

– On l'a lu en classe avec M. Ahmed quand on avait neuf ans.

– J'ai pas aussi bonne mémoire que toi.

J'agite mon dernier album de scrapbooking sous son nez.

– Si tu pratiquais un peu plus l'introspection et que tu notais les choses, peut-être que tu t'en souviendrais.

– Ou si j'étais né avec une mémoire de génie comme toi, *elefantita*.

Il essaie de toucher le foulard rétro à imprimé éléphants que j'ai attaché sur mes cheveux, retenus avec des pinces pour sculpter mes boucles. Un peu de sueur coule

1. Classique de la littérature jeunesse américaine dans lequel la jeune Claudia et son frère Jamie fuguent pour s'installer au Metropolitan Museum of Arts, l'un des plus grands musées d'art de New York. (*Ndlt.*)

des bords et je joue avec les épingles à nourrice qui le tiennent en place. Je sens que ma frange commence à gonfler ; le *victory roll* parfait en route pour le désastre. Mon look rétro ne tiendra jamais jusqu'à la soirée. C'était une mauvaise idée. Le mois de juillet, ça vous ruine vos tenues. Je lisse l'avant de ma combi-short. Pourtant, ce soir, il faut que tout soit parfait. Obligé.

Je tchipe et fais semblant de détester le fait qu'il m'appelle petite éléphante depuis toujours, tout ça à cause de ma mémoire légendaire, que les profs et les bibliothécaires ne pouvaient pas s'empêcher de faire remarquer. Chaque anniversaire et chaque Noël, il m'offre un nouveau truc éléphant. Ma chambre en est remplie. Des petits souvenirs de lui partout, pour être sûr que je ne l'oublie jamais.

– Ils ont vraiment bonne mémoire ?

– Qui ?

– Les éléphants.

– C'est ce qu'on dit.

– Qui, on ?

– T'es chelou. (J'envoie un coup de pied dans sa direction.) Tu fais une tête bizarre.

– Les dames s'en plaignent pas. (Il dégage ma jambe.) Quoi, tu veux te battre, c'est ça ? Tu fais pas le poids.

Je le frappe de côté alors qu'on inspecte la pièce. Il allume sa lampe torche sur son téléphone. Dans cette lumière, sa peau sombre est parfaite. On est comme deux géants, entre les petites chaises et les tables minuscules. L'odeur de la canicule s'insinue à l'intérieur et se mélange aux parfums de bibliothèque : le papier, l'encre, la poussière et la colle. Si c'était possible, je dirais que tout transpire.

– J'ai pas fini, dis-je, en m'engouffrant dans une nouvelle allée d'étagères.

– C'est bon, aboule le fric. J'ai gagné. Faut qu'on aille à Brooklyn maintenant. Twig attend. (Il me lance un regard par-dessus les étagères, la victoire sur le bout des lèvres.) T'as pris trop de temps.

– La fête ne commence pas avant 10 heures. On a encore plein de temps. (Je passe les doigts sur les tranches des petits livres.) T'essaies de jouer la montre. T'as peur.

Je le toise en retour même s'il ne me voit pas entièrement.

– Le temps est écoulé, yo. On a déjà fait trois librairies, là on est à deux doigts de se faire coincer dans la bibliothèque, et t'as toujours rien choisi. (Il me rattrape.) En plus, t'as presque rien dit[1].

– Je suppose que t'entends pas que je te parle, là tout de suite ?

Je fais le tour de l'étagère et lui coupe la route, puis lève les bras pour lui tirer l'épaule. Il est tellement plus grand

---

1. La vérité : J'ai quelque chose à te dire. Et je ne sais pas comment, alors je mens. Quand Pap' me fait sa grande analyse, il dit que les gens mentent pour trois raisons : 1/ Parce qu'ils ont peur des conséquences négatives de la vérité, 2/ Parce qu'ils veulent que les autres pensent quelque chose qui n'est pas vrai à leur propos, et 3/ Parce qu'ils veulent éviter de blesser quelqu'un. Mais que se passe-t-il quand c'est toi-même qui risques d'être blessé ?

que moi. L'été dernier, il pouvait me regarder droit dans les yeux, de ses yeux bruns et profonds toujours pleins de défi, mais maintenant, il fait deux têtes de plus que moi.

– Tu sais très bien ce que je veux dire, déclare-t-il.

– Non… éclaire-moi.

Il rôde autour de moi.

– Tu as quelque chose en tête. Accouche.

– T'es parano.

Je lui tourne le dos.

Mon téléphone s'allume.

Un nouveau message de mon autre meilleure amie, Grace. Elle me demande si je lui ai dit *la chose*.

Je ne peux pas. Les mots sont tout emmêlés au fond de moi.

– C'est parce que tu pars ? Ça sera pareil quand tu reviendras[1]. (Il sort quelques livres de plus des étagères, cale son portable pour que la torche les éclaire, et les feuillette.) Je suis censé te filer un coup de main, avec tes pères, pour ton déménagement dans ta résidence de péteux à Columbia, avant de me tailler à Binghamton. Détends-toi ! T'es en roue libre, là.

– C'est faux. (Je mens.) Arrête de me distraire, c'est de la triche.

---

1. La vérité : Mais toi ? Est-ce que tu vas trouver une autre fille pour remplir le vide que je vais laisser ? Tu as la mémoire tellement courte. Pas épisodique, comme la mienne. Est-ce que tu te rappelleras tout, aussi bien que moi ? Est-ce que tu rejoueras nos souvenirs dans ta tête comme je le fais ? Qu'est-ce qui va se passer, quand on sera tous les deux partis ?

– OK vas-y dis-le, demande qu'on remette ça. Je sais que c'est ce que t'attends. Chouine autant que tu veux. Mets ça sur le dos de la coupure de courant.

– Tais-toi. Tu commences déjà à te braquer. T'as juste peur que je gagne.

– Je gagne à tous les coups.

– C'est ça, oui. Cause toujours.

– T'en as jamais marre d'essayer de me battre ?

C'est notre petit jeu. On parie qu'on pourra réussir un truc mieux que l'autre.

À six ans, quand sa famille a déménagé dans la maison en grès rouge d'à côté, il a frappé à ma porte et m'a dit : « Je parie que je suis plus rapide que toi à vélo. »

Ni « bonjour » ni « salut » ni même un « *hola* ». Pas de « Nous sommes vos nouveaux voisins » ou « Nous arrivons de Miami ». Nan. Il m'a juste tendu son gâteau, un *tres leches* que sa mère avait fait, et m'a mise au défi.

À onze ans, il a failli se noyer dans la piscine Kosciuszko après avoir parié qu'il pouvait retenir sa respiration plus longtemps que moi.

À quatorze ans, il regardait les pires films d'horreur l'un après l'autre, mais mentait quand il disait qu'il pouvait dormir sans la lumière.

Et aujourd'hui, à dix-huit ans, on en est là : Quel est le meilleur livre jamais écrit ?

Mais chaque fois qu'il perd, il tord la réalité pour que ce soit lui le gagnant. C'est ce qu'il préfère. Il en tire toujours une histoire qu'il raconte en boucle après. Tristán ne vit que pour ça.

Je serre mon album contre ma poitrine. Les pages menacent de s'en échapper, à peine maintenues ensemble par un mince élastique.

– Arrête de tricher.

Je lève mon portable. Le faisceau de lumière balaie des milliers de petites tranches de livres pendant que j'avance vers le fond de la pièce. J'essaie de me concentrer. De ne pas le laisser me perturber. De ne pas me laisser distraire par tout ce que je me suis promis de lui dire aujourd'hui.

– Faut qu'on bouge. Twig me harcèle.

Il me montre rapidement son écran. Il y a une tonne de notifications, certaines de Twig et d'autres d'un tas de filles qui lui envoient des cœurs et des emojis qui sourient.

– Il arrête pas de dire que je suis plus jamais là pour lui !

Tristán, son père et sa sœur ont déménagé dans le Bronx au début de l'été. Après la mort de Mamá l'an dernier, ils ne pouvaient plus tenir leurs *bodegas*, leurs épiceries, et avaient besoin de se rapprocher des tantes et de la grand-mère pour s'occuper de la petite Paloma. Maintenant, c'est ici qu'on se retrouve. À mi-chemin entre Bedford-Stuyvesant et Mott Haven. Mais dans son ancien quartier, il manque à tout le monde. C'est le genre de gars qui laisse un vide derrière lui.

– T'as toujours mon micro chez toi ? me demande-t-il.

– Pour la centième fois, oui. (Son équipement de podcast est toujours sous mon lit, là où il l'a laissé.) Mais un pari, c'est un pari.

Il éclaire les fresques qui entourent la pièce, des images de New York qui prennent vie sur du papier peint coloré.

– *Toi*, tu vas choisir un livre pour enfants ? (Il ramène ses boucles en queue-de-cheval.) C'est ça, ton idée du meilleur livre jamais écrit ?

– Eh, c'est eux qui t'ont donné le goût de la lecture.

Je cherche les classiques de notre enfance. *Mufaro's Beautiful Daughters* de John Steptoe, ou plutôt *Honey, I Love* d'Eloise Greenfield, ou encore *The People Could Fly* de Virginia Hamilton. Ce challenge est taillé pour moi. Papa est un auteur connu, on voit ses livres sur la politique et les relations inter-raciales en vitrine de toutes les librairies, et Pap', qui est psy, utilise les livres pour débloquer les problèmes des gens. En plus, c'était par les soirées d'été comme celle-là que ma grand-mère me lisait des histoires. Avec Langston, mon petit frère, on se blottissait dans le renfoncement de la fenêtre de ma chambre, et entre chaque page, elle se plaignait des bruits de la ville et de combien la petite librairie de son enfance en Haïti lui manquait.

Mon nom de famille ne devrait pas être Beauvais. Ça devrait plutôt être *Livre, Mots* ou *Histoire*.

Il ne me battra pas.

– Tu me dois le respect.

– Tu gagneras pas. (Il prend un petit air supérieur et serre contre lui le sac où il cache son livre.) Faut qu'on parte dans trente minutes. Les métros marchent pas et les applis de chauffeurs sont débordées. Je viens de regarder, il y a quarante-huit minutes d'attente pour avoir une voiture. Faut qu'on prenne de la marge.

– T'inquiète, on va pas la rater, cette soirée.

– On peut pas partir à la dernière minute, avec le métro arrêté. Tu fais gaffe à l'heure, elefantita ?

– Oui.

C'est qu'une soirée, j'ai envie de lui répondre.

– T'as intérêt. Je vais pas la rater juste parce que t'as décidé d'être chelou et de faire genre le lycée tu t'en fous, t'es passée à autre chose.

– Tu me soûles. En vrai, je t'aime même pas[1].

J'ai le cœur qui s'agite bizarrement dans ma poitrine et je n'arrive pas à le calmer. Tous les souvenirs se bousculent dans ma tête. Qu'est-ce qui va se passer, vu qu'on ne pourra pas être ensemble tout l'été ? Et l'année prochaine, quand on ne sera plus au même endroit ?

1. La vérité : Je ne sais même plus ce que je ressens. Je remplis mes carnets de scrapbooking et mes journaux intimes de mes sentiments : des mots étranges découpés dans les magazines, des tampons, des volutes de peinture épaisses tracées sur les pages. Ça reflète mon esprit et sa façon de divaguer. Papa dit que les écrivains ont besoin de débloquer leurs émotions pour pouvoir dire la vérité sur la page. Mais que se passe-t-il quand ce n'est pas à la page qu'on veut ouvrir son cœur, quand il faut dire les mots à haute voix ?

Ça m'embrouille le cerveau. Je n'arrive plus à me remémorer notre dernier pari. À réfléchir à une stratégie pour le battre.

Ce n'était pas comme ça que j'avais imaginé cette soirée.

C'était censé inspirer un nouvel album de scrapbooking, une nouvelle collection de souvenirs, de moments inoubliables à me repasser en boucle, de dessins et de collages à faire autour de mes mots.

Je serre à nouveau mon vieux cahier contre moi, les bords devenus glissants à cause de mes mains moites.

Ma grand-mère dit que c'est un été de commencements. D'aventure. De magie. D'histoires d'amour, même. Que la Ville Lumière me fera grandir, sera pleine de premières expériences extraordinaires, m'aidera à trouver une histoire à écrire. Que Paris m'offrira assez pour remplir cent carnets. Qu'elle-même n'a pas terminé ce qu'elle avait à faire là-bas et qu'elle me montrera comment aller au bout de ce qu'on a commencé.

Ce voyage… j'ai l'impression que cet été, tout va changer.

Mais là, coincée dans cette ville noire et dans l'obscurité de la bibliothèque, je me demande ce que ça voudra dire pour nous.

– Alors, faut qu'on parte à quelle heure, elefantita ?

Je répète mot pour mot ce qu'il vient de me dire et en plus, je lui dis combien de temps je pense que ça nous prendra d'aller de Bryant Park à Bedford-Stuyvesant, sachant que ce sera le bazar dans les rues à cause de la coupure.

Il me décoche un regard noir.

– C'est bien. Tu te souviens.

– T'es en stress, lui dis-je pour me moquer.

– Non, je suis responsable.

– OK, monsieur Je-suis-responsable. (Je le sens sourire.) Qu'est-ce qu'y a ?

– Je crois que je veux que tu m'achètes un nouveau casque. Il m'en faut un qui marche mieux avec mon micro. Ce sera mon prix. (Il m'envoie un coup à l'épaule.) Une bonne fin à nos paris de l'été. (Il essaie de jeter un œil aux livres que je tire des étagères.) Vu que tu m'abandonnes ici et tout.

– T'es fâché ?

– Bah, avec qui je vais me disputer quand tu seras plus là ?

– Avec Keisha.

Il tchipe.

– Kelly, me reprend-il.

– Ah, 'scuse. Faudra que tu m'apprennes tous leurs prénoms.

– Je lui parle plus depuis la semaine dernière.

– Trop bête. Attends, non, laisse-moi deviner : elle pue de la bouche ? Elle a les dents de travers ?

J'ai le pouls qui s'emballe. Il y a toujours une fille à la conquête de Tristán Restrepo. Elles vont et viennent, l'une après l'autre. C'est le gars le plus intelligent, le plus grand le plus charmant du quartier. Enfin, quand il vivait encore dans le quartier, dans la maison en grès rouge à côté de la mienne, et qu'il m'attendait tous les matins. Il a toujours été ma langue de vipère de voisin – et mon meilleur ami. Mais je ne sais pas ce qu'on sera après ça, vu qu'on ne passe pas l'été ensemble et qu'on va dans des universités différentes à la rentrée.

– Elle a rien à faire de ses journées. Elle passe son temps à m'attendre. (Il soupire.) Mais, notre pari… Si tu gagnes – ce qui risque pas d'arriver – qu'est-ce que tu veux ? Faudra que j'aille le chercher avant que tu partes à l'aéroport demain soir. Tout doit être fermé là, à cause de la panne.

– Et si c'était pas quelque chose que tu pouvais acheter ?

Je chuchote presque.

– Quoi ?

– Je te dirai plus tard[1].

Je l'entends presque réfléchir, à essayer de deviner ce que je pourrais bien vouloir. Il est tellement arrogant, à toujours s'imaginer qu'il sait ce que je vais dire.

– Je vais te prendre une carte cadeau pour ce spa, celui dont tu parles tout le temps. Pour t'épiler la moustache.

---

1. La vérité : Je ne sais pas si je suis prête à dire les mots tout haut. Même si dans la famille, la règle c'est : personne ne lit dans les pensées chez les Beauvais-Simmons. Alors on laisse les mots et les émotions se déverser au-dessus du pain au maïs et du tchaka. Mais là, je ne sais pas comment faire.

– Si moi j'ai de la moustache, alors j'en ai plus que toi.

Je lui tire la langue et repose les livres sur les étagères.

– Pour arranger tes sourcils, alors. Ou te les faire tatouer.

– Tu t'y connais, toi, en tatouage de sourcils ?

– Magdalena Cruz, tu vois qui c'est ? Elle était en maths avec nous l'an dernier. Elle s'est fait ça.

Je le regarde, étonnée.

– Comment tu sais ?

Il sourit.

– Devine. (Je lève les yeux au ciel.) Je viens de rencontrer une fille, elle est moitié guyanienne. Elle se les fait faire toutes les semaines. Elle a des sourcils à toooomber.

J'ai le cœur qui se serre.

– Encore une autre fille. Évidemment.

– J'y peux rien si les femmes m'adorent. Je suis populaire. Elle est cool, n'empêche. Elle te plairait. C'est la pote du cousin de Seymour.

– M'en fous.

– Tu t'en fous de quoi ?

– T'as toujours un crush de toute façon.

– J'ai un grand cœur. Tellement d'amour… (Il me tire la langue.)… à donner.

– Quand je serai partie, tu vas encore croiser une nouvelle meuf et j'aurai pas le temps de dire ouf que t'auras des cœurs plein les yeux. Tu vendrais tout jusqu'à ta maison pour faire plaisir à une fille.

– Tout sauf la photo de Mamá. (Il sort un médaillon de sous son débardeur, l'embrasse et fait un signe de croix.) Mais toi t'aimes jamais personne[1]. (Tristán tapote le sac où se trouvent ses livres.) Laisse tomber, championne.

Il pose sa main chaude sur mon épaule nue. Ça envoie un frisson inattendu dans mon corps, comme si soudain, elle était différente des mains que j'ai connues toute ma vie. Ces mêmes mains contre lesquelles j'ai disputé des batailles interminables de pierre-feuille-ciseaux. Qui m'ont jetée dans la piscine. Qui devenaient moites dans les miennes pendant les films d'horreur. Que j'ai tenues jour et nuit à l'hôpital en regardant sa mère mourir.

Mais tout paraît différent. Comme si, une fois que je l'aurais dit, ça allait marquer un avant et un après. Comme si on allait atteindre un point de non-retour une fois que les mots seraient sortis. Comme si ça allait provoquer une fissure dans le souvenir qui resterait de nous – d'un côté ce qu'on était, et de l'autre, ce qu'on sera.

Ce soir, c'est comme si une nouvelle histoire commençait entre nous.

– Eh, pas si vite… (J'attrape son t-shirt et je le sors de la pièce.) Réserve le chauffeur et, quand il arrivera, j'aurai fini.

1. La vérité : Parce que je ne sais pas comment me l'autoriser. Ça n'a pas toujours été comme ça. Comment tu peux aimer quelqu'un si facilement ? Laisser tous tes côtés durs s'adoucir en espérant que tu ne seras pas blessé ? Je me demande ce que ça fait, ce genre d'amour. Les doigts d'une autre personne entrelacés avec les tiens. La bouche d'une autre personne contre la tienne. Une autre personne qui voudrait se confondre avec toi.

– On va où, maintenant ? se plaint-il, tandis que je le traîne dans les escaliers vers le premier étage. Le chauffeur arrive dans vingt-huit minutes.

On se faufile dans le noir. Le tintement de mes bijoux résonne. Je n'aurais pas dû en mettre autant. Le marbre blanc des arches d'Astor Hall dessine des courbes au-dessus de nos têtes. Les petits ronds de lumière de nos torches dansent au plafond, et j'ai l'impression d'être prise au piège dans une immense grotte.

– C'est magnifique, tu trouves pas ?

Je lève les yeux au plafond, même si je l'ai déjà vu plus d'un millier de fois. Mais jamais comme ça. Je l'aime presque plus dans le noir.

Je me souviens du bruit des gens qui se déplacent résonnant dans le couloir. Et le silence est sublime.

– T'en verras plein du marbre, en Europe. Des arches et tout… (Il fait mine de ronfler.)

– T'as aucun goût. C'est pour ça que tu sais pas apprécier. T'as jamais su.

– C'est juste que moi, tous ces trucs de bourges, ça m'intéresse pas. Mais notre bibli à Bedford-Stuyvesant a jamais été assez bien pour toi. Tu me traînes toujours ici[1].

---

1. La vérité : Je voulais juste qu'on vive des aventures tous les deux sans risque de tomber sur quelqu'un qu'on connaît. On n'est pas les mêmes à Brooklyn qu'à Manhattan, dans le Bronx ou dans le Queens. Tu penses qu'on peut être deux personnes complètement différentes à un endroit ou à un autre ? Comme si ton apparence et ta personnalité se transformaient en un nouveau toi ?

– C'est mon endroit préféré dans toute la ville. Tu le sais, ça.

– Je sais. Ça fait deux semaines que je me ramène ici pour toi.

J'ignore sa pique et m'élance dans les escaliers. C'est plein d'histoires, ici. J'ai toujours eu l'impression que tous les mots des livres avaient réussi à s'échapper et à s'infiltrer dans le cuivre, le bois et le marbre, pour transformer la bibliothèque en un lieu magique. Que c'était là où les amoureux des livres se rendaient, un endroit où naissaient conteurs et écrivains, où plus rien ne comptait, à part cette question : *et si…*

– Hé là, vous deux ! Restez où vous êtes ! nous parvient une voix, suivie du faisceau puissant d'une lampe torche. Qu'est-ce que vous faites là ?

Tristán met les mains devant ses yeux.

– OK, OK. (Il grimace.) Je t'avais bien dit qu'on nous retrouverait, chuchote-t-il.

– La bibliothèque est fermée depuis une heure. Vous n'avez pas le droit d'être ici, nous lance l'homme blanc au visage rouge, sortant son téléphone pour appeler la police, sans doute.

Je me place devant Tristán.

– Désolée, monsieur, je crois que j'ai laissé mon sac à dos au deuxième ou au troisième, je ne sais plus. On le cherche partout.

– Tu reviendras le chercher demain, quand la bibliothèque aura rouvert, aboie-t-il.

– Mais j'ai tout dedans, mon portefeuille, les clés de chez moi… Je ne pourrai pas rentrer, avec la coupure de courant, je lui mens.

Les poings sur les hanches, il prend un air exaspéré.

– Je vais le chercher.

– Mais vous ne saurez pas quoi chercher.

– Décris-le-moi.

Je lui débite une description incompréhensible. Il fait la grimace.

– Bon, d'accord, vas-y, mais lui (il fait un geste vers Tristán), il attend avec moi.

– J'ai besoin de lui, dis-je en gémissant. (Tristán retient un gloussement, je lui envoie un coup de coude.) J'ai peur des fantômes, j'ajoute en battant des cils comme si j'étais parfaitement sans défense et ne pouvais absolument pas fouiller seule dans le noir.

Un homme en caleçon passe en courant sous notre nez.

– Qu'est-ce que vous faites là ? hurle l'agent de sécurité, braquant sa lampe torche sur celui-ci.

Il part à sa poursuite, nous laissant derrière lui.

On se précipite dans l'autre direction avant de plonger nous cacher dans la Galerie Gottesman, derrière ses gigantesques colonnes de pierre.

– T'as peur de rien, toi[1], me dit Tristán, haletant. T'as failli nous faire arrêter.

– Et toi ? T'as peur ? (Je glisse contre le marbre froid et m'assieds sur le sol.) Rallume ta lampe.

Il se laisse tomber à côté de moi.

– Non.

– OK. (Je tire sur l'une de ses boucles soyeuses et il sursaute.) Ha ! Le mec a peur du noir…

– Tais-toi.

– Tu l'as toujours ta veilleuse tortue ?

Je retire mes sandales *huaraches* pour faire prendre l'air à mes pieds transpirants. J'ai un début d'ampoule sur l'un de mes petits orteils.

– Donatello vit sa meilleure vie, espèce de rageuse (Un bruit distant le fait tressaillir.) Tu penses qu'il y a vraiment des fantômes ici ?

– C'est sûr. Moi quand je mourrai, c'est ici que je voudrai venir.

– T'avais dit que tu viendrais me hanter moi, me rappelle-t-il.

Quand on avait douze ans, Tristán a parié qu'il pouvait invoquer sa grand-mère avec une table de ouija trouvée dans une *botánica Santería* – une boutique d'objets

---

1. La vérité : Sauf de ce qui pourrait arriver une fois que je t'aurai tout dit. J'ai un placard rempli de peurs enfouies. Si tu y entres et écartes les vêtements, il y a une petite porte cachée qui mène à une pièce secrète. Je ne te l'ai jamais montrée, malgré les milliers de fois où tu es venu chez moi. C'est là que je note, dans mes carnets, tout ce que je veux cacher à la lumière de ma chambre. Toutes les émotions que je n'arrive pas à comprendre.

ésotériques afro-cubains. On avait allumé toutes les bougies de l'autel à prière de sa mère et on s'était aspergés d'eau de toilette de Floride et de sauge. On a attendu pendant cinq heures. Je lui ai dit que rien ne viendrait. J'ai gagné, et il a dû faire mes devoirs de maths pendant une semaine.

Mais Tristán a raconté à toute la classe qu'on avait rencontré l'esprit du rappeur Biggie Smalls.

Tout le monde l'a cru. Comme toujours.

– Attendons un peu, pour être sûrs qu'il ne revient pas, dis-je.

– C'est juste parce que t'as mal aux pieds. (Je lui agite une de mes sandales à la figure.) Ils puent, en plus.

– Ça sent la rose. Les meilleurs doigts de pied du monde. Regarde-moi ce gros orteil méga sexy. La forme parfaite. Et mon vernis à pois, trop classe. (J'essaie de toucher Tristán avec mon pied et il se tortille pour l'éviter.) Tu séduirais encore plus de filles si t'aimais les pieds.

– Ou alors je serais flippant. Comme ces mecs dans le métro, là, comment tu les appelles déjà ?

Tristán a pris le métro avec moi tous les jours pour aller et revenir de l'école, longtemps après que nos parents ont arrêté de se relayer pour nous déposer. Sa présence, même quand on était petits, éloignait tous les dangers sur notre chemin entre Brooklyn et l'Upper West Side.

Je m'affale sur le sol. Il est allongé dans l'autre sens, nos têtes l'une à côté de l'autre. Une de ses locks caresse ma joue. Je ne la repousse pas. Je sors mon portable pour éclairer les vitrines d'exposition. Une affiche annonce « Les plus belles lettres d'amour de la littérature ». Je laisse la lumière s'attarder sur quelques lettres reproduites sur des posters.

– Tu te souviens en troisième, quand t'as écrit une lettre d'amour à Nella ?

Je peux le sentir sourire dans le noir.

– C'est la meilleure lettre qu'elle ait jamais reçue.

– C'est ça, oui, j'ironise.

– Je suis l'éloquence même.

Là-dessus, je ne peux pas le contredire. Avec son charme, il pouvait se sortir d'une heure de colle ou faire monter une note de B + à A -. Tous les profs du lycée Stacey Abrams l'adoraient. Un jour, il sera un excellent présentateur radio.

Il commence à lire l'une des lettres de sa voix sérieuse, comme s'il était à l'antenne :

– « Je rêve toujours que nous soyons des papillons qui n'ayons à vivre que trois brèves journées d'été – et ces trois journées, s'il m'était donné de les vivre avec vous contiendraient pour moi plus de félicité que cinquante années de vie ordinaire. » (Il a une superbe voix de basse. Je me souviens encore du couinement dans sa voix de petit garçon.) Keats avait la classe. Il a dû la rendre dingue, sa Fanny.

– Peut-être.

– Tu mourrais pour avoir cent lettres comme ça[1]. Fais pas genre.

– Si tu le dis. Ma grand-mère en a reçu une en mai. Enfin, un mail d'amour plutôt, et ensuite une lettre à l'ancienne. C'est pour ça qu'on va à Paris, d'ailleurs.

D'un coup, il tourne la tête vers moi.

– Et tu me dis ça que maintenant ? Yo, c'est ouf ! Grand-mère est dans la place ! Elle a toujours été jolie, en vrai.

– Arrête !

Je lui décoche un coup.

– Qui est-ce qui lui a envoyée ?

– Apparemment un de ses grands amours. Un homme avec qui elle pensait se marier en Haïti. Elle avait dix-huit ans. Elle dit que c'est son premier vrai amour. Mais qu'il est parti travailler à Paris et qu'il est jamais revenu. Et, sur son lit de mort, une de ses amies – Tante Althea – lui a demandé d'aller le voir.

– Wow. Elle doit être à fond. Ça fait longtemps que ton grand-père est mort. Et maintenant, Althea, sa meilleure amie. Elle doit se sentir seule.

1. La vérité : Je mourrais pour avoir une lettre comme ça de toi. Parce qu'elle serait gravée dans mon cerveau. Chaque mot, la courbure des *e* ou la boucle des *l*, tout serait inscrit dans ma mémoire. Je serais capable de la réciter à jamais.

Le souvenir du visage d'un noir chaud de mon grand-père m'apparaît : les rides autour de ses yeux, comme de profonds sillons et des petits sourires, le parfum du tabac à pipe dans la poche de sa chemise, la façon dont ses lèvres se retroussaient quand ses mots glissaient du français au créole et du créole au français. Et puis sa mort, comme si elle venait tout juste d'arriver. Tristán joue avec mes bracelets.

– Ça va ?

J'entends l'inquiétude dans sa voix. Il m'accompagnait toutes les semaines rendre visite à mon grand-père, alors que sa mémoire dégringolait malgré le nombre d'albums de scrapbooking que ma grand-mère et moi remplissions pour lui.

Je hoche la tête.

– Imagine que les gens devaient écrire une lettre chaque fois qu'ils voulaient parler à quelqu'un. Genre, comment tu faisais pour tomber amoureux et tout ?

Je lève les yeux au ciel.

– La lettre d'amour, c'est tout un art.

– Pas pour Nella, rétorque-t-il.

– Nella est lesbienne. Toi, tu crois que tout le monde est amoureux de toi aussi !

– Ça devrait être le cas !

– Et pourquoi ?

– Je suis beau, intelligent et je suis un polymathe.

Je fais mine de vomir. J'étais là quand il a appris ce terme il y a trois étés. Sa mère nous emmenait dans tous les musées d'art de la ville avant de tomber vraiment malade. Elle a essayé de nous apprendre à aimer l'art pour qu'un jour, peut-être, Tristán décide d'exploiter plus sérieusement ses talents de peintre et de dessinateur. On a parcouru toutes les galeries, regardé tous les tableaux, esquisses, sculptures, et collectionné tout ce qu'on pouvait de cartes postales reproduisant des œuvres d'art. Tristán posait tellement de questions qu'un des guides lui a demandé s'il prévoyait de devenir polymathe (une personne qui veut tout savoir et avoir tous les talents.) C'est devenu son grand projet pour l'été… ça, et m'entraîner avec lui.

– Tu sais toujours pas comment ça s'écrit, je lui lance.

– Si, je sais ! Enfin bref, c'est juste que j'aime l'amour et j'ai pas peur de le dire[1].

J'arrête ma lampe sur une autre lettre d'amour géante. Après la mort de sa mère, il a dit que son cœur serait brisé à tout jamais. J'ai toujours pensé que c'était pour ça qu'il supportait mal d'être seul. Soit il aidait son père dans l'une de leurs *bodegas*, ou sa petite sœur à faire ci ou ça, soit il

1. La vérité : Facile à aimer. Papa pense que face aux émotions, il y a deux types de personnes : facile et difficile. Il y a ceux qui coulent comme de l'eau de source, qui glissent, se faufilent, virent de gauche à droite. Ils ne s'opposent pas au courant. Et il y a ceux qui bougent comme de la boue, pleine de sédiments, de pierres et parfois d'insectes. La boue a besoin d'eau pour se décoller avant de se mettre en mouvement. Moi, je suis de la boue.

était dans la maison d'à côté, vautré sur mon canapé... ou avec l'une des nombreuses filles qu'il voyait à tour de rôle.

Son portable sonne.

– La voiture arrive dans dix-sept minutes, elefantita. Tu ferais mieux de te grouiller. (Une vague de panique me traverse.) Je devrais peut-être lui écrire une lettre d'amour, à cette nouvelle fille. Elle est super vieux jeu. Pire que Fatima.

Je serre les dents et j'essaie de ne pas me laisser submerger.

– Fatima me détestait.

– Elle détestait tous ceux qui étaient plus proches de moi qu'elle. Elle aurait détesté Paloma si ç'avait pas été ma sœur de neuf ans.

– Elle aurait voulu se greffer à toi si elle avait pu. Cette soiffarde.

– Est-ce qu'il reste des gens à l'intérieur ? crie une voix depuis le hall d'entrée.

On se fige sur place.

Des faisceaux de lumière découpent l'espace.

– La bibliothèque est fermée !

On attend que la personne parte avant de nous rasseoir. J'enfile mes sandales.

– Tu vas perdre. Prépare-toi à payer, me chuchote-t-il.

On monte sur la pointe des pieds jusqu'au troisième, passant devant des fresques illustrant l'histoire du monde. J'avais l'habitude de les montrer du doigt et d'embêter grand-mère avec mes questions sur comment tout a commencé. Je le tire dans la salle de lecture Rose. Les fenêtres en ogives laissent entrer le crépuscule, révélant les trésors de la pièce : de longues tables en bois bordées de quantité d'étagères et munies de lampes à abat-jour, un carrelage rouge avec des chemins en marbre, et des lustres. J'ai le souffle coupé quand on s'avance le long de l'allée centrale. Je me revois, petite fille, debout au milieu de cette pièce pour la première fois, serrant mon journal intime et mon stylo contre moi, me dire que je serais écrivain, que j'aurais un livre qui habiterait ici.

Il y a des chariots pleins de livres. Tristán fait glisser ses doigts dessus en passant.

– Ennuyeux. (Il en soulève un.) Raciste. (Il en montre un autre.) Bof. (Il en repousse un troisième sur le côté.)

– Je parie que le livre que t'as choisi est bof, dis-je pour le provoquer.

– Dans tes rêves. Il est hilarant. Un très bon livre doit faire rire. Ça fait partie de son job.

– Ou pleurer, je rétorque en passant entre les tables.

Quelques livres personnels ont été abandonnés. Je parcours la pile. Il y a de tout, allant de ceux qu'on nous forçait à lire à l'école à ceux que Pap' adore, de la romance à la fantaisie bizarre. Je me demande ce que cherchait cette personne et pourquoi elle a laissé tout ça derrière elle. Peut-être que ç'aurait été trop compliqué à rapporter dans le noir ? J'ouvre les jaquettes et remarque le même nom au crayon à papier – Eden Shepard. *Pourquoi les as-tu laissés ici ?*

– Ou réfléchir. (Il attrape un des livres et l'agite sous mon nez.) C'est comme ça que tu les aimes, tes hommes ?

C'est un roman à l'eau de rose avec un type blanc torse nu qui me fixe sur la couverture.

Je lève les yeux au ciel et le repousse.

Il m'envoie des bisous bruyants.

– Tu vas te trouver un mec comme ça à Paris ? Pierre ? Gustave ? Pépé le Putois ? Peut-être que t'auras ton premier baiser !

– Ce sera pas mon premier[1].

– Mais ton premier *vrai* ? Genre, un vrai baiser, un bon. (Il fait mine de prendre quelqu'un dans ses bras et de l'embrasser.) Toutes les fois d'avant t'as fait que te plaindre. Ça compte pas.

– Les mecs français ont une réputation, tu sais ? Il paraît que c'est des bons coups, dis-je pour frimer. Et je parle déjà le français.

– Alors que les *Colombianos*, c'est les meilleurs. Tu peux pas dire le contraire.

– Zoraida dit qu'ils trompent tous leur meuf, ces tocards.

– Zoraida c'est une rageuse. L'an dernier, elle changeait de copain toutes les semaines. Elle a failli finir avec

1. La vérité : Je n'arrive pas à me concentrer quand on m'embrasse. Mon cerveau voyage vers d'autres moments de ma vie. Vers des moments avec lui.

deux cavaliers au bal de promo. (Il jette le livre sur la table.) Tiens, ça me rappelle Chris… Tu te souviens ?

– Et c'est reparti !

– Tu lui avais parlé, quoi, cinq minutes ? Avec ses pantalons comme s'il allait à la pêche aux moules…

– Et toi, toutes les filles avec qui tu sors, c'est des top-modèles ?

– Personne n'a dit ça.

Il ramasse un autre roman à l'eau de rose de la pile abandonnée et en rejoue l'histoire, prenant l'étagère dans ses bras comme si c'était une femme.

– Le meilleur livre jamais écrit, ça peut pas être un roman d'amour, reprend-il.

– Espèce de snob. C'est les livres les plus vendus de tous les temps. Elles se font beaucoup d'argent, les femmes qui les écrivent. Ma grand-mère n'en a jamais assez. Prolly en lit deux par semaines. Et si mon livre, c'était un roman d'amour ?

Il pouffe :

– Qu'est-ce que t'y connais à l'amour, en vrai ? T'as jamais de copain… ou de copine, comme tu veux[1]. Comment tu pourrais écrire dessus ?

– Qu'est-ce que t'en sais ?

– Je sais tout sur toi.

– C'est faux !

1. La dure vérité : Parce que j'attends…

Il rit.

– OK, Lana. Tu veux vraiment jouer à ça, alors qu'il nous reste qu'un quart d'heure ?

Je lui tourne le dos.

– De toute façon, je suis occupée. (Je fais courir mes doigts sur d'autres couvertures.) Et j'ai beaucoup d'imagination. Assez pour écrire un roman d'amour.

– Tu dis toujours ça. Mais tu tentes jamais ta chance avec personne.

– Et pourquoi je devrais ? Vu que t'es là à jouer les entremetteurs.

– Y'aura plein de mecs cool à la soirée. Tout le monde voudra te parler. C'est leur dernière chance avant qu'on parte tous. Fais-moi confiance.

– Comme tu veux, je lui réponds.

J'essaie de ne pas le regarder.

– Ça te fait peur, c'est ça ? se moque-t-il.

– N'importe quoi ! C'est juste trop pour moi.

– C'est-à-dire ?

– Comme mes pères. Ils en font trop. Leur relation… Tu sais comment c'est, chez moi.

J'hésite à poser mon album de scrapbooking, mais je le serre contre moi, comme si son poids pouvait ralentir les battements de mon cœur.

– Ton père et ton pap' sont toujours collés ensemble.

– Ça me dégoûte.

Je tchipe.

– Mais non, c'est super beau !

– Langston déteste ça, lui aussi.

– Il va entrer en terminale, c'est normal. (Il soulève un autre livre.) Ils ont un beau parcours tous les deux. Ça n'a pas commencé dans une librairie ?

Je balaie l'histoire d'amour légendaire de mes pères d'un revers de main. Leur rencontre trop mignonne dans une librairie, le tourbillon de leurs voyages à travers le monde, la mère porteuse qu'ils ont trouvée pour nous avoir, mon frère et moi… Et ils vécurent heureux… Comme au cinéma. Personne n'arrive à la cheville d'un truc comme ça. Et surtout pas moi. C'est le genre d'histoires qui n'arrive qu'une fois dans une vie. J'ai fait toutes les librairies de tous les quartiers de cette ville, et personne ne m'est apparu.

– J'ai juste autre chose à faire.

– Toujours des excuses.

– Tout le monde n'a pas besoin d'être obsédé par quelqu'un en permanence. J'ai pas peur d'être seule, moi.

À l'instant où les mots sortent, je les regrette. Je le sens tressaillir, même dans le noir.

– C'est pas ce que je voulais dire… Je…

– Si. Tu l'as dit. (Mon pouls s'emballe.) Tu penses que j'ai la trouille.

– Non ! Tu déformes mes propos.

– Y'a pas de mal à vouloir être avec quelqu'un. À aimer rencontrer des gens. Tout le monde n'aime pas être seul. T'as pas à me juger.

– Tu me fais dire ce que je n'ai pas dit !

– Ouais, c'est ça.

Il s'en va. La lumière de la lune glisse sur sa mâchoire crispée.

Mon cœur fait un bond. Je ne voulais pas le mettre en colère, appuyer là où ça fait mal, ni lui donner l'impression que quelque chose ne va pas chez lui. Ce n'est pas ce que je m'étais imaginé. Ce n'est pas comme ça que je me voyais dire la vérité à mon meilleur ami.

– Alors tu voulais dire quoi ? me demande-t-il[1].

Les mots ne viennent pas. Il s'écarte vers l'autre côté de la pièce. Les épaules tombantes, il se tripote les cheveux comme il fait quand il est vénère.

Grouille, Lana. Choisis quelque chose. N'importe quoi.

Grace m'envoie un nouveau message. Toujours la même question.

Alors ? c'est fait ?

Je laisse tomber l'idée d'utiliser un roman d'amour... Pourtant, peut-être que ce serait la meilleure façon de lui dire. Toutes les possibilités défilent dans mon cerveau, comme un de ces tiroirs de fiches qu'il y a probablement ici, dans l'une des salles à l'arrière.

---

1. La vérité : Je crois que tu ne me *vois* pas.

Une lampe torche surgit dans la pièce. Suivie d'un bruit de clés et de chaussures de sécurité.

On se fige tous les deux.

– Il y a quelqu'un ? lance une voix.

Le vigile.

Je retiens ma respiration. Tristán ne dit plus rien.

On attend que le bruit de pas disparaisse. Je jette à nouveau un œil à la table de livres abandonnés et fais un bond. Je fouille la pile et trouve *Si Beale Street pouvait parler* de James Baldwin. Le livre que Papa appelle l'une des plus grandes histoires d'amour écrites par un auteur noir. Le récit doux-amer de Fonny et Tish, deux amis d'enfance qui décident de passer leur vie ensemble, mais dont les plans tombent à l'eau quand Fonny est arrêté et accusé d'un crime qu'il n'a pas commis.

J'ai le cœur qui se serre.

– Je l'ai ! je déclare à Tristán.

– Parfait, elefantita, le chauffeur arrive dans onze minutes.

Je retiens ma respiration en attendant qu'il se retourne et me voie. De minuscules rayons de lune dansent sur les tables et sur le sol. Tout a l'air tellement étrange. La ville si sombre, si vide. Les premières heures, tout semblait être étouffé sous une couverture, un peu plus immobile et silencieux, comme si la ville s'écrivait une nouvelle histoire, et que pour une fois, elle avait posé son stylo pour réfléchir.

On s'assied hors de vue de la porte, sous un rayon de lumière.

– Toi d'abord, dit-il, la voix toujours nouée de colère.

– Non. Vas-y, toi.

– Nan, vaut mieux faire comme d'habitude.

Je ne bouge pas, les doigts tapotant l'épaisse couverture du livre, essayant de gagner un pari qui me semble plus grand que tous les autres mis bout à bout.

Il prend son sac à dos dans les bras et attend.

– T'avais tellement de choses à dire avant, et tout à coup, plus rien.

Je prends une grande inspiration et lui tends le livre. Il observe la couverture, puis le retourne.

– Papa me l'a fait lire, je lui glisse, presque dans un murmure.

– Mais, c'est pas une histoire triste ? Il va en taule ou un truc comme ça. Ils doivent attendre pour être ensemble ?

Tristán n'a pas l'air de comprendre.

– Oui, je lui réponds. C'est doux-amer. Il est enfermé un moment, mais elle l'aime tellement qu'elle reste toujours près de lui. Elle l'aime à travers les épreuves.

J'ai la voix toute chancelante. Les larmes me montent aux yeux. Je tends le cou en dehors de la lumière, me penche en arrière dans l'obscurité autour de nous pour qu'il ne me voie pas. Je ramasse mon album.

Il lit le premier paragraphe et me passe le livre pour que je lise le suivant. Mon corps a gardé la mémoire de ce qu'on faisait quand on était petits, nos jambes noires entremêlées dans le renfoncement de ma fenêtre. Je m'arrête après une phrase : « Je le connais depuis toujours et j'espère que je le connaîtrai toujours. » Et je lève les yeux vers lui[1]. Je m'apprête à tout lui dire, mais les mots restent coincés dans ma gorge.

– C'est beau, admet-il. Je me souviens de l'histoire, maintenant. (Il ouvre son sac.) T'es prête pour ce chef-d'œuvre… cette merveille… le meilleur livre jamais écrit ?

– Oui, Tristán, je lui réponds, essayant de chasser le nœud dans ma gorge.

– Ferme les yeux.

– Nan, qu'est-ce que tu mijotes ?

– Juste fais-le. Allez. (Il pose sa grande paume chaude sur mon visage, m'obligeant à fermer les yeux.) C'est pour te mettre dans l'ambiance. Je vais te le lire. C'est comme ça qu'il faut apprécier sa magnificence.

– OK, Tristán. Mais fais pas genre t'as la voix de Barry White.

– Tu regretteras ces mots quand je serai célèbre. Mon podcast sera le plus écouté du monde. Tu verras.

– C'est ça, c'est ça.

J'entends le livre qui s'ouvre.

– « C'est moi Sam. Sam, c'est moi. Ce Sam-c'est-moi ! Ce Sam-c'est-moi ! »

---

1. La vérité : Est-ce que lui aussi veut me connaître pour toujours ?

Mes yeux s'ouvrent d'un coup.

– T'es sérieux ?

Il sourit.

– « Je n'aime pas ce Sam-c'est-moi ! Aimes-tu les œufs verts au jambon ? »

Je ne vois plus son visage derrière le grand livre orange et vert de Dr. Seuss. Je le tire vers le bas.

– À quoi tu joues ?

– Je rigole pas. Pour moi, c'est le livre parfait.

Je sens mon regard s'obscurcir.

– Mais pourquoi ?

– C'est marrant. Jolie palette de couleurs. J'oublierai jamais le texte. (Il lève un doigt.) C'est le test pour savoir si un livre est bon : le rythme du texte.

– Tristán.

– Quoi ?

– Vraiment ?

Il pose la main sur le cœur.

– Vraiment !

– Dr. Seuss a dessiné des BD racistes. (Je lève les yeux au ciel.) Des dessins horribles avec des Noirs et des Asiatiques. Vraiment horribles. Il a essayé de s'améliorer, mais…

– Mince, je savais pas. (Il se raidit et sa voix devient sérieuse.) J'ai pas le temps d'en choisir un autre. (Il me montre son téléphone. Sur l'appli, on voit la petite voiture avancer dans les embouteillages pour venir nous chercher.) Donc t'as gagné, cette fois-ci.

– Tu me laisses gagner ? Ça marche pas comme ça.

– Normalement, j'aurais jamais fait ça, mais… c'est bon… t'as gagné.

Il brandit *Si Beale Street pouvait parler*.

– Pour de vrai ?

– Sûr. *Beale Street* est définitivement meilleur. Alors, qu'est-ce que tu veux ? Tu choisis. Qu'est-ce que je te dois ?

Je soupire profondément.

– T'es pas sérieux.

– Mais si. Allez. Tu veux quoi ?

J'essaie de ne pas me mordre les lèvres pendant que je rassemble le courage de lui dire ce que je veux. La chaleur de son regard me réchauffe les joues. Je ne baisse pas les yeux. Je me concentre sur le livre au-dessus de sa tête.

– Tu vas me demander un truc pas possible et je vais raquer[1]. Je sais. Mais j'ai pas encore été paié. La paie des cours particuliers tombe que mardi, et je dois encore de l'argent au studio…

– Je veux rien qui coûte de l'agent, lui dis-je, presque dans un murmure.

– Quoi ?

Il m'envoie un coup de coude. Tout mon corps frémit. Je frotte mon bras et lui décoche un regard noir.

– Aïe !

1. La vérité : Il y a des filles qui veulent qu'il dépense de l'argent pour elles. Elles voient ça comme une façon de prouver qu'il leur appartient et qu'il les aime. Mais il me donnerait tout son argent que j'en voudrais pas.

– Tu veux quoi ?

Il me force à lui faire face. Je tremble de tout mon corps.

– Te poser une question.

– Tu te fiches de moi ?

– Non.

Il plisse les yeux.

– Alors c'est quoi ? Ça peut pas être que ça. Tu viens de gagner… de me mettre une raclée, même.

Une de ses boucles tombe près de son visage et je me demande si elles seront plus longues, ou s'il les aura coupées et sera une personne différente quand je rentrerai de Paris.

– T'adores gagner. Tu peux pas juste vouloir poser une question !

– C'est pourtant ce que je veux.

J'ai le cœur qui bat la chamade.

– T'es bizarre.

– Non.

Mon pouls s'emballe.

– Accouche, alors. Le chauffeur arrive. Twig va faire exploser mon tel.

– Nan… laisse tomber.

Je sens la nausée monter. C'était pas une bonne idée. Ses mains trouvent leur chemin jusqu'à mes épaules dénudées.

– Qu'est-ce qu'y a ?

Les larmes montent[1]. Je secoue la tête et repousse la boule de peur. Mes sentiments commencent à se dénouer.

– Tu pourrais…

Son téléphone sonne un millier de fois. Je vois toutes les notifications. Il fronce les sourcils.

– Je pourrais quoi ?

– Tu pourrais m'aimer comme tu les aimes elles ?

L'incompréhension s'installe sur son visage.

– Qui, elles ?

Je serre mon journal intime contre moi.

– Les filles à qui tu parles tout le temps.

– T'es ma meilleure amie.

– Je sais que tu m'aimes bien… Que tu m'aimes, mais… genre… (Il ouvre grands les yeux : un mélange de surprise et de je ne sais pas trop quoi… « Oh », c'est tout ce qu'il trouve à dire.) Laisse tomber. Oublie ce que j'ai dit.

– C'est pas un truc qu'on oublie, ça, Lana.

– C'est bon… t'inquiète.

Je lui tourne le dos. Il attrape ma main.

– Arrête…

Sa voix devient sérieuse. Il ne rit plus.

– Je veux plus jouer.

Je me mords les lèvres pour ne pas pleurer, prête à partir en courant. Il m'attire vers lui.

– Tu peux pas dire un truc comme ça et t'enfuir.

---

1. La vérité : Tout est différent maintenant. Jusqu'à la texture familière de tes mains.

– Tu ressens pas la même chose envers moi… pas grave. Laisse-moi partir. Oublie. De toute façon, faut que je rentre faire mes valises. On se voit quand je reviens…

– Pourquoi tu m'embrasses pas, alors ? m'interrompt-il.

La question a l'effet d'un feu d'artifice entre nous.

– Quoi ?

Je cherche son regard, en me demandant si c'est la vérité ou s'il essaie d'être gentil. Je me retourne à nouveau pour partir.

Il me retient.

– Hé, attends… Dis ce que t'as à dire.

– J'ai peur.

Ma voix se brise.

– De quoi ?

– De tout, je murmure.

Il me prend mon carnet des mains.

– Non…

Mais je ne résiste pas alors qu'il enlève l'élastique et le laisse s'ouvrir, se déverser… et moi avec. Des pages pleines à craquer de photos de nous et de tout ce qu'on a fait cet été. De tickets de cinéma, de planches de Photomaton, de listes de ce qu'on a prévu de faire avant que je parte, de transcriptions de son podcast[1].

---

1. La vérité : Tout ce qu'on a fait ensemble est devenu un souvenir que je ne veux jamais oublier. Chaque blague, chaque toucher, chaque expérience. Mes journaux débordent. Trop petits pour contenir tout ce qu'il est… tout ce que je suis… tout ce que nous sommes, ensemble.

À plusieurs reprises, il est sur le point de dire quelque chose. Tristán Restrepo, le gars qui a toujours un truc à raconter, qui a des milliers d'auditeurices, qui ne cache jamais ses sentiments, ne trouve pas ses mots.

– C'est magnifique, Lana.

Il lève les yeux vers moi, des yeux humides.

Je ne peux pas soutenir son regard.

– Tu te souviens de tout. (Il pose la main sur ma joue.) Elefantita. (J'ai un nœud dans le ventre.) J'ai toujours aimé la manière dont ça marche, dans ta tête. Tu te rappelles, quand on a fabriqué des boules à neige en primaire ?

Je hoche la tête, de peur de vomir si je parle. C'est pas une façon de faire une déclaration d'amour.

Le nœud dans mon ventre me tord l'estomac.

Il sourit en regardant nos photos. Sa bouche est magnifique sous la lueur de la lune.

Je prends une grande inspiration pour me donner du courage : *Vas-y, crache ! Finis-en. Tu peux pas partir à Paris sans lui dire.*

– Est-ce que tu pourrais m'aimer… *m'aimer* ? M'aimer comme ça ?

Son téléphone sonne, annonçant l'arrivée imminente du chauffeur.

C'était pas prévu comme ça, dans ma tête, c'était pas comme ça que je le voyais inscrit dans mon journal, pas comme ça qu'on l'avait imaginé avec Grace. Je voulais repenser à cette soirée et me souvenir de combien j'aurais été courageuse, de combien mes mots auraient été clairs et confiants, de combien j'aurais été plus comme lui et moins comme moi dans ma façon d'exprimer mes pensées et mes émotions.

– Vous deux ! (L'agent de sécurité est debout dans l'encadrement de la porte, sa lampe torche droit dans nos yeux.) Sortez d'ici tout de suite !

Il nous escorte jusqu'à la sortie du personnel. Ses cris et ses menaces résonnent dans l'obscurité, mais je ne les entends pas, couverts par les battements de mon cœur.

On débouche dans la rue, sombre et terrifiante. Je cherche Tristán de la main, sa main cherche la mienne.

Tous mes souvenirs me submergent.

À neuf ans, marchant côte à côte vers l'hôpital pour rendre visite à Mamá quand le diagnostic est tombé.

À douze ans, tordant nos langues devant un miroir, parce qu'il m'apprenait à rouler les *r* en espagnol pour que j'aie une bonne note.

À quinze ans, la nuit blanche à lui lire *Orgueil et préjugés* pour l'aider à écrire une dissertation digne de ce nom.

À dix-sept ans, épaule contre épaule devant la tombe de sa mère, regardant le cercueil descendre dans la terre.

Le chauffeur appelle Tristán et lui dit de le retrouver au coin.

– T'es prête ?

Je me mords les lèvres pour les empêcher de trembler. Je lutte contre les larmes qui bouillonnent à l'intérieur.

– Non.

Ce n'était pas comme ça que je voulais lui dire que je l'aime depuis toujours. Que j'avais promis à Grace que je le lui dirais.

Des yeux, il inspecte mon visage.

– Tu te rappelles tout, mais t'es pas capable de réfléchir trente secondes pour voir combien je t'aime ? À quel point ça a toujours été toi ?

– Quoi ? (Une larme m'échappe.) J'ai jamais pensé…

Je n'ai pas le temps de finir ma phrase. Ses mains sont déjà dans mon dos et ses lèvres caressent mon cou, mon oreille, puis ma joue, avant de m'embrasser. Sa chaleur est plus brûlante que la canicule pendant la panne.

– Je t'ai toujours aimée, mais j'ai toujours cru que tu n'étais pas prête à m'aimer en retour, me murmure-t-il, puis il m'embrasse à nouveau.

On s'arrête pour prendre une pause.

– Et ça, tu t'en souviendras ?

Je ne peux pas m'empêcher de sourire.

– Pour toujours[1].

---

1. Et même que ça fera une super histoire.

Une longue traversée

ACTE 4

Tiffany D. Jackson

Washington Square Park, 20 h 38

Cinquième Avenue. On marche en silence. Kareem ralentit assez pour que je n'aie plus l'impression de courir derrière lui. Dans les rues bondées, tout le monde semble marcher dans la même direction par instinct. C'est à la fois comme avant et complètement différent d'être avec Kareem. Ou plutôt, avec cette version de Kareem. Le nouveau Kareem parle de ses sentiments envers son père, tout en se souvenant toujours de mon combo de glaces préféré. J'ai envie de lui parler de tous les films et de toutes les séries que j'ai regardés ces quatre derniers mois. Mais ce n'est pas exactement comme s'il revenait de longues vacances. On a rompu. Je ne sais pas si on peut parler de ces choses-là. Est-ce qu'on peut encore être amis ? Est-ce que c'est ce que je veux vraiment ?

On traverse Midtown jusqu'à Union Square, droit dans Greenwich Village, de plus en plus près de Lower Manhattan. Plus près… du pont.

– Tu penses que la panne va durer encore longtemps ? je demande, sans prendre la peine de dissimuler la panique dans ma voix. Ça peut pas durer toute la nuit, si ?

Il hausse les épaules, l'esprit ailleurs.

– Peut-être.

Je m'apprête à demander ce qui ne va pas, mais ce ne sont pas mes affaires. Ou du moins, je ne crois pas.

– Kareem, je…

Mon téléphone vibre. Numéro inconnu. Il y jette un œil et son visage s'illumine.

– Oh merde, c'est Twig, dit-il et il le met sur haut-parleur en décrochant. Ça va ou quoi ?

– Yo, frère ! T'es où ?

– Toujours à Manhattan, mais on avance, répond-il en regardant l'heure. Quoi de beau ?

– Rien. Y'a rien de beau. J'organise la soirée de l'été et le monde se ligue contre moi. Ramène-toi vite fait. Ciao !

Bip.

– Je vois, c'est pas un bavard.

Je ris.

– C'est ça, c'est Twig, dit-il, avant de tourner la tête. Eh, t'entends ça ?

De la musique. Des basses. Pas loin d'ici.

Il m'adresse un sourire espiègle et fait un signe du menton dans la direction du son.

– Vas-y, on va voir au parc, trente secondes.

Je ne discute pas. Plus on perd de temps en détours, plus on a de chances que l'électricité revienne avant qu'il ne soit trop tard.

On passe sous la grande arche blanche à l'entrée de Washington Square Park. Quand la lumière fonctionne, le truc brille d'un blanc éclatant, ça me rappelle cet arc célèbre à Paris, dont on nous a parlé en cours d'histoire de l'Europe.

On débouche sur une énorme fontaine au milieu du parc, entourée de bancs et de carrés d'herbe. C'est là que traînent tous les étudiants de l'Université de New York et les gens de Greenwich Village. Même là, l'endroit est bondé, avec des groupes qui jouent de la musique, des parties d'échecs disputées dans le noir, des jeunes qui font du skate.

– Beurk ! J'arrive pas à croire qu'il y a des gens qui se baignent dans cette fontaine dégueu, je dis, en regardant une femme blanche dans l'eau trouble jusqu'au cou.

– Tu la juges ? Il fait méga chaud, répond-il en riant. Au fait, l'Université de New York, c'était pas ton premier choix ?

Je frotte mes mains contre ma robe.

– Ben, si.

Quand je voulais rester ici.

Quand je voulais être près de lui.

Quand il faisait partie de ma vie et de tout ce que j'imaginais.

On trouve la source de la musique : une enceinte portable qui joue « Is This Love » de Bob Marley. Un petit groupe de hipsters danse et chante sur la musique.

– Aaaah OK ! Je savais que je connaissais ce morceau ! C'est de la musique de chez toi ça !

Je lève les yeux au ciel.

– Évidemment, les petits Blancs avec des dreads qui fument de la beuh sur le campus de la fac écoutent du Bob Marley.

– Allez, viens, se moque-t-il dans un faux accent jamaïcain, en faisant une petite danse. Tu viens bouger ton booty ?

– Mec, arrête, je dis en riant.

Il me prend par la main et me fait tourner.

– Allez, une seule danse, ça fait pas de mal.

Je me laisse entraîner dans ses bras, et même si ce n'est pas exactement un slow, on se balance doucement, à notre propre rythme. D'instinct, mes bras trouvent leur chemin jusqu'à ses épaules. Sa peau est chaude et moite, ses mains agrippent ma taille... Mon cou est brûlant, le ciel tourbillonne et je me concentre sur ses pieds, parce que si je le regarde dans les yeux je sais, je sais très bien que je vais l'embrasser. Du bout des lèvres, il effleure mon front, et un frisson parcourt tout mon corps.

Meuf, tu fais quoi là ?

Je fais un bond de deux mètres en arrière.

– Ça va ? me demande-t-il, les sourcils froncés, comme s'il ne comprenait pas pourquoi il a les mains vides, tout à coup.

– Ça va, je lâche, à la recherche d'une diversion.

De l'autre côté de la fontaine, d'autres enceintes diffusent un beat de hip-hop. Un groupe de jeunes se lance dans un freestyle, la foule agite la tête. Kareem aussi.

– Eh, c'est de qui, la prod ? demande-t-il à un gars près des haut-parleurs. C'est le feu !

Pendant qu'ils discutent, la foule s'épaissit et je lutte pour inspirer profondément, en tirant sur son t-shirt. Trop de monde. Beaaaauuucoup trop de monde.

– Euh… On ferait mieux d'y aller.

– Attends, dit-il en se tournant vers moi. Fais voir ton tel encore ?

Je lui passe mon portable, il ouvre Google, affiche une page de musique chelou, puis attrape le câble jack d'une enceinte.

– OK. Faites voir votre flow là-dessus un peu.

Kareem lance une de ses nouvelles prods et le freestyle enchaîne, la foule se met à se balancer en rythme et quelques personnes lui posent des questions sur son morceau. Le tempo est doux, relax, un truc sur lequel n'importe qui peut rapper, et qui fait kiffer tout le monde.

– Merci frère, dit-il au gars qui lui a prêté son enceinte quand c'est fini. Yo, tu m'appelles quand tu veux !

On s'éloigne vers la sortie, Kareem est aux anges.

– C'était… trop cool, Kareem ! T'as fait ça sur ton tel ?

– Ouais, dit-il, rayonnant. Je crois qu'ils vont m'appeler pour d'autres sons. Peut-être même pour faire le DJ à une soirée.

– Je savais pas que tu voulais en faire… un métier.

– Je vois pas comment c'est possible, je parlais que de ça.

– Je pensais pas que t'étais sérieux.

D'un seul coup, le sourire de Kareem s'efface.

– Bah, si. J'étais sérieux. Mon père m'a même convaincu de changer ma matière principale pour faire ingé son.

C'est pour ça qu'il a pu postuler au stage. Il a changé d'options. Ça expliquerait pourquoi il voulait tellement aller à ces soirées. La musique, c'était vraiment une obsession.

Il fait signe du menton en direction d'un bâtiment en face de nous.

– Eh, qu'est-ce qui t'a fait changer d'avis, à propos de l'Université de New York ?

Le temps d'un coup d'œil à la bibliothèque de l'université, je concocte un mensonge :

– Gaspiller tout mon argent pour aller à la fac à trois rues de chez ma mère ? Non merci !

– Ouais, soupire-t-il. Mais aller à n'importe quelle université, ça coûte de la thune, même celles d'à côté. C'est pour ça qu'il me faut ce stage à l'Apollo. Et tous les plans de DJ que je peux trouver.

Même celles d'à côté ? Alors il va sûrement à St John avec Imani. Elle s'en est vantée dans tout le bahut, de comment elle a eu une bourse complète. Il veut ce stage pour aller à la fac avec elle… plutôt qu'avec moi. Et là, il fait le gentil qui flirte pour que je lui laisse la place.

Comme l'ont dit mes cousins : *« Il est BG. Ces mecs-là on peut pas leur faire confiance. »*

– Pourquoi on a pris par là ? je m'étonne en croisant les bras. On aurait pu rester sur Broadway.

Il hausse les épaules.

– Je sais pas. J'ai pensé qu'un petit détour te ferait changer d'avis, pour la fac. Que tu serais plus aussi pressée de t'enfuir.

Je me force à rire.

– Ha ha ! J'essaie pas de m'enfuir.

Il n'a pas l'air d'y croire.

– Yo Tammi, tu crois que je te connais pas, mais je te connais très bien. Tu veux partir plus tôt à cause de ce qui s'est passé entre nous.

Il manigance quelque chose.

Ma gorge se serre, ma peau me picote. En plein dans le mille. Je ne m'y attendais pas.

– C'est faux. Clark Atlanta a toujours été sur la liste des facs où je voulais qu'on aille. J'ai même rempli une candidature pour toi !

Il rit.

– Je peux te poser une question ? T'as déjà pensé à comment j'allais payer toutes ces facs que t'as choisies pour nous ? T'as des parents pour faire des emprunts et tout. Mais moi ? Tu sais que mes darons ont pas les moyens.

J'ouvre la bouche, mais les mots ne sortent pas. J'avais jamais pensé à la logistique, à comment on ferait pour aller ensemble à la fac. Y arriver, c'était tout ce qui m'intéressait.

Il secoue la tête.

– Tu voulais aller à l'Université de New York. C'était ton rêve. Moi, je savais que je pourrais pas me la payer, mais je me disais qu'on serait quand même ici, à New York… tous les deux.

– Eh bah clairement, les choses changent !

– Tout est pas obligé de changer.

Je lance les bras en l'air.

– Pourquoi, Kareem ? Pourquoi, après des mois de silence, t'as autant de choses à me dire ? Quatre mois où t'aurais pu me parler, et t'attends aujourd'hui pour tout déballer.

– Tu sais comment je suis. Les mots, c'est pas mon truc. C'était ton boulot à toi, ça ! Maintenant, je parle, mais c'est trop tard, c'est ça ?

Il se penche vers moi, pose son front contre le mien. Je retiens ma respiration, et une voix dans ma tête me dit :

Il a raison, je le connais bien ! Je le connais mieux que je ne me connais moi-même.

– C'est trop tard ? demande-t-il de nouveau, progressant vers mes lèvres, et tout se met à tourner autour de nous.

– Kareem, je dis d'une voix haletante, pile au moment où mon portable se met à sonner dans mon sac.

– C'est… c'est ma mère.

Kareem se redresse pendant que je mets le téléphone en haut-parleur.

– Coucou ma puce. Vous allez bien tous les deux ? J'ai la mère de Kareem en ligne en même temps.

– Salut, Tammi ! dit Mme Murphy. Comment ça va ?

– Ça va, on répond d'une seule voix.

– Et vous, tout va bien ? demande Kareem.

– Kareem, tu te souviens pas ? Granny a déménagé dans une nouvelle maison de l'Upper West Side mercredi dernier. Pour être avec son amie Pearl.

Kareem se frappe le front.

– Mais nan ! J'avais oublié !

– L'Upper West Side ? On y était à l'instant !

– Je sais, mais ne t'inquiète pas, dit ma mère. Nella, la fille d'une amie, est là-bas pour rendre visite à son grand-père. Elle dit qu'elle va bien. Elle aide les autres à rester calmes.

Quand je raccroche, Kareem fixe la direction d'où on vient.

– Tu veux qu'on fasse demi-tour ? je demande.

Il soupire.

– Nan, on est presque au pont. Et tu n'as plus que trente-cinq pour cent. Il faut juste qu'on arrive à Brooklyn.

J'acquiesce.

– OK.

On n'entend presque plus la musique du parc au moment où on descend la 4e Rue Ouest. Je nous avais toujours imaginés faire de longues promenades dans le coin, mais en tant qu'étudiants à l'université. Là… Je ne sais plus ce que je veux. Ce que je sais, c'est qu'il me manque, et même s'il le faut, tout au fond, je voudrais que cette journée ne se termine jamais.

À l'instant où on retrouve Broadway, un bus à impériale s'y engouffre avant de bifurquer pour s'échapper des embouteillages. J'arrive à apercevoir le chauffeur.

– Eh ! je crie, en courant derrière lui dans la rue et en agitant les bras frénétiquement.

Mais le bus a déjà passé le prochain feu, en chemin vers Chinatown.

Kareem me rattrape.

– Yooooo ! C'était ton…

– Je crois, oui, je ris, encore surprise.

– Sans déconner ! On aurait pu monter dedans ! Enfin, au moins jusqu'au pont.

Aujourd'hui, tout va de travers.

– Bon, bah, on continue, je soupire en m'éventant le cou.

On marche en silence, jusqu'à ce que Kareem se mette à ricaner.

– Eh, au cas où je te l'ai pas déjà dit, merci d'avoir fait gaffe tout à l'heure, avec le vieux mec à Times Square. (Il me donne un coup d'épaule.) J'aurais jamais eu le stage si j'avais tabassé sa tronche de débile.

Nos regards se croisent, et se détournent nerveusement. On dirait qu'on a tous les deux besoin de ce stage, plus qu'on ne voudrait l'admettre. La coupure générale nous a rapprochés – le stage à l'Apollo va-t-il nous déchirer ?

Tenir jusqu'à Brooklyn

Angie Thomas

Un bus à impériale, sud de Manhattan, 21 h 07

Voici les faits :

Mille neuf cent trente et un kilomètres séparent Jackson, dans le Mississippi, de New York.

Pour se rendre à New York, il faut prendre deux vols et traverser l'aéroport d'Atlanta en courant comme un malade pour avoir une chance de choper la correspondance.

L'aéroport d'Atlanta est bien trop grand pour qu'on puisse le traverser tout entier en courant comme un malade.

L'État du Mississippi compte 2,9 millions d'habitants.

La ville de New York à elle seule 8,3 millions.

Pourtant, même en pleine panne générale, quand on est assise avec son mec et que son crush n'est que quatre sièges plus loin, on aimerait bien que New York soit encore plus grande.

Le bus à impériale avance au ralenti dans une rue grouillante de monde de Manhattan, le long d'un parc avec une arche en pierre à l'entrée. Washington Square Park, nous apprend notre chauffeur, M. Wright. Sans le parc, pour moi, cette rue ressemblerait à toutes les autres rues de ce quartier – gratte-ciel, trottoirs blindés et embouteillages.

Le premier truc que je me suis dit quand on est arrivés ? Tout est tellement compact qu'on se marche dessus dans cette ville.

Et le deuxième ? Les gens sont trop speed.

Même la coupure de courant n'a pas suffi à les calmer. Toute ma classe était dans ce bus quand la ville entière s'est éteinte. Douze lycéens du Mississippi qui entreront en première à la rentrée, encadrés par une jeune prof. Non, je corrige : douze lycéens *noirs* d'un établissement « défavorisé » (on dit « favorisés » pour les autres ?) avec leur prof, une Blanche de même pas trente ans, pris dans une panne générale dans Big Apple, « la Grosse Pomme ».

Fait : les New-Yorkais n'appellent jamais New York « Big Apple », pas plus que les gens d'Atlanta disent « Hotlanta » pour parler de leur ville. Par contre, certains habitants du Mississippi, des Noirs, disent bel et bien « Da Sip » pour Mississippi.

Quand tout s'est éteint, on a d'abord tous pété un câble. En se ruant sur les réseaux sociaux, on a appris que la ville entière était privée d'électricité. Nos familles inquiètes qui venaient aux nouvelles ont failli faire exploser nos téléphones. J'ai entendu la voix de mon père. Plus « Noir du Sud » que lui, tu meurs.

« Ah ben tiens ! il s'est exclamé. Je l'avais bien dit : on peut pas faire confiance à New York. Je savais qu'on n'aurait pas dû te laisser y aller. »

Mon père a un rapport *intéressant* avec cette ville. En 2003, quand ma mère et lui sont venus rendre visite à Graham, son frère cadet, eux aussi ont eu droit à une panne générale. Plutôt ironique que ça le refasse avec moi. Encore aujourd'hui, il adore raconter qu'ils étaient sur le Brooklyn Bridge quand c'est arrivé et qu'ils ont été obligés de retourner à leur hôtel de Manhattan. Ma mère était enceinte de moi. Elle ne le savait que depuis une semaine. À écouter mon père, il a encore les pieds calleux à cause du trajet. Il dit toujours :

« S'il y a bien un endroit auquel on peut pas souhaiter ce genre de panne, c'est New York. Je suis pas une mauviette, mais même pour des millions, je voudrais pas revivre ça. »

C'est vrai que c'est plutôt flippant, cette ville, quand tout est éteint. Sur des kilomètres et des kilomètres, on ne voit plus que les phares et les feux stop des voitures qui brillent dans la nuit. Ça et les lampes des téléphones des piétons sur les trottoirs. Le plus ouf, je crois, c'est de voir que la vie ne s'arrête pas. Une panne de ce genre chez nous, et c'est l'excuse parfaite pour rester assis dehors à rien glander, surtout pendant une canicule comme aujourd'hui. Ici, tout le monde continue à s'activer et presque sans perdre son calme.

Sauf Mme Tucker. Elle est complètement en panique, la pauvre. Pour la cinquante millionième fois, elle fait l'appel, comme si l'un de nous allait se tirer du bus en douce.

– Rashad ?

– Présent, il lance depuis la première rangée de sièges.

– Jazmyn ?

– Ici, crie ma meilleure pote derrière moi.

– Kayla ?

– Oui, je dis.

– Tre'Shawn ?

– Présent, fait mon mec à côté de moi.

Il m'adresse un sourire narquois, genre « dans combien de temps elle pète un câble, la meuf, tu crois ? » Le moment venu, on cochera une case de plus dans le Bingo des Karen qu'on a lancé sur le groupe de classe pour recenser toutes les fois où Mme Tucker fait sa Karen. Comme hier matin par exemple. On venait juste d'arriver à l'aéroport de LaGuardia et on faisait la queue pour monter dans la navette de l'hôtel quand Mme Tucker a demandé à notre chauffeur latino de quel pays il venait.

« Le New Jersey », il a répondu.

Mais elle a insisté, avec son ton d'instit de maternelle.

« Non, je veux dire de quel pays, *à l'origine* ? »

Elle a eu du bol qu'il l'insulte pas.

Pour en revenir à Tre'Shawn. Je déteste comment il est trop chou quand il fait ses sourires narquois. Avec ses fossettes qui se creusent et la petite étincelle dans ses yeux marron clair qui me fait fondre. Merde, je suis censée être vénère contre lui, moi ! Alors je lève les yeux au ciel et je regarde droit devant.

Il se met à grommeler.

– Allez Kay, quoi. Tu m'en veux toujours de…

– Micah ! braille Mme Tucker plus fort que d'habitude.

C'est sa façon d'indiquer à Tre'Shawn de se taire pendant qu'elle fait l'appel. Elle nous prend trop pour des bébés.

– Présent, fait Micah en souriant, à la cool, deux rangs devant nous.

Même dans l'obscurité, il est trop BG. Les Noirs à la peau foncée ont quelque chose de majestueux dans le clair de lune. Avachi sur sa banquette, ses longues jambes tendues vers l'allée, il tourne le dos au tourbillon de la ville, comme si regarder les gens d'un air étonné, comme on fait nous, ne l'intéressait pas. Sauf que s'il se tient comme ça, je crois que c'est pour pouvoir me voir, moi.

Il m'a envoyé un message il y a quelques heures. Cinq mots qui pourraient mettre ma vie sens dessus dessous.

Alors j'ai une chance ?

Pour l'instant, je lui ai mis un vu.

Parce que je ne sais pas.

Ce qui fait de moi une meuf pourrie.

Qui ne devrait pas en vouloir à Tre'Shawn.

Parce que laisser sa meuf en plan pour aller traîner avec ses potes puis préférer un mensonge à des aveux, c'est pas aussi grave que discuter avec un autre.

Qu'en draguer un autre.

Puis tout faire pour passer du temps avec cet autre.

Comme aller en salle d'étude quand on sait qu'il y sera.

Ou décider d'écrire un article sur l'équipe d'athlétisme pour le journal du lycée simplement parce que ça implique de l'interviewer.

Puis le laisser nous raccompagner un soir après les cours.

Et glousser et bavarder et se laisser tellement emporter par le moment que lorsqu'il se penche au-dessus du levier de vitesse pour un baiser…

… on le laisse presque faire.

Mais on ne le laisse pas complètement faire. Je ne l'ai pas laissé complètement faire.

Juste *presque*.

Ce qui est déjà bien pourri en soi.

Mme Tucker finit l'appel – oui, on est tous là, exactement comme il y a trois quarts d'heure, la dernière fois qu'elle a vérifié – puis elle redescend au niveau inférieur.

– Tenez-vous bien, tout le monde ! elle lance d'une voix chantante. Je vais voir avec le chauffeur pourquoi nous n'avançons pas.

Euh… peut-être parce que la coupure de courant a éteint tous les feux aux carrefours ? Et qu'on avançait déjà pare-chocs contre pare-chocs avant ça ?

Il n'y a plus que nous dans le bus. Tous les autres touristes sont descendus depuis un moment, ayant préféré continuer à pied. Avec Mme Tucker, aucune chance que ça nous arrive.

Elle disparaît dans l'escalier et, dans la seconde qui suit, tout le monde explose de rire.

– Cinq dollars qu'elle demande au chauffeur si elle peut parler à son responsable ! lance Rashad.

– Elle l'a sans doute déjà fait, bouffon ! rétorque Jaysean – qu'il ne faut pas confondre avec Tre'Shawn.

Le jour de la rentrée, Mme Tucker leur a demandé s'ils étaient jumeaux. Physiquement, pourtant, ils ne se ressemblent pas. Ils ont simplement le même nom de famille et on prononce leurs deux prénoms presque pareil.

« Non, madame, mais nos ancêtres appartenaient probablement au même propriétaire d'esclaves », a répondu Jaysean.

La tête qu'elle a faite… des barres!

Aja se penche au-dessus du garde-corps.

– Ils font quoi les gens à encore entrer dans les restos? Ils ont pas vu qu'il y avait plus d'électricité, ou quoi?

– Allô! Aja? Faut bien qu'ils mangent, tu crois quoi? je lui lance.

J'avoue, depuis qu'on est là, on fait vraiment les touristes. On commente, on parle « des gens » comme s'ils étaient un groupe uniforme et anonyme, parce qu'on a beau être tous des humains, les New-Yorkais nous font l'effet d'extraterrestres. Ils nous fascinent.

C'est pas comme s'ils faisaient pas pareil avec nous de toute façon. Ce matin, au restaurant de l'hôtel, au moment du petit déj', la serveuse nous a demandé d'où on venait.

« Du Mississippi, on lui a répondu en chœur.

– Oh, dites donc! elle s'est exclamée comme si on avait dit de Mars. Quel accent! »

En vrai, avant New York, je n'avais jamais remarqué que j'avais un accent. Maintenant, je me rends compte que mes mots collent à mes lèvres comme du sirop d'érable – un son qu'ils connaissent pas ici. Eux, les mots, ils les crachent, comme si ça risquait de leur brûler la langue s'ils les retenaient trop longtemps. Ce qui fait que nous, les gens du Sud, on est obligés de s'accrocher pour pas perdre le fil.

Mon oncle Graham prétend qu'à son arrivée à New York, il osait pas parler parce qu'il avait honte de son accent. Il aime raconter aux gens qu'il a « quitté le Mississippi en courant comme Flo Jo avec le feu aux fesses », sans jamais regretter. Flo Jo, c'est Florence Griffith-Joyner, la championne du monde du cent mètres. Mon oncle et son mari, Jean-Claude, habitent à Brooklyn avec leur fille, Lana, et leur fils, Langston. J'espérais pouvoir passer les voir à Brooklyn, mais ça m'étonnerait que je puisse échapper à Mme Tucker deux-trois heures.

– Je me taperais bien une pizza, moi, dit Jaysean.

– Remballe ta pizza, j'essaie de pécho, moi, renchérit Rashad.

Penché vers la rue au-dessus du garde-corps, il gueule :

– Eh, mademoiselle ! Tu sais ce qu'elle te fait, cette bouche ?

Et dans la foulée, il fait rouler bruyamment sa langue, ou un autre truc dégueu dans le genre.

– Un peu de politesse, quoi ! s'indigne Micah. Arrête de faire le bouseux.

– Tu sais très bien qu'il est jamais sorti de sa cambrousse, ce boloss ! lui lance Tre'Shawn.

Micah et lui partagent un grand éclat de rire. Ce que Tre'Shawn ne sait pas, c'est qu'ils partagent aussi un peu de moi.

Tre'Shawn me sourit en coin, comme un gamin

– Moi, j'ai du bol, j'ai pas besoin de chercher à pécho, il me glisse. J'ai tout ce qu'il me faut juste là.

Il se penche pour m'embrasser. Je sens les yeux de Micah posés sur nous.

J'ai un mouvement de recul, mais ça n'a rien à voir avec Micah. En tout cas, je crois pas.

Tre'Shawn soupire.

– Merde Kayla, tu veux pas arrêter, sérieux ? Ça fait presque une semaine…

– Tu m'as menti Tre.

– Ouais ! Et c'est son dernier mot, glisse Jazmyn derrière nous.

Tre'Shawn se retourne pour la fusiller du regard.

– Occupe-toi de tes affaires, toi !

Puis il me regarde.

– Je t'ai dit que j'étais désolé. C'est vraiment si grave que ça ?

– Ça devait bien l'être, pour que tu me mentes, je lui rétorque. Il suffisait que tu me dises que t'allais voir tes potes. Pourquoi tu m'as fait croire que t'étais malade ?

Rien que de dire ça, je sens ma gorge qui se serre. Qu'une chose soit claire, quand même : je suis pas du genre collante avec les mecs. Et même si c'était le cas, ça ne donne pas le droit de mentir.

D'abord, Tre'Shawn ne répond rien. Le bus accélère un peu et tourne dans une rue. Une voiture à côté de nous le klaxonne. Les Klaxon : la bande-son de la ville. J'en ai entendu plus en deux jours que pendant tout le reste de ma vie. En bas, notre chauffeur, M. Wright, se met à pester et à cracher des insultes avec son fort accent jamaïcain. Tout à l'heure, Mme Tucker lui a demandé aussi d'où il venait.

« De la planète Terre, mais j'ai toujours pas décidé si je restais », il lui a répondu.

Sur le groupe de classe, tout le monde était d'accord : pour l'instant, c'est notre chauffeur préféré.

Tre'Shawn finit par soupirer.

– Je crois que j'avais pas envie de te contrarier, Kayla. Tu sais que j'aime pas te décevoir. Et si tu veux tout savoir ? Cette série que tu voulais qu'on regarde l'autre jour, elle avait l'air trop cucul.

– Pour ton information, je ne choisis que des bonnes séries.

– Comme tu ne choisis que des bonnes équipes de foot ?

– Euh… en tant que supporter des Falcons, t'es mal placé, je rétorque. Regarde le Super Bowl : vous étiez à vingt-huit à trois et finalement, c'est les Patriots qui ont gagné.

Il grimace.

– Tu peux pas t'empêcher, hein ?

– Tu l'as bien cherché, t'avais qu'à pas critiquer mes Saints. C'est pas parce que t'es sans doute le seul fan des Falcons dans tout l'État du Mississippi, qu'il faut t'énerver comme ça.

Tre fait semblant de tousser.

– Les Saints ? Les Nains, tu veux dire.

Il tousse de nouveau.

Je lui prends les doigts.

– Stylée la chevalière de champion du Super Bowl… Ah ben non, y'a rien à ton doigt, c'est con !

Tre m'arrache sa main et j'explose de rire. Chez nous, le foot, c'est une religion, et les Saints sont littéralement nos saints patrons. Je suis presque née en noir et or. La première tenue que mon père m'a mise, c'était un maillot des Saints. (La deuxième, c'était un t-shirt de Jackson State University, parce que chez nous, JSU est une sous-religion, juste avant les deux suivantes : la sororité Delta Sigma Theta et la fraternité Omega Psi Phi, deux des associations étudiantes de l'université.)

Les Saints, on regarde tous leurs matchs en famille – ma mère, mon père, Ciara (ma grande sœur), Junior (mon grand frère) et moi. Et on fait souvent les trois heures de route jusqu'à notre Superdome adoré, à La Nouvelle-Orléans. C'est un miracle que Tre et moi, on soit toujours ensemble alors qu'il est fan des Falcons. Chez moi, on les appelle « les Falcancres ». Un jour où les Saints jouaient contre eux, mon père a interdit à Tre de mettre les pieds dans la maison. Il a décrété qu'il regarderait le match depuis la véranda. Pour finir, ma mère l'a laissé entrer, mais elle l'a forcé à s'asseoir à l'autre bout de la pièce. C'était mieux que rien.

Tre pose une main sur ma joue.

– Je t'aime, malgré tes choix footballistiques atroces, il me dit. Traîner avec mes potes, c'était cool, mais à la fin je me suis dit que j'aurais largement mieux fait de regarder cette série débile avec toi.

– Ou un match des Saints ? je lui demande.

Il fronce les sourcils.

– Ouais, sans doute. Mais j'aurais clairement été contre eux.

– T'es irrécupérable.

– Comme tu veux, Kay, il me dit. Tu me pardonnes ?

Du coin de l'œil, je vois Micah qui nous observe. Ça me rend toute chose, mais c'est pas pour ça que j'ai le droit d'en vouloir à Tre'Shawn.

– OK, je te pardonne.

Cette fois, je le laisse m'embrasser. C'est réconfortant et familier. Si j'embrassais cent personnes les yeux fermés, je reconnaîtrais les lèvres de Tre'Shawn sans souci. C'est mon premier à tous les niveaux – mon premier baiser en CM1, mon premier mec en quatrième, mon premier amour, la première personne avec qui j'ai couché. On est en couple depuis tellement longtemps que les gens au lycée ont presque fusionné nos deux noms. On est Tre-et-Kay. Tout le monde s'attend à ce qu'on passe notre vie ensemble. Du coup, j'ai l'air de quoi, moi, à ne pas être à la hauteur ?

Pourtant, c'est tout moi. Kayla Simmons, la meuf-toujours-à-la-hauteur-des-attentes-des-autres. Et puis bon,

Tre, je l'aime. Honnêtement, je me vois facilement passer ma vie avec lui.

Mais de temps en temps, cette petite voix dans ma tête se demande si c'est parce que c'est lui ou parce que je n'ai jamais rien connu d'autre. Un peu comme avec les jeans, quoi. Bizarre comme remarque, je sais, mais quand on trouve *le* jean parfait, celui qui va avec tout, difficile de s'en défaire. Un jean aussi confortable qu'un jogging, idéal ces jours frustrants où rien ne nous va comme on voudrait. Tre'Shawn, c'est un peu ça pour moi.

Oups. Je suis quand même pas en train de comparer mon mec à un jean, là ?

Je chasse tout ça de mon esprit et j'embrasse Tre. J'adore le goût de ses lèvres, sucrées et encore collantes de la barbe à papa qu'on a partagée tout à l'heure à Times Square, avant de monter dans ce bus. Sa main se faufile sous mon t-shirt, ses doigts me grattouillent doucement le dos. C'est toujours par là qu'il commence. Il aime parce que ça me donne la chair de poule.

– Eh eh eh ! Non, non, non !

Mme Tucker déboule vers nous dans l'allée centrale. Elle me tire pour m'éloigner de Tre'Shawn. Elle se prend pour qui, là ? Un peu plus et je lui disais en face.

– S'il vous plaît, pas de ça ici, elle nous ordonne, d'une voix lasse.

De sa plus belle voix de Karen, en d'autres termes. Et puis elle nous sépare :

– Kayla, avec Jazmyn. Et toi, Tre'Shawn, avec Micah.

Et merde.

New York est devenue minuscule, tout d'un coup.

– Et voici SoHo, annonce M. Wright derrière son volant. Le quartier où le moindre verre d'eau vous coûtera un mois de salaire parce qu'il est étiqueté « de luxe ».

Tout le monde rigole, même Karen-trop-le-stress-Tucker. On a enfin quitté Washington Square Park. M. Wright a insulté des tas de conducteurs sur son passage pour se frayer un chemin dans les rues et nous permettre de poursuivre notre route. Soit c'est parce que la prof a fait sa Karenator – le stade ultime de la Karen – soit c'est que M. Wright est un vrai pro. Je le vois mal céder à la pression d'une Karen, du coup je penche plutôt pour la seconde option.

SoHo a tout pour me plaire. Des boutiques chics partout pleines de fringues que je ne pourrai probablement jamais me payer. Mais on peut toujours regarder. Avec son architecture de ouf, tout le quartier respire l'art et la bohème. Le mot « bohème » a sans doute même été créé pour le décrire. C'est *le* quartier dont ma mère parle encore. L'endroit où elle adorait aller pour regarder la foule quand elle était venue avec mon père.

C'est mon tour maintenant. C'est moi qui observe les gens dîner aux chandelles aux terrasses des restaurants. Comme ce couple avec ses deux chaises l'un contre l'autre, penchés sur un même téléphone, leurs visages baignés dans la lumière de l'écran. C'est trop chou, impossible de détourner les yeux.

Je parie qu'ils n'ont jamais comparé leur moitié à un jean, eux, et que jamais ils n'ont pensé à quelqu'un d'autre.

Je tends le cou pour essayer d'apercevoir Tre et Micah pour la millionième fois. La nouvelle organisation des places décidée par Mme Tucker a collé Rashad juste devant moi pendant que la prof prenait sa place au premier rang pour « bien nous avoir à l'œil ». Mais la carrure de Rashad me bouche la vue sur mon mec et mon…

Mon rien-du-tout-mais-quelque-chose-quand-même. C'est ça qu'est Micah pour moi.

– Ça va, meuf ? me demande Jazmyn à côté de moi.

Non, ça va pas du tout.

– Ouais, ça va, je lui réponds.

– Tuckaren, c'est la reine pour casser l'ambiance, elle me dit, en grattant sous son chignon avec un stylo.

Elle ajoute quelque chose que je n'écoute pas, parce que devant, Micah et Tre'Shawn se marrent. Je connais assez leur rire à tous les deux pour les reconnaître sans les voir. Tre a un rire de kiki, qui donne littéralement l'impression qu'il dit « ki-ki ». Celui de Micah vient du fond de ses tripes, comme le rire d'un grand-père à la gorge encrassée par la clope.

Fait : c'est pas parce qu'on est BG qu'on a forcément un rire de BG.

En les entendant, mon cerveau pense aussitôt au pire. Comme d'habitude et ça m'énerve. Mon psy dit que c'est mon anxiété – pour éviter les déceptions, je préfère imaginer que l'avenir me réserve des trucs horribles plutôt que des trucs bien. L'anxiété nous joue des tours trop frustrants. Mon psy m'a donné des exercices pour essayer de la combattre, mais en ce moment précis, il n'y en a aucun qui marche. Au contraire, je me demande si Micah et Tre'Shawn sont pas en train de se moquer de moi. Ils m'ont en commun après tout. Ça serait logique.

Micah est sans doute en train de demander à Tre : « Elle a pété un câble la première fois que t'as essayé de l'embrasser, toi aussi ? »

Et Tre lui répond : « Nan, frérot, mais on avait neuf ans. On savait pas ce qu'on faisait, de toute façon. Elle flippait de ouf parce qu'elle a eu peur d'être enceinte quand nos langues se sont touchées. »

Ce qui les ferait forcément rigoler comme ils font maintenant.

– Kay ! fait Jazmyn comme si c'était la dixième fois qu'elle m'appelait. Meuf, sérieux, qu'est-ce qui t'arrive ?

Faut vraiment que j'arrête de me prendre la tête.

– Pardon ? je lui dis.

– Je te demandais si ça allait entre Tre'Shawn et toi.

– Pour l'instant, ouais.

– Pour l'instant ? demande Jazmyn. Il est en train de te faire un plan de fuck boy ou quoi ?

Je lève les yeux au ciel.

– Jazzy! Tre'Shawn, c'est pas un fuck boy.

– Il t'a menti pour aller traîner avec ses débiles de potes. C'est assez fuck boy comme attitude, il me semble.

Je la regarde en secouant la tête. J'avoue, tout le monde devrait avoir une Jazzy dans sa vie. Elle est ma meilleure amie depuis que je connais le sens du mot amie. Nos parents étaient dans les mêmes assos étudiantes et ils allaient à tous les matchs de l'équipe de l'université ensemble. Les parents de Jazzy ont divorcé il y a quelques mois, alors tout ça, c'est fini. Elle prend toujours ma défense. Parfois trop vite. Mais je fais pareil pour elle. Si tu cherches l'une, tu trouves l'autre. Point.

Elle est pas du tout fan de Tre'Shawn. Honnêtement, je comprends pas pourquoi. Presque tout le monde l'adore. Depuis la primaire, quand elle le voit, elle lève les yeux au ciel et elle souffle:

« Oh, je peux pas le voir, celui-là. »

Une vieille histoire, en d'autres termes. Alors j'insiste:

– Il faisait pas le fuck boy. C'est juste qu'il avait pas envie de se taper toute la série avec moi.

– C'est pas une raison pour mentir, Kay, elle me dit. Moi non plus, j'aurais pas eu envie de mater ta série à la con, mais au moins, je te l'aurais dit.

– T'as dis quoi, là?

– Kayla, elle me dit en penchant la tête sur le côté (vu son ton, on dirait la messe), personne veut regarder les rediffs des *Gilmore Girls* avec toi. Tu dois l'accepter.

– Ouais, ben c'est mieux que de mater les mêmes épisodes de *Supernatural* en boucle, comme certaines.

– *Supernatural*, c'est une des meilleures séries de tous les temps !

– Genre…

Mon téléphone se met à vibrer sur mes genoux.

C'est ma famille. Encore. Dans le gang Simmons, je suis la petite dernière, on pourrait donc croire que mes parents auraient appris à se détendre. Ils ont réussi à amener leurs deux premiers enfants à l'âge adulte en un seul morceau. Peut-être qu'ils pourraient un peu me lâcher, du coup. Mais non. Jamais. En fait, ce n'est pas deux parents que j'ai, mais quatre, si on compte mon frère et ma sœur. Depuis le début de la panne, je suis bombardée de messages. Cette fois, c'est ma sœur, Ciara. Elle passe un semestre à Tokyo. Il est dans les 9 heures du matin, là-bas.

Toujours coincée dans le bus, Kay-Kay ?

J'ai même pas le temps de répondre que mon frère, Junior, s'en mêle.

Sors de là et marche, petite sœur.

Puis il ajoute :

Vous avez pas intérêt à être en train de vous peloter dans le noir, Tre et toi.

Non mais je rêve. Je lui réponds en vitesse :

Je vais pas marcher, non. Pour aller où ? Et pour Tre et moi, tkp.

J'ai à peine le temps de poser mon téléphone qu'un autre message arrive. Mon père :

Qu'est-ce que je suis censé comprendre ?

Je peux pas les gérer en ce moment. Je peux pas.

Je suis sûre que Mme Tucker les surveille, Freddie. Cette femme pourrait bosser pour les services secrets tellement elle a les yeux partout.

Mais mon père insiste :

Ce qui se passe à New York ne me dit rien de bon quand même. C'est peut-être plus qu'une simple coupure de courant. Quelque chose de grave.

Ma mère ajoute :

En 2003, ce n'était rien d'autre.

Mon père répond :

Heureusement. N'empêche que c'est toi qui as le plus paniqué à l'époque. Oups !

Ça, c'est Ciara.
J'envoie l'émoji yeux.
Ma mère répond par l'émoji blasé.
Puis mon père reprend :

Kay-Kay, essaie encore de joindre ton oncle Graham. Si tu n'y arrives pas, trouve l'ambassade des États-Unis. Dis-leur que ton grand-père a fait le Vietnam. Ils t'aideront.

Il est sérieux, là ?
Ciara intervient :

Pas besoin d'une ambassade des États-Unis à New York, papa. Ça fait partie des États-Unis.

Mon père rétorque :

C'est ça, oui ! Vu d'ici, c'est un autre pays !

Et revoilà Junior.

C'est pas nécessairement une mauvaise chose...

Puis mon père :

Tu es né et tu as grandi dans le Mississippi, fils.
Ne prends pas des airs supérieurs parce que tu vis
à Dallas.

Ma mère intervient :

Le Texas, c'est encore autre chose. Là, c'est un
continent à lui tout seul.

Et Ciara d'enchaîner :

C'est même plus grand que certains pays.

Minute, là. Comment on en est venus à une leçon de géographie tout d'un coup ? Je soupire avant de taper :

J'éteins mon téléphone. Faut que j'économise
ma batterie. Je vous tiens au jus. Je vous aime !

Je range mon téléphone dans mon sac avant de jeter de nouveau un regard vers les rangs de devant. Tre'Shawn et Micah sont en pleine conversation. Micah n'arrête pas de bouger les mains quand il parle et Tre approuve beaucoup. Dans un autre univers, ils seraient meilleurs potes. Ils kiffent les mêmes jeux vidéo, la même musique, les mêmes sports. La même fille.

Parfois, je me demande si c'est pour ça que j'ai commencé à avoir des sentiments pour Micah. Parce qu'il ressemble beaucoup à ce que je connais déjà. Le même style de jean, mais d'une autre marque, quoi. Cela dit, j'ai vite compris que la logique et les sentiments n'allaient pas toujours ensemble. La logique, c'est un truc qui vient du cerveau, tandis que le cœur a ses raisons que la raison ignore, comme on dit. Le cœur n'a pas besoin du cerveau, même si j'aimerais vraiment qu'il en soit autrement.

– Bon, qu'est-ce que t'as ? demande Jazmyn.

Je me tourne vers elle.

– Quoi ?

– Pourquoi ça te met dans un tel état de voir Tre assis là-bas ?

– N'importe quoi, de quoi tu parles ? Je…

– Kay, tu vois pas ta tête, mais moi si. T'es presque en nage, et va pas me dire que c'est à cause de la canicule. Il fait frais par rapport à chez nous.

Très juste. Les New-Yorkais adorent se plaindre de la chaleur et de l'humidité, mais moi, je la cherche encore, cette humidité. Ils sont pas venus chez nous.

Je me masse la nuque. Jazzy va pas me lâcher avant que je lui avoue. Personne est au courant pour Micah et moi. Même si « Micah et moi », ça n'existe pas. Pour le truc qui se passe entre nous, je veux dire. Je sais même pas par où commencer.

Alors, je me tais. Je clique juste sur le message et je tends mon téléphone à Jazzy.

L'écran éclaire son visage dans la nuit. Je la vois écarquiller les yeux.

– Putain de m… Kay !

Elle me regarde.

– C'est de…

J'acquiesce.

– Ouaip.

– Toi et lui, vous… ?

– Lui et moi, rien, je réponds. Enfin, on s'est vus deux trois fois. C'est tout.

– Quand ? Tu m'as rien dit !

J'aurais dû me douter qu'elle réagirait comme ça.

– C'était rien, Jazzy.

– C'était pas rien pour tout le monde.

Elle brandit mon téléphone.

Je soupire par le nez.

– Apparemment.

– C'est réciproque ?

Je hausse les épaules.

– Merde, elle me dit en me rendant mon téléphone. C'est énorme, Kay !

– Je sais. Et maintenant…

Je hoche le menton vers mon petit ami assis avec mon crush.

– OK. Pas étonnant que tu sois dans cet état.

– Ouais.

Je ferme les yeux. Tout ce qui est en train de se passer me donne mal à la tête.

– Tu me conseilles quoi, Jazzy ?

Ça faisait des mois que j'avais envie de poser la question à quelqu'un, mais je ne savais pas à qui. D'habitude, c'est Jazmyn mon premier choix, mais elle a assez de trucs à gérer comme ça, avec le divorce de ses parents. En deuxième option, j'ai Ciara, mais je n'avais pas envie de la soûler avec mes histoires. Elles sont ridicules par rapport à ce qu'elle vit en tant que Noire au Japon. Et il n'y a ni troisième ni quatrième option, personne d'autre qui n'irait pas balancer ensuite mes histoires à tout le lycée. Ma mère ? Elle me répondrait : « C'est à Dieu de décider, ma puce. Sauf qu'avec les famines et les maladies aux quatre coins du monde, ça m'étonnerait que Dieu s'intéresse aux triangles amoureux lycéens. »

Jazmyn se gratte de nouveau les cheveux avec son stylo.

– Elle est évidente, la réponse, Kay : tu largues Tre'Shawn et tu sors avec Micah. T'as vu le BG ou quoi ?

Je m'étrangle presque.

– Quoi ?!

– Tu m'as bien entendue. T'aurais dû larguer ce débile depuis longtemps. Je peux te donner mille bonnes raisons pour que vous ne soyez pas en couple, tous les deux.

– Jazzy, j'ai pas envie de t'entendre faire campagne contre Tre. J'ai besoin d'un avis objectif, s'il te plaît.

– Je viens de te dire : toutes mes raisons sont bonnes. Tu veux les entendre ou pas ?

Je soupire avant de tourner le dos à l'agitation de la ville pour la regarder, elle.

– OK. Donnes-en dix. Pas plus. J'ai pas envie qu'on y passe la nuit.

– Ça me va. Voyons… Raison numéro un : il se prend trop pour un autre.

– C'est faux !

– Oh non, c'est pas faux ! Il se balade au lycée comme s'il était le cadeau que Dieu a fait à la race humaine. Il est mignon, c'est vrai, mais pas tant que ça non plus.

– Chacun ses goûts, je lui dis. Quoi d'autre ?

– Son rire. En soi, c'est une raison suffisante. On dirait qu'il a avalé de l'eau de travers et qu'il essaie de la faire ressortir.

OK, ça, c'est plutôt fidèle comme description.

– Je trouve ça chou, je lui dis.

– Évidemment, puisqu'il t'a lavé le cerveau. Trois : ses blagues sont nulles. Bon, parfois, elles me font rire mais sérieux, faut qu'il s'améliore.

Je me marre.

– Oh là, calme-toi !

– Je dis la vérité, meuf. Quatre : quand il sourit, ses yeux se mettent à pétiller et ça lui donne un air niais. Cinq : il sait pas danser. Il fait toujours exactement le même pas, mais bizarrement, il croit qu'il gère de ouf. Six, il porte toujours le même parfum. Je me dis : *change un peu, quoi.* Mais non. Toujours Polo de chez Ralph Lauren. Chaque fois que je sens l'odeur quelque part, je pense à lui. Sept : il se lèche tout le temps les lèvres, surtout quand il réfléchit. Huit : ses mains sont trop douces. Neuf : le duvet au-dessus de sa bouche. Soit il le laisse pousser, soit il le coupe, merci. Dix : puisqu'on parle de sa bouche, de toute façon, elle est beaucoup trop charnue. Et bam, dix raisons. Voilà !

– Waouh ! je réponds en la regardant. T'as remarqué tout ça ?

– Ben ouais, elle répond en haussant les épaules. Comment j'aurais pu faire autrement ?

Alors comment *moi*, j'ai pu faire autrement ?

Je n'avais pas prêté attention à la moitié de ce qu'elle vient de dire. Je suis sa meuf et j'avais pas capté qu'il dansait toujours de la même façon, ni qu'il se léchait tout le temps les lèvres. Le parfum, ça, oui, je savais. Il porte du Ralph Lauren, parce que j'adore.

Mais ça ne me gêne pas de ne pas avoir remarqué tous ces petits détails. Ce qui me gêne, c'est qu'ils n'aient pas échappé à ma meilleure pote.

Ça me rappelle quelque chose que ma mère avait raconté un jour. Mon père et elle se sont rencontrés à Jackson State, en première année. Mon père était tambour-major, et ma mère disait que quand il se baladait sur le campus, il ne marchait pas, il se pavanait, « comme s'il se prenait pour la huitième merveille du monde ».

« Mon Dieu, je ne le supportais pas, elle disait. Tout en lui m'irritait au plus haut point. Et puis un jour, j'ai compris quelque chose. Si ces petits détails m'agaçaient tant, c'était parce qu'en réalité je m'en voulais qu'ils m'attirent. Cet homme ne me laissait pas indifférente, c'était certain, mais pas pour les raisons que je croyais. Ils ne mentent pas ceux qui disent qu'entre l'amour et la haine, la frontière est étroite. »

Je peux pas quitter Jazmyn des yeux. Pendant toutes ces années, je n'arrivais pas à m'expliquer pourquoi elle méprisait Tre'Shawn à ce point, mais à présent, c'est comme si elle venait enfin de me montrer ce truc en elle qu'elle cachait. Ou alors, c'était là, sous mes yeux, depuis le début, et je refusais de le voir.

– On est potes, pas vrai ? je lui dis.

– Pourquoi tu me demandes ça ? Bien sûr qu'on est potes !

– Et tu me mentiras jamais, si ?

– Jamais, dit Jazzy.

Je me mords les lèvres.

– Tu serais pas plutôt un peu secrètement amoureuse de Tre'Shawn ?

Elle écarquille les yeux.

– Quoi ? Kay…

– Attends, t'as dit quoi, là ? s'écrie Tre'Shawn deux rangs devant.

Il s'est levé de son siège et regarde Micah. Micah a l'air à deux doigts de se lever aussi, mais Mme Tucker déboule déjà vers eux.

Elle tire mon mec par le bras.

– Pas de bagarres ! elle dit. Allez, on change encore de places. Kayla, tu viens t'asseoir avec Micah. Tre'Shawn, avec Jazmyn.

Merde.

De pire en pire, cette soirée.

– Tu lui as dit quoi ?

– Kayla, je viens de te dire : j'ai presque rien dit, m'assure Micah.

– OK, mais « presque rien » *quoi* ?

Le bus traverse Chinatown au pas. M. Wright annonce qu'il y a ici un des meilleurs glaciers de la ville.

Ils sont loin les jours où il suffisait d'une glace pour tout arranger. Même toutes les glaces du monde ne suffiraient pas face à ce que j'ai à gérer.

Je jette un regard derrière moi. La lune dessine à peine les contours de Tre'Shawn qui nous regarde, la mâchoire serrée. Jazmyn est raide comme un piquet, tout au bout de la banquette qu'ils partagent – aussi loin que possible de mon mec.

Elle m'a envoyé plusieurs messages. Je les ai pas encore lus.

Micah regarde défiler Chinatown.

– C'est cool tous ces quartiers différents dans cette ville. Dans lequel t'habiterais ?

– Arrête d'essayer de changer de sujet et réponds à ma question, je lui dis. T'as dit quoi à Tre'Shawn ?

Micah hausse les épaules. Rien ne semble l'atteindre – jamais. Moi qu'on a diagnostiquée anxieuse, je l'envie, je l'admire même. Mais là, c'est trop frustrant.

– J'ai dit la vérité, Kay.

Mon cœur s'emballe.

– C'est-à-dire ?

– Que c'était pas cool de sa part de te mentir pour aller traîner avec ses potes, et qu'il ferait bien de se méfier sinon quelqu'un d'autre pourrait le remplacer.

Putain de m…

– T'as pas dit ça, Micah, t'as pas dit ça !

Il hausse de nouveau les épaules.

– Je suis honnête, c'est tout. Tu m'as pas dit que c'est pour ça que je te plaisais, aussi ? T'en as même parlé dans ton article pour le journal du lycée.

C'est vrai. C'est en particulier pour ça que les coéquipiers de Micah l'ont nommé capitaine – il est honnête comme c'est pas permis et il attend le même genre d'honnêteté en retour. C'est le mec à qui on peut faire confiance dans à peu près toutes les circonstances. Un jour, je me suis demandé si c'était aussi vrai pour ses histoires de cœur.

– Peu importe, je lui lâche, tout en m'adressant à moi-même. T'avais pas à lui balancer ça.

– J'ai aucun problème à prendre la défense de quelqu'un que j'aime bien, il me dit.

Je détourne les yeux. C'est difficile de le regarder quand il parle comme ça. Un peu comme regarder le soleil en face. On sait que c'est pas une bonne idée, mais on a quand même envie de le faire parce que ça réchauffe.

– N'empêche, t'avais pas à lui dire ça, je marmonne. Maintenant, il est vénère.

– Laisse-le. T'étais bien en colère toi aussi quand il t'a menti et ghostée.

– Je lui ai pardonné tout à l'heure.

– Tu t'es menti à toi-même ?

– Me mentir à propos de quoi ?

– À toi de me dire, fait Micah.

Je secoue la tête, parce que c'est plus facile que de répondre.

– Micah, stop.

– OK.

Il se tourne et regarde les rues en bas.

Micah est arrivé dans notre lycée l'année dernière, juste après Noël. Jusque-là, je ne savais pas que quelqu'un pourrait chambouler ma vie avec si peu d'efforts. Il croisait mon regard dans le couloir et je devenais cramoisie. Il poussait sa table contre la mienne quand un prof nous mettait en groupe et j'espérais en secret que nos bras ou nos pieds se frôleraient. Chaque fois qu'on se voyait, je m'en voulais de ressentir ça.

Assise près de lui comme ça, maintenant, j'ai des papillons dans le ventre. J'aimerais qu'ils meurent.

Et puis Micah dit ce truc sorti de nulle part :

– T'as remarqué comment, à New York, les gens sont là sans être là ?

Je me tourne vers lui.

– Quoi ?

– Tiens, eux, par exemple.

Du menton, il me désigne un couple, clairement des touristes. Ils pointent le doigt vers les immeubles, même dans le noir.

– Eux, ils sont vraiment là. Ils remarquent tout ce qui est autour d'eux. Mais t'as aussi des gens comme ce type, là…

Il me désigne un homme qui marche les yeux rivés sur son téléphone.

– Pour lui, Chinatown est un trottoir. Il connaît si bien qu'il a même pas besoin de regarder où il va.

– Un vrai New-Yorkais, je dis.

– Sans doute. Mais même si j'étais d'ici, j'aimerais mieux être comme eux, il me dit en me remontrant le couple. Émerveillé par les choses qui m'entourent plutôt que blasé parce qu'elles ont toujours été là.

Il me regarde en disant ça.

– Qu'est-ce que t'insinues, là ?

Il se penche un peu plus vers moi.

– Qui t'a dit que j'essayais de te dire quelque chose ?

Fait : chaque fois que Micah s'approche de moi, ça me fait des frissons, comme si ma peau prenait vie à l'idée de le toucher. L'anticipation peut devenir une torture si on laisse faire.

Je me décale sur la banquette et regarde derrière moi. Tre'Shawn nous observe, mais dans la pénombre, j'arrive pas à lire l'expression sur son visage, ce qui est pire.

– Je cherchais pas à l'énerver, m'assure Micah.

Je repose les yeux sur lui.

– Ah ouais, sérieux ?

– Je te promets. J'ai jamais dit que c'était *moi* qui risquais de le remplacer. Il s'est vénère en pensant que *quelqu'un* pourrait le faire.

– Parce qu'on ne dit pas un truc comme ça à quelqu'un à propos de sa meuf, Micah.

– Même si c'est vrai ? Il est grave chanceux de t'avoir, ma belle.

Sauf qu'avoir une meuf qui cherche volontairement à passer du temps avec un autre n'est pas exactement une chance.

– C'est gentil, mais tu me connais à peine, Micah.

– Alors, laisse-moi faire ta connaissance.

Il tourne tout son buste vers moi.

– Et si on jouait à vingt questions ?

– Quoi ?

– Vingt questions. Faut bien qu'on trouve un truc pour passer le temps.

– Micah, arrête d'essayer de…

– De mieux te connaître ? Sans aucune arrière-pensée ? Pas de sale plan. Promis. Comme je viens de dire : c'est pour passer le temps, rien de plus.

Le bus se traîne de nouveau – j'irais sans doute plus vite à pied. C'est vrai que ça serait bien de s'occuper, ça me calmerait. Parce qu'avec l'anxiété qui me gagne, ce bus est à deux doigts de devenir le bus de l'enfer.

– OK, je lui dis. Mais c'est moi qui commence.

– Vas-y.

– OK. C'est quoi ta plus grande peur ?

– Ah ouais, direct, tu cherches la faille ! Me noyer. Je suis tombé dans une piscine quand j'avais deux ans. J'ai encore des flashs de ça des fois. Depuis, je déteste l'eau. Et toi ?

– Tsss, même pas capable de trouver ta propre question ! je le chambre.

Il lève les yeux au ciel.

– Perdre ceux que j'aime. C'est ça qui me fait le plus peur. J'ai pleuré comme un bébé quand ma sœur est partie s'installer à l'étranger et mon frère à Dallas. C'est nul, parce qu'ils sont toujours en vie. Mais c'est à cause de cette peur, sans doute.

Micah acquiesce lentement.

– Je peux comprendre. Ça me ferait sans doute quelque chose si j'avais des frères et sœurs et qu'ils déménageaient.

– J'avais oublié que t'étais fils unique.

– Et fier de l'être ! On nous critique, mais on vaut le détour. J'aime pas trop partager, c'est tout.

– En tant que petite dernière, j'ai été gâtée et moi non plus, j'aimais pas partager, alors je comprends. Bon, question suivante : chien ou chat ?

– Chien sans hésiter. Les chats, c'est des démons.

Je m'étrangle.

– Quoi ? Comment t'oses dire ça !

Micah lève les mains.

– Eh, c'est pas à moi qu'il faut t'en prendre ! J'y peux rien. Je me suis fait griffer quand j'avais huit ans et depuis, je leur fais plus confiance. Je vais pas te demander ce que tu préfères, toi. Ça fait aucun doute. Alors : plutôt du matin ou plutôt du soir ?

– Du matin, clairement.

– Eh ben. Quelle originalité ! il s'exclame.

Je lève les yeux au ciel.

– Et toi ?

– Matin aussi. C'est toujours tôt le matin que je fais mes meilleures sorties quand je vais courir. Vanille ou chocolat ?

– Chocolat, sans hésiter.

– C'est pour ça que tu me mates comme tu fais ? À cause de tout ce bon chocolat que j'ai à offrir ?

Je reste bouche bée. Micah explose de rire.

– Tu l'as pas vue venir, celle-là, hein ?

– Saleté, je lui envoie et ça le fait rire encore plus. PlayStation ou Xbox ?

– Play-Sta-tion. Tous les jours et pour toujours. Tu joues, toi ?

– Ouaip. Je fais une fixette sur *Call of Duty*. Mon frère Junior et moi, on joue en réseau deux ou trois fois par semaine. Ma sœur nous rejoint de temps en temps, mais avec le décalage horaire, c'est compliqué.

– Merde, dit Micah avec un petit sourire. Je devrais commencer à t'appeler New York.

– New York ?

– Ouais. Je découvre plein de nouveaux trucs que je kiffe à ton sujet, exactement comme avec cette ville.

Je sens mes joues qui s'empourprent, mais rien à voir avec la canicule.

C'est le problème. Je peux facilement baisser la garde avec Micah si je fais pas gaffe – un désastre en formation. quand mon mec est assis trois rangs derrière nous.

Non, je peux pas faire ça. Je me lève d'un bond.

– Hum, tu sais quoi ? Je devrais sans doute… je devrais sans doute aller m'asseoir ailleurs.

Micah fronce les sourcils.

– Quoi ? Pourquoi ?

J'attrape mon sac à dos.

– J'ai besoin d'être seule.

Quelqu'un m'attrape gentiment le bras.

– Kay ? dit Tre'Shawn. Tout va bien ? Il est pas en train de te prendre la tête, si ?

– Wow, on se calme, commente Micah. T'as peur que ça soit moi qui te remplace, ou quoi ?

– Viens pas créer des embrouilles, toi, on s'en tape de ta gueule, lance Tre'Shawn. Mêle-toi de tes affaires.

– Je me soucie de Kayla alors ça me regarde, fait encore Micah.

– La vie de Kayla te regarde pas ! s'énerve Tre.

Mme Tucker vient de se lever. Elle s'interpose entre Tre'Shawn, Micah et moi.

– Tout le monde retourne à sa place !

Je force Tre à me lâcher et lève les bras au ciel.

– Vous savez quoi ? Débrouillez-vous tous les deux. Madame Tucker, je vais m'installer en bas.

Micah et Tre'Shawn me crient de revenir, mais je fais comme si j'entendais pas, et je descends.

Sans surprise, en bas, c'est désert. Il ne reste que le chauffeur. Il chantonne et bat la mesure du menton sur un vieux morceau de R&B à la radio. Difficile d'imaginer que c'est le même homme qui insulte si facilement les gens.

– Ah, salut, ma grande, il me fait avec son accent jamaïcain. C'est cette femme autoritaire qui t'envoie me surveiller, maintenant ?

Je souris en coin. Autoritaire, c'est un euphémisme. Mme Tucker est un vrai dictateur et elle a l'air d'aimer ça, en plus.

– Non, monsieur. Je crois que j'ai envie de voir la ville sous un autre angle.

– Mais c'est de là-haut qu'on a la meilleure vue ! On ne va pas tarder à longer City Hall. Un endroit que vous adorez, vous, les touristes.

Il attrape son micro pour l'annoncer à tout le monde.

Je hausse les épaules.

– C'est juste un autre immeuble.

Il ricane de bon cœur, et ça me fait sourire. Il a le même rire que mon père.

– T'as bien raison, il se marre. Pour finir, c'est bien ce que c'est : juste un autre immeuble.

Je me cale sur ma banquette et je tourne la tête vers la vitre. La ville est toujours enveloppée dans son voile de pénombre, mais tout le monde a l'air de s'être déjà habitué à la nouvelle normalité. Un truc que j'apprécie chez les New-Yorkais : ils continuent à avancer sous les coups comme s'ils sentaient rien.

Je prends une grande inspiration. La situation avec Tre'Shawn, les ouvertures avec Micah, la révélation concernant Jazmyn, tout ça m'étouffe. J'aurais jamais pensé me sentir soulagée d'être seule. Mais une question demeure : que faire ?

– Tu veux savoir quelque chose ? me fait M. Wright. Manhattan par-ci, Manhattan par-là, les touristes n'en ont que pour Manhattan. Pourtant, on n'a pas vu New York tant qu'on n'a pas vu Brooklyn.

– On dirait mon oncle. C'est là-bas qu'il habite.

– Ah oui ?

Il lève la tête pour me dévisager dans son rétroviseur.

– Quel quartier ?

Je hausse de nouveau les épaules.

– Ah non ! Il faut que tu saches dans quel quartier. Les quartiers font toute la différence, ma grande. Moi, j'habite à Bedford-Stuyvesant – Bed-Stuy comme on dit ici.

Je penche la tête de côté.

– Comme le vieux rappeur ?

– Le vieux rappeur ? Ah non, alors ! il s'exclame en secouant la tête. Ne traite pas Biggie Smalls de vieux rappeur si tu mets un pied à Brooklyn. Ah ça, non !

– Biggie, voilà, lui, je confirme.

Pardon de ne pas m'être souvenue du nom d'un rappeur mort avant ma naissance.

– Je crois que mon oncle et mes cousins habitent là-bas eux aussi.

– Et ils t'ont pas appris les bonnes manières ? *Bomboclaat* !

Vu comment il a prononcé ce dernier mot, c'est sans doute un juron.

– J'étais petite la dernière fois qu'on s'est vus. J'espérais pouvoir passer les voir pendant ce voyage, mais ça m'étonnerait que ça se fasse.

– Pourquoi ? Il y a le métro.

– Monsieur Wright, vous avez vu ma prof...

Il ricane de nouveau.

– C'est vrai. Si ça tenait qu'à moi, je vous emmènerais tout de suite de l'autre côté du pont. Il paraît qu'il y a une Block Party à Bed-Stuy. Ça vous donnerait à vous tous, les petits gars du Sud, un aperçu du vrai New York.

– Si seulement... je marmonne en soupirant.

En ce moment, ma vie est pleine de « si seulement ».

Dans le rétroviseur, je vois M. Wright qui m'observe, la tête contre la vitre.

– Y'a quelque chose qui te tracasse, ma grande ?

Ce type doit manœuvrer un bus à impériale à travers Manhattan. Il a pas besoin que je le soûle avec mes problèmes.

– Non ça va, merci.

– C'est écrit sur ton visage, ma grande. Alors autant que tu me racontes. Garçon ? Fille ? Personne non binaire ?

Son ouverture d'esprit m'impressionne. Chez nous, je n'aurais sans doute pas eu droit à ça.

– Un garçon. Deux, en fait.

– Un triangle amoureux. Un bon bazar potentiel, ça !

Je me masse le front. Tout ce « bazar » commence à me donner mal à la tête.

– C'est clair. En plus, ce triangle est peut-être même un carré.

Il grimace.

– Ouh la ! Un bazar puissance quatre.

– C'est ça. Je sais pas quoi faire.

Et c'est la première fois que je ressens ça. D'habitude, je sais toujours comment m'y prendre pour résoudre un problème. Ça fait partie du jeu quand on répond systématiquement aux attentes des autres : comme je suis connue pour prendre les bonnes décisions, personne ne s'attend à ce que je me mette dans de sales draps.

Mais cette fois, ça n'a rien à voir avec le fait de décider de ne pas finir bourrée à une fête ou avec celui de choisir une option qui fera bonne impression sur les dossiers d'admission à la fac. Cette fois, c'est une affaire de cœur. Malheureusement, je ne sais même pas ce que veut le mien, parce que Tre'Shawn et Micah s'y sont tous les deux fait une place.

– Je ne connais pas les détails, ma grande, mais j'ai un conseil si tu veux m'écouter.

– Honnêtement, je suis prête à entendre tous les conseils qu'on voudra bien me donner, je lui réponds.

– Si seulement mes enfants pensaient comme toi !

Il ricane.

– Bon, je vais partir du postulat que tu ne sais pas avec lequel des deux tu devrais être, j'ai raison ?

– Oui, monsieur.

– Je n'ai plus ton âge depuis longtemps, alors je vais certainement avoir l'air d'un vieillard en le formulant comme ça, mais : pourquoi choisir ?

Hum… je sais que New York est un peu plus excentrique que le Mississippi, mais il est bien en train de me dire ce qu'il est en train de me dire, là ?

– Quoi ? Vous pensez que je devrais être avec les deux ?

– Non, non ! il me répond en riant. Même si c'est une option, de nos jours. Mais ce n'est pas ça que je suggère. J'évoque simplement l'idée que, peut-être, au lieu de choisir un des deux, tu devrais te choisir toi. Personne ne t'oblige à être avec qui que ce soit, ma grande.

Je me mords la lèvre.

– Même si je les aime tous les deux ?

– Raison de plus pour t'accorder du temps ! Ton cœur ne te mènera jamais au mauvais endroit, mais il est parfois difficile à entendre. Tu dois lui faire de la place pour qu'il puisse s'exprimer. Ça aussi, c'est une forme d'amour.

Il y a des bruits de pas dans l'escalier et quelques secondes plus tard, les longues jambes de Tre'Shawn apparaissent. Il baisse la tête pour me voir.

– Kay, ça va ?

Je croise le regard de M. Wright dans le rétroviseur. Il articule trois mots en silence : « Écoute ton cœur. »

– Ouais, je dis à Tre'Shawn. Ça commence à aller mieux.

Il sourit poliment à M. Wright et vient s'asseoir à côté de moi.

– Qu'est-ce qui se passe ? En vrai ?

Je pose ma main sur la sienne sur la banquette. Mon adorable mec ringard et boutonneux aux mains douces, mon mec qui sait pas danser, mais qui m'aime.

– Je crois qu'au fond de toi, tu sais ce qui se passe, je lui dis.

– Hein ? Non.

– Oh si, tu sais, j'insiste. Écoute, je ne suis pas encore en train de te reprocher d'avoir menti, OK ? Mais demande-toi *pourquoi* tu as menti. T'as dit que tu voulais pas me briser le cœur, mais…

J'avale la boule dans ma gorge. Elle est coincée là depuis un moment, avec une vérité que j'ai pas envie d'affronter.

– Mais ça m'aurait pas brisé le cœur que tu refuses de regarder des séries avec moi, Tre. T'avais besoin de respirer. Et ça, par contre, tu pensais que ça me briserait le cœur.

– Kayla…

– Si c'est ça, c'est pas grave. Je te promets que c'est pas grave. Mais reconnais-le, si tu m'aimes. Ça avait rien à voir avec la série, pas vrai ?

Il baisse les yeux et secoue à peine la tête, comme s'il se disputait avec lui-même.

Au bout d'un moment, il finit par avouer :

– Non, t'as raison. Merde. Kay, je suis désolé. C'est pourri…

– C'est rien, Tre. Moi aussi, j'ai besoin d'air.

Il pose le regard sur moi.

– Quoi ?

– Ouais, je confirme avec un petit sourire malvenu dans un moment comme celui-là. Dernièrement, le fait que tout le monde s'attende à ce qu'on reste ensemble m'a fait pas mal réfléchir. Je me demande si c'est pour ça qu'on est toujours ensemble.

– Non, Kay. Je t'aime.

– Moi aussi, je t'aime. J'ai du mal à m'imaginer sans toi, et ça… ça me fait peur. Mais je ne sais pas qui je suis si je ne suis pas ta meuf. Et je pense que c'est pas une bonne chose.

Tre me prend la main et frotte son pouce contre ma paume.

– Non, t'as raison.

On se tait pendant un moment. On laisse New York combler le silence.

Fait : Micah a eu une influence sur moi, et je me rends compte que ça dépasse les sentiments que j'ai pour lui. Il m'a permis de voir que tout un tas de possibilités s'offraient à moi, et à mon cœur. Tant pis pour les attentes des autres : la seule dont je dois vraiment me soucier, c'est moi.

Pour être honnête, je ne sais pas ce que je veux en ce moment. Mais comme l'a suggéré M. Wright, je devrais peut-être laisser mon cœur respirer.

– C'est bien, le changement, je murmure.

Tre'Shawn m'embrasse sur la joue.

– Ouais.

Je pose la tête contre son épaule. Ce n'est pas une rupture. Plutôt une pause.

– Merde, dit Tre'Shawn au bout d'une minute. Tu te rappelles les projets qu'on faisait pour New York ?

Je me marre.

– On n'avait pas prévu de panne générale, en tout cas.

– Tu voulais voir la statue de la Liberté et l'Empire State Building, hein ? Et traverser le…

– Le Brooklyn Bridge, ouais. Mes parents l'ont traversé pendant une autre panne de courant. Ma mère était enceinte de moi.

– Sérieux ? Ça serait cool si on pouvait y aller !

M. Wright se racle la gorge.

– Sans vouloir me mêler de ce qui ne me regarde pas, je pourrais me tromper de route et vous emmener jusqu'au pont. Ou même jusqu'à cette fête dont je t'ai parlé, ma grande.

Tre'Shawn se redresse sur son siège.

– Une fête ?

– Calme-toi, je dis en le voyant s'exciter. Jamais Mme Tucker nous laissera aller à une Block Party.

– Qui a parlé de l'en informer ? glisse M. Wright.

Tre'Shawn pouffe dans son poing fermé.

– Ah ouais ! il fait. On débarque à la fête et on la persuade de nous laisser rester ! On pourrait dire que c'est un festival culturel ou un truc comme ça.

– Pour vous, les gens du Sud, une Block Party à New York, c'est tout à fait ça, renchérit M. Wright.

Je ne sais pas si je suis choquée ou impressionnée. Mais j'avoue…

– … ça pourrait marcher, je leur dis.

M. Wright change de direction.

– Oh, oh, regardez ça ! On dirait bien que je me suis perdu et que je suis en train de partir vers Brooklyn…

Tre'Shawn et moi, on éclate de rire. Il ferme la main sur mes doigts.

Qui sait, peut-être que, dans quelques mois, les gens se remettront à utiliser nos deux noms fusionnés et s'attendront de nouveau à ce qu'on passe notre vie ensemble. Peut-être que c'est ce qu'on fera. Ou peut-être que je finirai avec Micah. Je sais pas.

Pour l'instant, ça me va d'être juste avec Kayla.

Une longue traversée

ACTE 5

Tiffany D. Jackson

Pont de Brooklyn, 21 h 46

Une ombre flottant au-dessus de l'East River, voilà le pont de Brooklyn, étrange et fantomatique toutes lumières éteintes, tandis que des centaines d'habitants hagards affluent vers la voie piétonne, pour essayer de rentrer chez eux.

Kareem et moi les observons depuis le parc de l'autre côté de la rue, près de la station de l'hôtel de ville. Les métros sont toujours à l'arrêt. J'essaie d'appeler mon père, mais quand il conduit son bus, il répond rarement au téléphone.

– Bon. Et maintenant ?

Kareem, l'air amusé, lève un sourcil.

– Quoi « et maintenant » ? Maintenant, on marche.

Je me retourne vers le troupeau de zombies suants, avançant comme des tortues dans le noir, épaule contre épaule. Les hommes ont défait leurs cravates, les femmes, les aisselles trempées, boitent dans leurs chaussures à talons en gémissant.

Dans le monde du cinéma, on appellerait ça le climax. La scène où le héros se trouve face à son adversaire dans une bataille finale entre le bien et le mal.

Nous y sommes. Et mon adversaire est prêt à en finir avec moi.

Ma gorge devient sèche et les tremblements dans ma poitrine me secouent tout entière.

– Bon, je lance en faisant au revoir de la main. C'était sympa de te revoir !

Je fais demi-tour et m'éloigne à grands pas. Kareem me rattrape.

– Eh, tu fais quoi ? On est presque arrivés !

– Je traverse pas ce pont. Hors de question !

Il saute devant moi, me bloquant le passage.

– Pourquoi ?

– Tu sais très bien pourquoi !

Kareem me fixe, perplexe, jusqu'à ce que ça lui revienne enfin.

– Le vide ! T'as peur du vide ! J'avais oublié !

– Ouais, donc… Ciao.

J'essaie de nouveau de m'en aller, mais il me retient par l'épaule.

– C'est pour ça que tu traînes les pieds depuis le début ? Pourquoi t'as rien dit ?

J'ouvre la bouche pour me justifier, mais rien.

– Allez, Tammi, ça sera rapide. J'te promets. On va marcher vite. Courir même si tu veux !

Les yeux pleins de larmes, je ravale un sanglot.

– Je peux pas !

Il m'attrape les mains, se penche pour accrocher mon regard.

– Si, tu peux. Penses-y comme… comme à une de nos promenades. On va jouer, euh, à trouve qui porte une perruque ! Ou… (Il regarde mes chaussures.)… des Air Max !

Je laisse échapper un gloussement. Kareem a toujours inventé des petits jeux pour nos longues promenades. Un jour, on cherchait toutes les maisons en grès rouge avec une porte rouge, le suivant, on jouait à « compte les hipsters ».

– Les Air Max ? je pouffe.

– Oui, allez ! En plus, c'est le seul chemin. OK ?

Je prends quelques grandes inspirations, en repensant à mes deux pires cauchemars fondus en un seul : une foule de gens qui traversent un pont suspendu. Mais de l'autre côté, c'est la maison. Kareem a raison : on est tellement près, je peux presque sentir le parfum de ma mère. Il faut que j'essaie.

– Tu peux… me tenir la main ?

Kareem a l'air surpris.

– Bien sûr. On fait ça.

Lentement, on se fond dans le flot continu de gens puis on passe sur la rampe pour piétons, laissant Manhattan derrière nous. En un instant, ma poitrine se serre, mon cœur s'accélère. Devant nous, la première des deux arches, soutenue par un réseau de câbles en acier.

– Regarde toujours par terre, chuchote Kareem, sa main moite dans la mienne. Regarde, tu vois, là-bas ? Des Air Max, blanc sur blanc. Oh, et là à droite, la meuf a les vert kaki. Ou c'est peut-être les noires.

Je détourne le regard vers le sol et me concentre sur toutes les chaussures. Est-ce que le pont peut porter tout ce monde ? Et si quelqu'un tombe ? Je sais même pas nager !

– C'est bien, super, dit Kareem, serrant ma main plus fort. On est presque arrivés.

Un bourdonnement sourd remplit mes oreilles, ce sont les gens dans la foule qui marmonnent entre eux :

– Je suis restée coincée sous terre pendant plus de deux heures, dit une femme devant nous, à bout de souffle. Ils nous ont fait marcher sur les rails. Je n'ai jamais eu aussi peur de ma vie.

– J'ai déjà traversé le pont comme ça une fois, le 11 Septembre. Juste après l'effondrement de la deuxième tour, dit un homme derrière nous. Il y avait tellement de monde, on aurait dit que le pont se balançait. Certaines personnes se sont même mises à courir.

Kareem se retourne d'un coup.

– Mec, calme un peu ton jeu, là ! T'essaies de faire peur à tout le monde ou quoi ?

Le sol se met à tourner. Pas le sol, non, le pont. En bois et en brique, qui pourrait nous laisser tomber dans la rivière à tout moment. J'ai les genoux en coton. J'ai un haut-le-cœur, je suis sur le point de m'évanouir.

– Je… peux plus, je dis d'une voix haletante, faisant signe de la main. J'peux plus. Respirer. Oh mon Dieu !

D'un bras, Kareem m'entoure les épaules, me soutenant tandis que mes larmes se mettent à couler plus vite.

– Eh, eh, eh, ça va ?

Je suis déchirée entre l'envie de faire demi-tour et courir jusqu'à la terre ferme ou rester paralysée sur place, m'effondrer en un petit tas et m'agripper à une des poutres en acier.

– Non… non… non… je gémis. Est-ce que le pont se balance ? Ça bouge ou pas ?

– Non ! C'est faux, j'te promets. Relax, OK ? Fais-moi confiance.

Lui faire confiance ? Comment je pourrais lui faire confiance, à lui, à n'importe qui ou n'importe quoi d'autre dans ce monde ?

– Juste va-t'en, Kareem ! je crie, faisant sursauter les gens autour de nous. Va à ta soirée avec tous tes nouveaux amis et ta nouvelle meuf ! Vas-y !

– Eh, balek de la soirée ! Je pars pas sans toi ! Pas comme ça.

Les mains tremblantes, je me cramponne au métal un peu plus fort.

– J'ai peur ! S'il te plaît, non.

Kareem m'enveloppe dans un câlin, et ça change tout.

– OK ! OK ! C'est bon. On va… Là-bas ! Il y a un banc, là-bas. Allez !

– Non ! J'peux pas, j'peux pas… pas bouger.

D'un bras, Kareem me soulève par la taille et me porte jusqu'au banc.

– Là. Assieds-toi. Respire. Profondément, tu te souviens ? Comme Mme Kelly t'a appris.

Mes poumons se serrent quand j'essaie d'aspirer de l'air. J'attrape son t-shirt dans mes poings pour me raccrocher à quelque chose. Mme Kelly, c'était notre infirmière au collège, c'est elle qui m'a appris en premier comment respirer dans ces moments-là. Kareem était là chaque fois.

– T'es pas censée mettre la tête entre les genoux ? demande-t-il.

J'acquiesce, prends position, serrant mes cuisses contre moi, et je regarde le défilé des chaussures qui passe. J'aperçois une paire d'Air Max grises. Et même une paire léopard. Je continue de compter pendant que ma respiration s'apaise. L'ancrage, c'est comme ça que ça s'appelle. À côté de moi, Kareem ne dit rien, il me caresse le dos en cercles. Il l'avait déjà fait, avant. Plusieurs fois. Chacune de nos promenades était une forme de distraction, pour m'empêcher de craquer.

Au bout de quelques minutes, je me redresse et tout tourne autour de moi.

– Doucement, me conseille Kareem.

Je m'imprègne de ce qui nous entoure, remarque qu'on est à peine arrivés à la première arche.

– Merci, je murmure.

Il glousse.

– Dis, comment tu crois pouvoir aller à Atlanta si t'as peur du vide ?

– Y'a toujours des bus et des trains, non ? je bafouille.

Il glousse encore.

– T'es têtue, toi. Et t'es… magnifique.

Je redresse le dos, sèche mes larmes et croise son regard.

Incroyable. Même maintenant, alors que je suis au plus bas…

– Très bien, Kareem, je rétorque en le repoussant. Parfait ! Tu peux le garder ce stage, OK ?

– Quoi ?

– C'est pour ça que t'es tout gentil avec moi, non ? T'as cru que j'avais pas remarqué, mais je m'en fiche. Ça m'est égal, maintenant. Prends-le.

Kareem me fixe, le regard plein de tristesse.

– C'est ce que tu crois ? (Il secoue la tête.) Waouh, Tammi. Après tout ce qui s'est passé… Pourquoi tu peux pas juste me faire confiance ?

Il serre les poings, s'appuie sur les genoux. La culpabilité me saute à la gorge. Encore ce mot – confiance. Et… Je n'y comprends plus rien. Chaque fois que j'ai eu une crise de panique, il ne m'a jamais jugée, ne l'a jamais racontée à personne, même pas à sa mère. Pour ça, je lui ai fait confiance, et il ne m'a jamais trahie. Il m'a toujours soutenue en tout, alors, pourquoi est-ce que je ne pourrais pas le soutenir comme ça, moi aussi ? Pourquoi je n'arriverais pas à lui faire confiance ?

Il est BG. Ces mecs-là, on peut pas leur faire confiance.

Non ! C'est pas « ces mecs-là » et ça l'a jamais été. C'est Kareem. Je le connais mieux que n'importe qui. J'aurais jamais dû laisser quelqu'un me faire douter de lui.

– Excuse-moi. C'est pas comme ça que je voulais le dire. (Je soupire.) Tu devrais prendre ce stage.

– T'inquiète, rétorque-t-il, évitant mon regard. T'as été prise dans ton programme spécial, non ?

– Oui, mais t'as raison. Tu me connais. Je passe mon temps à fuir. Mais je veux plus. Je veux plus te fuir, Kareem. T'étais plus que mon copain. T'étais mon meilleur ami et je… te faisais pas confiance. Tu mérites mieux que ça. Alors, prends-le. C'est la moindre des choses. T'as besoin de cet argent pour St John, pas vrai ?

Il fronce les sourcils.

– Hein ? Mais je vais pas à St John.

– C'est pas là que va Imani ?

– Aucune idée. Moi et Imani, c'est fini depuis la remise des diplômes. Ta mère t'a pas dit ?

MAMAN ! Même pour ça t'as suivi la règle !

– Oh. Je suis… désolée ?

Il hausse les épaules.

– T'inquiète.

J'essaie d'ignorer mon cœur qui palpite au son de cette bonne nouvelle, m'efforçant de sourire à nouveau.

– Quand même, tu devrais prendre le stage à l'Apollo, Kareem. Je sais que t'as besoin de cet argent pour la fac. Peu importe où tu vas. Et je sais que cette ville te rend heureux et que tu veux rester. Je… Je veux que tu sois heureux.

Kareem scrute la silhouette de la ville au loin, toujours plongée dans le noir comme un tableau étrange.

– Je vais à Clark Atlanta, me dit-il.

D'un coup, je me retourne face à lui.

– Quoi ? Pourquoi tu l'as pas dit plus tôt ?

Il hausse les épaules, sourire en coin.

– On s'était toujours dit qu'on irait à la fac ensemble, nan ?

– Oui, mais… les choses ont changé.

– Pas tout, non. Je sais que j'ai l'air d'un psychopathe mais… Je pouvais pas te laisser partir toute seule. En vrai, je savais pas que je te verrais aujourd'hui, je pensais que j'aurais plus de temps pour mettre au point ma tactique. Le coup de la glace, je voulais le faire plus proche de la fête d'intégration.

Il y a de la tendresse dans son regard. Est-ce qu'elle était là depuis le début?

Les trucs comme ça, ça arrive qu'une fois dans la vie, et toi, tu prends même pas une seconde pour juste… Lever. Les. Yeux.

– Tu… tu veux toujours être avec moi? Même après tout ce que je t'ai dit dans ce message? Même après… tout ça?

Kareem se penche, m'entoure de ses bras.

– Et pourquoi pas?

J'éclate en sanglots.

– Parce que je suis une catastrophe ambulante, Kareem! Je suis même pas capable de traverser un foutu pont! Je sors jamais de chez moi, j'évite les soirées et les foules, et toi t'es genre, vraiment mignon, tu mérites une fille qui…

– Mais tu es ma catastrophe à moi. J'préfère avoir cette catastrophe avec moi tous les jours que pas de catastrophe du tout.

– Et les autres meufs?

– Pourquoi je voudrais des autres meufs quand c'est toi que je veux? Patate!

J'écarquille des yeux de surprise et on éclate de rire.

C'est ça, aimer la bonne personne. Quand quelqu'un vous aime, ses complexes n'ont pas vraiment d'importance.

Parce qu'aimer, c'est un choix qu'il faut faire tous les jours, même quand ça ne se passe pas comme on veut.

Alors, j'attrape son t-shirt, je le tire vers moi et je l'embrasse. J'embrasse mon gros débile d'ex-copain, bordélique et distrait.

– Waouh. (Il glousse, effleure mon menton du poing.) On devrait s'embrasser sur des ponts plus souvent.

Je ris, avant de remarquer une lueur étrange qui l'entoure comme une auréole, et je pousse un cri de surprise.

– Kareem, regarde ! Les lumières sont revenues !

Kareem se retourne. D'un coup, comme ça, New York est revenue à la vie. On distingue de nouveau tous les bâtiments.

– Wow ! Mais oui ! (Il se retourne encore.) Mais... pas à Brooklyn, on dirait. Ça prend peut-être un peu plus longtemps.

Je cale ma tête dans le creux de son cou, et il m'embrasse sur le front tandis qu'on regarde la silhouette des immeubles, qu'on s'imprègne de la vue de ma sublime ville, dont je ne me lasserai jamais.

– C'est joli.

– Oui. J'allais dire, pas autant que toi, mais c'est gnangnan de ouf.

Je ris, et je me sens plus détendue que tout le reste de la journée, même si je flotte au-dessus de l'East River.

– Kareem ?

– Oui ?

– Tu crois qu'on peut encore y aller, à cette soirée ?

Il affiche un sourire de défi.

– Une seule façon de le savoir.

Kareem prend ma main et nous marchons comme ça le reste du chemin.

Ensemble.

Seymour et Grace

Nicola Yoon

Brooklyn 22 h 05

[Podcast Philosophy Now !*]*

L'ANIMATRICE : Dans l'épisode d'aujourd'hui, nous allons aborder l'une des plus grandes questions existentielles, la question de l'identité : qu'est-ce qui fait que nous sommes qui nous sommes ?

Pour entrer dans le vif du sujet, rien de mieux que la parabole du bateau de Thésée, connue aussi nous le nom de paradoxe de Thésée. Certains d'entre vous pour qui le lycée est un lointain souvenir ont peut-être oublié qui était Thésée. Alors voilà de quoi vous rafraîchir la mémoire. Dans la mythologie grecque, Thésée était le roi d'Athènes, surtout célèbre pour avoir terrassé le Minotaure, la fameuse créature mi-homme, mi-taureau, dans le Labyrinthe de Minos, en Crète.

Une version de la légende raconte que Thésée retourna ensuite à Athènes en voilier. Et que son peuple en liesse décida, pour célébrer son exploit, de préserver son bateau dans le port en hommage. Au fil des ans cependant, ledit bateau s'abîmait. On le réparait, on changeait ce qui devait être changé, une planche après l'autre. De sorte que pour finir, mille ans plus tard, il ne restait plus un seul élément de l'embarcation d'origine.

Je répète, amis philosophes : plus un seul élément de l'embarcation d'origine.

Ce qui me conduit immanquablement à vous poser cette question : le bateau de Thésée est-il toujours, mille ans plus tard, le bateau de Thésée ?

Imaginons que vous répondiez non. Dans ce cas, à partir de quand a-t-il cessé de l'être ? Dès que la première planche a été remplacée ? À la deuxième ? À la dernière ?

Et si vous répondez oui, que se passerait-il si je récupérais la totalité des vieilles planches pour construire un nouveau navire ? Pourrait-il prétendre au titre de « bateau de Thésée » ?

GRACE

J'interromps la rédaction de mon message à Lana et me penche vers le chauffeur.

– Excusez-moi, vous pourriez baisser un peu ?

Il pose les yeux sur moi dans le rétroviseur. Je lui adresse un petit sourire, histoire de lui faire comprendre que je ne cherche pas à être impolie. De toute façon, je pourrais baisser le son moi-même si je voulais. Ryde, la société de VTC pour laquelle il bosse, a choisi comme slogan « Chez nous, le client contrôle la course », après tout.

– Donc, la philo, c'est pas votre truc.

Il me prend de haut, là, ou je rêve ? J'avoue que je suis un peu à fleur de peau, alors peut-être que c'est moi qui délire.

– C'est un peu fort, c'est tout, je lui réponds, diplomate.

– Je comprends. Ce message exige une grande concentration. Vos emojis sont sûrement en train de sauver le monde.

OK, j'ai pas rêvé.

– Pardon ?

J'ai la capacité de prendre un ton tellement glacial que, d'habitude, il fige les gens sur place.

Mais pas lui.

Il jette un nouveau regard dans le rétro.

– Vous écoutiez ? il me demande. C'est un super podcast. *Philosophy Now !* ça s'appelle. En résumé, la parabole dont ils parlent, celle du bateau de Thésée, pose la question de savoir à quel point on peut changer sans devenir quelqu'un d'autre.

Mon téléphone vibre : un autre message de Lana.

!!!!

Je viens de le voir !

Tu seras là quand ?!

« Là », c'est la fête où je vais. « Le », c'est mon ex, Derrick, ma seule raison de m'y rendre. On est sortis ensemble pendant deux ans. Il y a six semaines, il m'a larguée. Juste avant la remise de diplôme.

Je passe l'appareil photo en mode selfie pour vérifier que mon maquillage n'a pas bougé depuis que je suis sortie de chez moi. Peu importe la tête que j'ai, de toute façon. Vu que le courant n'est toujours pas revenu, il n'y a aucune chance qu'il puisse bien me voir.

Le chauffeur ne me lâche pas.

– C'est tout le problème de l'identité. On n'est pas les mêmes aujourd'hui qu'il y a dix ans, cinq ans ou qu'hier. Nos goûts alimentaires changent. Nos affinités changent : on cesse d'aimer certaines personnes, et réciproquement.

La dernière phrase me fait lever la tête.

Pendant un quart de seconde, il tourne la sienne dans ma direction. Un peu trop bref pour être sûre-sûre, mais je suis *presque* sûre qu'il est beau gosse.

– On n'a plus rien en commun avec la personne qu'on a été, il continue. Alors pourquoi faire comme si on était toujours les mêmes ?

Pas inintéressante, sa question. En temps normal, je serais ravie d'y répondre, mais là, je suis trop occupée à décider de ce que je vais dire à Derrick quand je le verrai.

Lana m'envoie un nouveau message. Apparemment, Trish, la fille qui apparaît sur beaucoup de posts de

Derrick, est là-bas, elle aussi. Pas grave, de toute façon mon but, ce soir, n'est pas d'essayer de le récupérer en lui rappelant comment c'était cool quand on était ensemble. Bon, OK, si, c'est mon but. Je sais, c'est pathétique, mais j'espère qu'en posant les yeux sur moi, il regrettera direct de m'avoir larguée.

Vu comment c'est parti, de toute façon je n'y serai pas avant trois mille ans. Ça fait des heures qu'il n'y a plus d'électricité nulle part et plus aucun feu ne fonctionne. Résultat : tous les carrefours sont bloqués et les voitures presque à l'arrêt.

– Vous voulez entendre un truc encore plus incroyable ? demande mon chauffeur.

– Désolée, j'ai pas vraiment le temps, je lui dis en agitant mon téléphone dans sa direction. S'il vous plaît, vous pourriez baisser la…

Mais il enchaîne :

– Nos cellules, toutes les cellules de notre corps, changent tous les sept ans. Mon corps actuel n'a pas une seule cellule en commun avec le corps que j'avais à deux ans. Alors si notre moi actuel n'est matériellement pas le même que notre moi passé, à quoi ça sert de se projeter ? Nos « moi » futurs n'auront rien à voir non plus avec ce qu'on est maintenant. Ils auront des goûts différents, des amis différents, des cellules différentes. La personne qu'on sera plus tard est tout à fait quelqu'un d'autre. Alors à quoi bon passer tant de temps à faire des projets et à accomplir des choses pour un ou une inconnue ?

Il est tellement occupé à philosopher qu'il ne s'est même pas aperçu que la voiture devant nous avait bougé. Derrière, ça se met à klaxonner avec insistance. Ça le fait sursauter. Il appuie un peu trop fort sur la pédale d'accélérateur.

J'ouvre mon appli Ryde. Mon chauffeur s'appelle Seymour. J'ai très envie de lui mettre une seule étoile. Pour écrire quoi en commentaire ? « Chauffeur en pleine crise existentielle ? »

Finalement, je décide de profiter du slogan de la société et éteins sa radio depuis l'appli, avant de lancer ma playlist d'Abba.

Les paroles de « Knowing Me, Knowing You » emplissent la voiture.

Mon chauffeur se met à rire.

– Il faut que je me taise, c'est ça ?

Je me tourne vers la vitre. Il est à peine plus de 22 heures, mais sans électricité, on dirait qu'il est plus tard. Les réverbères sont éteints et les magasins plongés dans le noir. De temps à autre, des phares ou un écran de téléphone éclairent une vitrine ou un visage, et tout d'un coup, l'ordinaire change, il prend un air surprenant. Je me demande si Derrick aura l'air différent, lui aussi, quand je le verrai.

Nouveau message de Lana.

Ils dansent

Ils se touchent pas

Pas encore

Je bascule la tête contre le dossier et ferme les yeux très fort en essayant de ne pas bloquer sur ce que cette danse signifie vraiment.

Mon chauffeur se met à chanter avec Abba. Tellement faux que c'en est drôle. Il est très loin du compte. Collée contre le dossier, je l'accompagne. Ma voix ne flanche pas – même arrivée au passage qui dit que rompre n'est jamais facile.

SEYMOUR

Trois morceaux d'Abba et je cherche déjà comment faire pour fuir ma propre voiture. C'est bien fait pour moi : je n'avais qu'à pas soûler une princesse avec ma philo.

Les princesses sont l'une des quatre catégories de passagers les plus difficiles. Les trois autres étant :

Le sociopathe : il s'assied devant à côté de toi et ne décroche pas un mot.

Le frère : il insiste pour que t'écoutes la musique que tu veux, en partant du principe que ça sera forcément du rap. Il glisse Tupac et Biggie dans la conversation, mais ne sait pas qu'ils sont morts. Il se tortille comme un crétin sur la banquette arrière pour bien montrer qu'il kiffe. C'est toujours un mec. Toujours un Blanc.

Le démon : il donne sans arrêt des coups de pied dans ton dossier. En le plaquant au sol, tu trouveras un 666 tatoué juste derrière son oreille.

Quant aux princesses, c'est les filles comme elle – jolies mais qui se prennent un peu pour des autres. Pas de bonjour, pas de regard vers toi quand elles montent. Elles répondent par monosyllabes à tes questions, les yeux rivés sur leur téléphone comme si elles y lisaient le sens de la vie.

Cette fille-là est plus belle que la princesse de base. Elle est trop fraîche en fait – la peau sombre, des tresses longues et fines, de grands yeux et des lèvres pleines aux commissures qui rebiquent. Elle sourit visiblement beaucoup. En plus, elle est drôle. Je suis presque sûr qu'elle a mis « Knowing Me, Knowing You » parce que le podcast que j'écoutais était sur l'identité. Une chanson qui parle de se connaître, soi et les autres, ça peut pas être un hasard.

C'est sûr qu'elle va me mettre une seule étoile, si elle ne l'a pas déjà fait. Je devrais peut-être m'excuser. Je sais que si je suis comme ça aujourd'hui, c'est parce que je ne me suis pas encore remis de ma dispute d'hier soir avec Tommy. Il faut que j'arrête avec ma mauvaise humeur. Je ne peux pas me permettre de voir ma note baisser. J'ai besoin de ce boulot.

Le GPS indique qu'il va falloir environ une heure pour amener cette fille à destination. D'habitude, un tel trajet se ferait en une demi-heure max. Mais là, ça bouchonne tellement sans les feux que cette rue est presque devenue un parking. J'espère qu'elle a autre chose sur sa playlist. Une heure d'Abba, c'est long.

Je jette un œil dans le rétro. Son visage luit à la lueur de son téléphone. Elle a l'air triste, maintenant qu'elle n'essaie plus de me faire taire.

Je me demande à quoi ressemble sa vie. Quand j'ai commencé comme chauffeur, je kiffais l'idée que j'allais rencontrer toutes sortes de gens de tous les milieux venus de partout en ville. J'imaginais ma voiture comme une sorte de bulle dans laquelle ils pourraient mettre leur vie en pause. Peut-être qu'en les faisant parler, j'apprendrais quelque chose d'essentiel sur les êtres humains et sur l'existence.

Mais la plupart ne veulent pas parler. Ils sont en transit vers un autre endroit. Point. Pris dans le théâtre de leur propre vie. Nos vies se croisent un moment, puis chacun s'en va de son côté. Parfois, j'ai envie de les retenir.

– Vous avez dit quoi ? demande la princesse depuis la banquette arrière.

Je croise son regard.

– Vous me parlez ? je lui demande.

– Je croyais que c'était *vous* qui me parliez. Vous disiez quelque chose à propos de retenir les gens.

– Je pensais à voix haute, au temps pour moi. Ça m'arrive, des fois.

– D'accord, elle fait avant de tourner de nouveau la tête vers l'obscurité du dehors.

Mon téléphone sonne. C'est Tommy, pour la sixième fois de la journée. Je laisse tomber sur la messagerie. Quelques secondes plus tard, la notification d'un message arrive sur mon écran. Et juste après, il me rappelle.

– Ça vous dérange si on interrompt un instant les stars de la pop suédoise pour que je puisse prendre mon appel ? je demande.

– Allez-y, elle me répond avec un petit rire.

Je me tourne une demi-seconde sur mon siège pour voir à quoi elle ressemble quand elle rit. Elle est vraiment, vraiment pas mal.

Je mets mes écouteurs et je décroche.

– Tommy, quoi de neuf ?

– Ça fait des plombes que j'essaie de te joindre, mon gars, il me dit.

– Ouais, j'ai pas beaucoup eu mon téléphone avec moi aujourd'hui.

Je ne sais pas pourquoi je prends la peine de mentir. Plus facile que de lui balancer que je n'ai pas envie de lui parler, sans doute.

Pendant quelques secondes, il ne répond rien.

– Désolé de t'avoir dit ce que je t'ai dit hier soir, mon gars. Ça n'avait pas de sens, en fait.

Je me tais, parce que bien sûr que si, ça avait un sens. Les mots ont un sens.

– Ça te dirait qu'on se capte plus tard ?

– Je ne peux pas, mon gars. Je bosse.

J'entends qu'il a envie d'ajouter quelque chose.

– Écoute, je ne peux pas parler pour le moment. Je dois aller chercher un client.

Je raccroche et retire mes écouteurs que je jette sur le siège passager.

Jusqu'à l'année dernière, on était comme des frères, Tommy et moi. On s'est connus en fin de primaire, parce que nos parents étaient devenus amis. Les siens sont originaires de Jamaïque, comme les miens. On est devenus inséparables. Comme nos parents avaient les mêmes projets pour nous deux, nos vies suivaient le même chemin. Ils nous voyaient bons élèves au lycée, décrocher au moins une bourse et intégrer une des universités publiques qu'ils n'avaient pas les moyens de payer. Mais l'an dernier, Tommy est parti à Binghampton, la meilleure université publique de l'État de New York, sans moi. Moi, je suis resté ici, à faire le chauffeur. Depuis, entre nous, c'est plus pareil.

Je klaxonne un petit coup pour faire avancer le taxi devant moi. Il s'est peut-être endormi. Je me retourne vaguement vers la fille.

– Désolé pour le coup de fil. Vous pouvez remettre votre musique.

– C'est bon, elle me répond. Remettez plutôt votre podcast.

– C'est vrai ? Pourquoi ?

Elle hausse les épaules.

– Désolée de l'avoir arrêté tout à l'heure. Je passe une sale journée.

Elle détourne la tête avant de me regarder de nouveau.

– Bref. Et votre journée a pas l'air meilleure que la mienne.

C'est gentil de remarquer ça. Elle est peut-être plus sympa que la princesse de base, en fait.

– Vous allez où ? je lui demande.

– À une fête. J'y retrouve mon petit ami.

Elle insiste sur le mot petit ami, comme font les filles quand elles veulent éviter tout malentendu.

Je ris intérieurement. Une de mes petites sœurs, Serena, fait la même chose. Pour tous les garçons de son lycée, elle a une relation sérieuse avec un petit ami au Ghana.

– Vous êtes jamaïcaine ? je lui demande. J'ai remarqué une pointe d'accent.

– Ça s'entend ? elle me demande surprise.

– Mes parents sont de Mobay. Je reconnaîtrais cet accent entre mille. Vous êtes arrivée ici il y a combien de temps ?

– Deux ans. J'ai seize ans.

Quelque chose dans sa voix me pousse à demander :

– Ça vous manque ?

Elle regarde par la fenêtre.

– Ouais. Presque toute ma famille est là-bas. Mes amis, aussi.

J'entends la nostalgie dans sa voix. Je me demande si elle se sent toujours proche de ses amis. Deux ans, c'est long.

Il faut moins de temps que ça à certains chemins pour se séparer. Je sais de quoi je parle.

GRACE

Ça fait quelques minutes que Lana ne m'a pas envoyé de message. Tristán et elle sont sans doute en train de se manger la bouche, vu qu'elle lui a enfin avoué ses sentiments. Lui aussi était amoureux d'elle depuis tout ce temps, en fait.

Il faut que je me change les idées. Pour ne pas tourner en boucle sur ce qui est peut-être, ou peut-être pas, en train de se passer entre Derrick et Trish. Pour éviter de me prendre la tête à comprendre ce qu'elle a de plus que moi.

Je pose mon téléphone, écran vers le bas, et je regarde de nouveau mon chauffeur.

– Comment ça se fait que vous écoutez ce podcast ?

Il hausse les épaules.

– Je le trouve intéressant, c'est tout.

On dirait qu'il a moins envie de parler qu'avant son coup de fil.

– Au sujet de ce que vous racontiez tout à l'heure, je suis pas d'accord.

Ça le réveille. Il se retourne en souriant.

– Et je racontais quoi ? il me demande.

– Qu'est-ce que ça peut faire si je suis plus composée des mêmes cellules ? Je suis quand même toujours la même personne. Mon corps a peut-être changé, mais pas mes souvenirs. Je me souviens de qui j'étais hier et je saurai encore qui je suis demain.

Son sourire s'élargit. Je sens qu'il aime discuter de trucs ésotériques. Moi aussi, j'avoue. Derrick, par contre, jamais il participerait à une conversation de ce genre.

– D'accord, alors admettons que je sois nul comme chauffeur, qu'on ait un accident et que vous perdiez la mémoire, dans ce cas vous ne serez plus la même personne, si ?

– Si, mais amnésique.

– Vous êtes sûre ? Parce que tout d'un coup, vous n'avez plus rien en commun avec celle que vous étiez avant l'accident. Vous n'avez plus le même corps. Vous n'avez plus les mêmes cellules. Vous n'avez même plus les mêmes souvenirs. Plus rien.

Je me penche entre nos deux sièges.

– Donc la question c'est : qu'est-ce qui fait qu'on est nous ?

– Exactement, il dit en frappant son volant du plat de la main. C'est tout à fait ça.

– Et vous avez une réponse?

Il secoue la tête en riant.

– Non.

– Et ça ne vous rend pas dingue?

– Non, il me dit. J'aime ce genre de questions.

Pile au moment où il se retourne pour me sourire, les phares d'une autre voiture éclairent son visage. Je sens mes yeux qui s'écarquillent comme dans un dessin animé au moment où mon cerveau se rend compte du BG qu'il est. Le cuivre de sa peau, ses grands yeux sombres, ses pommettes de ouf… une vraie pub.

Je détourne les yeux. Puis je le regarde encore, mais il a tourné la tête vers la route. Je scrute sa nuque et son profil. En vrai, on ne peut pas apprécier la beauté de quelqu'un juste en regardant sa nuque et son profil.

– Vous avez quel âge? je demande.

– Dix-neuf, depuis quelques jours.

– Joyeux anniversaire en retard, alors.

Il me sourit dans le rétro.

– Merci.

On arrive à un carrefour. Il met son clignotant.

– T'écoutes ça pour la fac ou un truc comme ça? je lui demande.

Au début, il ne répond rien, il frotte son pouce sur le volant. Le clignotant fait encore plus de bruit dans le silence.

– Je ne suis pas à la fac, il finit par répondre.

Il prend une grande inspiration.

– Mon père est mort il y a deux ans.

Il parle tellement doucement tout d'un coup que je ne l'entends presque plus.

– Je suis désolée.

– Merci. Ça me touche. C'est fou le nombre de gens qui savent plus quoi dire quand on leur balance un truc comme ça. Bref, j'étais censé aller à Binghamton, c'était le projet depuis toujours. Mais après la mort de mon père, je ne pouvais pas laisser ma mère toute seule à s'occuper de mes sœurs. Et puis, sans lui, financièrement, c'était plus vraiment ça. Ma mère est du genre à prendre deux, trois, quatre boulots de plus pour qu'on s'en sorte, mais je ne peux pas la laisser se tuer à la tâche. C'était mieux que je reste pour bosser. Tant pis pour la fac.

Là, je ne sais pas quoi dire, alors je lui répète que je suis désolée.

– Tu sais ce coup de fil que j'ai eu tout à l'heure ? Ça te dérange pas si je te tutoie aussi ?

– Non, vas-y. Tu veux dire celui que tu voulais pas prendre, mais que t'as pris quand même et après il te tardait trop qu'il se termine ?

– Voilà, celui-là, il confirme en riant.

Il se met à me parler de son pote, Tommy. Ils ont grandi ensemble, ils étaient censés avoir le même parcours, mais à cause de ce qui est arrivé à son père, lui est resté et Tommy est parti seul à la fac.

– On est sortis, tous les deux, hier soir et on s'est pris la tête. Il voulait aller dans un club branchouille à Manhattan, avec une entrée super chère.

Il regarde par la vitre de sa portière en soupirant.

– Moi, je voulais traîner avec lui, faire une partie de jeux vidéo à l'ancienne. Quand je lui ai dit que je préférais un truc pas trop cher, il m'a traité de vieux. Il voulait savoir quand j'étais devenu si radin. Il m'a dit que j'avais changé.

– Tu m'étonnes que tu ne voulais pas prendre l'appel.

– Ouais, hein ? il acquiesce. Désolé, c'est pas cool de te raconter tous mes problèmes.

– Pas de souci, je lui dis en riant avec lui. Les gens se confient à moi tout le temps. Faut croire que j'ai la tête de l'emploi.

– Ça et tu sais écouter, aussi. Bon, maintenant que tu sais tout sur moi, je crois qu'il est temps que je me présente officiellement. Je m'appelle Seymour.

– Et moi Grace. Les gens ne font pas des jeux de mots avec ton nom tout le temps ?

– Comme quoi ? « C'est mort Seymour » ? Ou « Seymour, c'est l'amour » ?

Je souris.

– Ouais, par exemple.

Des phares illuminent brièvement son regard.

– Jamais, il me dit en me rendant mon sourire. Enchanté, Grace.

SEYMOUR

Depuis qu'on a échangé nos prénoms, elle reste silencieuse. Je crois que je l'ai déprimée en lui parlant de mon père et de Tommy. Si elle ne m'a toujours pas mis une étoile, elle va le faire maintenant.

« Chauffeur totalement déprimant », elle va écrire en commentaire.

Alors que je suis en train d'essayer de trouver une blague ou un truc pour détendre l'atmosphère, la jauge de l'essence se met à biper. Je regarde l'aiguille. Je suis sur la fin de la réserve.

Merde.

Est-ce que c'était le premier, le bip-pour-prévenir ? Ou le troisième ? Le tu-ferais-bien-de-t'arrêter-tout-de-suite ? Je tape sur le cadran du bout du doigt comme si ça allait soudainement faire basculer l'aiguille vers « réservoir plein ».

– Tu me fais pas le coup de la panne, là ? s'inquiète Grace derrière moi.

– Non, pas encore. On a assez pour arriver à ta fête.

Je viens à peine de prononcer ces mots que la voiture commence à ralentir.

Je sens la brûlure de son regard contre ma nuque.

Il faut que j'arrive à me faufiler dans la voie de droite pour pouvoir me garer. Pire que tomber en panne d'essence : tomber en panne d'essence au milieu de la chaussée. Je mets le clignotant mais la voiture derrière moi accélère et m'empêche de passer. Les gens pensent sérieusement que le bout de route sur lequel ils sont posés leur appartient.

Je finis par y arriver et tourne dans une rue secondaire bordée de maisons. On n'est pas loin du quartier de Boerum Hill. Je ne sais pas grand-chose de ce coin de Brooklyn, sauf que c'est chic. Produits bio par-ci. Artisanat par-là. Les trottoirs sont bordés d'arbres. Les maisons sont énormes et ont l'air hors de prix. Dans quelques-unes seulement on aperçoit des bougies qui tremblotent aux fenêtres. Il n'y a presque pas un chat sur les trottoirs. Il fait vraiment noir ici. Et ça a l'air désert.

Je m'arrête pile au moment où le voyant passe au rouge. La voiture toussote et le moteur se tait. Je retire la clé de contact et jette un œil sur Grace dans le rétroviseur pour constater l'étendue de sa colère. Elle prend de grandes inspirations en se massant les tempes.

Je me retourne.

– Je suis un crétin, je lui dis.

Elle me regarde en plissant les yeux et sort sans un mot.

Je sors à mon tour et la rattrape sur le trottoir. Elle est déjà sur Ryde, en train de chercher une autre voiture.

– Je suis le pire chauffeur Ryde de la Terre. Je mérite à peine une étoile, sérieux. Mets-moi même zéro étoile.

Elle décolle les yeux de son écran.

– On peut faire ça ? elle demande.

– Je rigolais.

– Oh, t'es un rigolo.

– Ouch, désolé.

Elle secoue la tête et se replonge dans l'appli. Je doute qu'elle trouve une autre voiture à cette heure en pleine panne générale.

– Écoute, ta fête n'est qu'à trente-cinq minutes à pied. Laisse-moi t'accompagner jusque là-bas.

De nouveau, elle secoue la tête.

– Je peux y aller seule.

– Il fait nuit noire.

– Mes pieds marchent quand même.

– C'est de ta sécurité que je parle.

Je sais que je lui fais un sermon de grand frère, mais tant pis.

– Tu connais ce quartier ? je lui demande.

– Non, elle avoue en regardant autour d'elle. (Elle croise les bras et tape du pied par terre.) Mais toi non plus, je te connais pas, alors…

– Pas faux. Laisse-moi arranger ça. Tu sais déjà un truc sur mon père. Il s'appelait Walter. Il était prof d'anglais. Il adorait la philo et la poésie. Ma mère s'appelle Carol et elle est prof d'histoire. Ils se sont connus parce qu'ils étaient profs dans le même lycée en Jamaïque, avant de venir s'installer ici. J'ai deux petites sœurs. Serena, quinze ans, et Melanie, douze ans.

Je m'interromps un instant, le temps de reprendre mon souffle, puis j'ajoute :

– Maintenant, tu me connais un peu et je te supplie de m'interdire de t'abandonner seule ici alors que c'est moi qui t'ai mise dans cette situation. Ma mère me tuerait. Mes sœurs aussi. S'il te plaît laisse-moi t'escorter jusque là-bas pour m'éviter de périr entre les mains des femmes de ma famille.

Elle se met à rire.

– D'accord. Mais simplement parce que je ne veux pas avoir ta mort sur ma conscience.

Je suis soulagé. Pas seulement parce qu'elle me laisse l'accompagner et prendre part à sa sécurité. Surtout parce que, du coup, je peux lui parler un peu plus longtemps.

Elle prend une photo de ma plaque d'immatriculation, puis une photo de moi, puis une autre de moi devant ma plaque d'immatriculation.

– J'envoie ça à ma pote Lana, elle me dit. Comme ça, si on me retrouve morte, ils connaîtront le coupable.

Je rigole pendant qu'elle décide de notre chemin. On avance quelques minutes sans rien dire, comme si on prenait tous les deux nos marques dans ce nouvel espace qu'on partage. J'entends des feux d'artifice au loin, comme tous les jours depuis le début de l'été. Le son résonne contre les immeubles, mais je ne vois rien.

On traverse Atlantic Avenue pour rejoindre une autre rue résidentielle. Il y a de la vie dans celle-ci, des voisins discutent debout sur les trottoirs ou assis sur le perron des immeubles. Elle est bordée d'étroits bâtiments de deux étages qui ressemblent beaucoup à celui dans lequel je vis. Il y a des bougies partout, sur le bord des fenêtres et le long des marches des perrons. Il y a des tas d'enfants qui se courent après avec des lampes de poche en jouant aux fantômes. Des gens ont même sorti de vieux ghettoblasters sur le trottoir. J'entends de tout : rap, pop, calypso, dancehall. On dirait une fête. Comme si la coupure générale avait offert une excuse pour se détendre et profiter de la compagnie des autres.

Dans le ciel, la lune est presque pleine. Ce qui me donne l'occasion de jeter vers Grace de petits regards discrets. Qu'est-ce qu'elle est belle. Par moments, le clair de lune se prend dans les perles de ses dreadlocks et on dirait qu'elle scintille.

– Tu crois aux signes ? elle me demande.

– Dieu ou l'univers qui nous envoie des signes, tu veux dire ?

– Ouais. Peut-être que cette coupure d'électricité et ta panne d'essence, c'est un signe.

– Un signe de quoi ?

– Un signe que je suis conne de vouloir aller à cette fête.

– Pourquoi ? Tu ne veux plus y aller ? Tu ne m'as pas dit que tu devais y retrouver ton petit ami ?

– En fait, c'est mon ex. J'ai dit « petit ami » pour éviter que tu me dragues.

Elle me jette un regard en coin.

– Tu n'as pas idée du nombre de mecs qui croient que juste parce qu'une fille leur adresse la parole, ça veut dire qu'elle les kiffe.

Je ris tellement que je suis obligé de m'arrêter.

– Je n'avais pas l'intention de te draguer.

En vrai, elle a raison, j'aurais complètement tenté ma chance si elle ne m'avait pas dit qu'elle avait un petit ami.

Vu sa façon de me regarder, elle sait que je mens.

– Bon. Raconte-moi l'histoire avec cet *ex*.

J'insiste bien sur *ex*.

Elle secoue la tête.

– Pas question. Je ne vais pas raconter ma vie amoureuse à un inconnu.

– Allez, quoi ! C'est toi qui as dit que cette soirée, c'était un signe. Peut-être que c'est le signe que tu devrais confier tes problèmes à un inconnu pour qu'il puisse les résoudre. De toute façon, dans une demi-heure, quand on sera arrivés à destination, on se dira au revoir et on ne se reverra plus.

Prononcer ces mots me fait une drôle de sensation dans le ventre. Je n'aime pas l'idée de ne plus la revoir.

Elle me jette de nouveau un regard en coin. Cette fois, on dirait qu'elle est en train de prendre une décision.

– Tu veux savoir quoi ? elle me demande.

– Tout.

Alors elle me raconte qu'ils ont commencé à sortir ensemble juste après son installation aux États-Unis et que ça a duré presque deux ans. Il est venu vers elle tout de suite, il l'a briefée sur le lycée et l'a présentée à tous ses potes. Il l'a même présentée à une de ses meilleures amies, Lana.

– Il t'a donné quoi comme raison pour te quitter?

Elle me jette encore un autre regard sceptique du genre : mais-pourquoi-je-raconte-ma-vie-à-un-inconnu.

Je lui réponds par mon plus beau regard : tes-secrets-seront-bien-gardés.

– Il m'a dit que tout allait bien entre nous, mais qu'il était temps de passer à autre chose.

– Ça veut dire quoi ça, sérieux?

Il a l'air grave, le mec. Et je ne pense pas ça seulement parce que je la trouve intelligente, drôle et belle.

Elle lève les paumes vers le ciel.

– C'est exactement ce que je lui ai dit.

– Et il a répondu quoi ?

– Il a répondu que bientôt, on serait à la fac et que loin des yeux loin du cœur.

Elle s'arrête et regarde en l'air.

– Évidemment, ce n'est pas pour ça qu'il a rompu. Quand j'ai insisté, il m'a avoué qu'il n'était plus amoureux de moi.

Elle secoue la tête, comme si elle ne comprenait toujours pas.

– Il m'a dit que j'avais changé. Comme si c'était négatif.

– Je ne sais pas comment t'étais avant, mais ce que je vois là me semble plutôt pas mal, je lui fais, avant de le regretter aussitôt. (Elle rentre la tête dans les épaules et lâche un petit rire gêné.) Tu sais ce qui est drôle ? Tommy m'a dit exactement la même chose hier soir. Que j'avais changé. Mais ce n'est pas vrai. C'est lui qui a changé.

– C'est peut-être pour ça que tu lui en veux autant.

– Comment ça ?

– Peut-être que tu lui en veux de mener la vie que tu étais censé avoir. Tu étais censé aller à la fac et en revenir changé. Tu étais censé revenir avec des goûts de luxe, des nouvelles idées, convaincu de tout savoir parce que tu avais pris quelques cours.

Je m'arrête pour la regarder. Un Blanc en skateboard passe à côté de nous.

Est-ce qu'elle a vu juste ? Est-ce que c'est pour ça que je suis si en colère ?

– Tu es en train de me dire que je suis jaloux ?

– Je suis en train de te dire que tu devrais tourner la page et te fabriquer de nouveaux rêves.

GRACE

Un quart d'heure après que je lui ai envoyé les photos de Seymour et de la plaque d'immatriculation, Lana répond enfin.

LANA

T'es sérieuse, là, ce mec, c'est ton CHAUFFEUR RYDE ?

LANA

Il est trop beau

LANA

Pas autant que Tristán

LANA

Mais grave beau quand même

LANA

Dépêche-toi d'arriver que je le voie de plus près

LANA

Pour de vrai, tu peux pas marcher plus vite, là ?

Je rigole en regardant mon écran. En fait, je marche déjà deux fois plus vite pour ne pas me laisser distancer par Seymour et ses longues jambes.

Quelle drôle de soirée. Je ne m'attendais pas à traverser Brooklyn dans le noir en racontant mes peines de cœur à mon chauffeur. Il n'a pas dit grand-chose depuis que je lui ai conseillé de se fabriquer de nouveaux rêves. Je me demande si je l'ai énervé.

Mon téléphone m'indique qu'on n'est plus qu'à quelques minutes de la fête. Une autre série de feux d'artifice commence. Deux petites filles noires avec la même robe rouge sans manches et les mêmes pompons s'arrêtent pour regarder le ciel. Comme elles ne voient rien, elles posent les yeux sur nous et commencent à faire de gros bruits de bisous, mortes de rire.

Seymour et moi, on se regarde et on se met à rire aussi.

– J'ai une idée, il me dit. Tu devrais répéter ton petit speech sur moi.

– Quel speech ? je demande.

– Celui que tu vas faire à Derrick quand tu le verras

– Je n'en ai pas.

Il s'arrête.

– Allez. Fais comme si j'étais lui.

Il plie les genoux et rentre les joues.

– Il est plus petit que moi ? Plus maigre ? Moins beau ?

Je secoue la tête, mais j'entre dans son jeu.

– Salut Derrick.

– Salut Grace, c'est cool de te voir, Seymour répond, mais pas avec sa voix naturelle, avec la voix grave du mec con dont toutes les filles se servent pour se moquer de leur petit ami.

Ça me fait rire.

– Je suis censée faire comment, moi, si tu n'es pas sérieux ?

– D'accord, d'accord, il me dit. Vas-y.

– Tu passes un bon été ?

– Ouais ça va. Mais pas aussi bon que quand j'étais avec toi.

– Derrick ne dirait jamais ça. Il ne parle pas beaucoup.

C'est d'ailleurs une des choses que je kiffais le moins chez lui. Il ne disait jamais ce qu'il ressentait.

On arrive à un carrefour. Il y a tellement de bouchons qu'on se faufile entre les voitures.

– Et toi, sinon ? Tu as une copine ?

– Non, je suis célibataire.

– Et tu aimerais bien avoir une copine ? Ou tu es plutôt « coups d'un soir » ?

– J'attends la bonne, en fait.

J'aime sa sincérité.

– C'est quoi, ton genre ? je lui demande, pour savoir un peu à quoi « la bonne » ressemblerait.

– Je n'ai pas vraiment de genre.

– Tout le monde en a un.

– Tu veux vraiment savoir ? il me demande, en ralentissant le pas.

– Oui, je lui réponds.

Je le veux même plus que ce que j'imaginais.

Il fourre les mains dans ses poches et garde le silence pendant un long moment, comme s'il soupesait sa pensée.

– OK, mais interdiction de te moquer.

À présent, je meurs d'envie de savoir.

– Promis, je réponds.

– J'aime les filles curieuses.

– Curieuses… sur quels plans ?

– Toi, tu as vraiment les idées mal placées, hein ! il s'exclame en riant. Curieuse du monde ! Tu vois le podcast que j'écoutais dans la voiture ? J'adore ce genre de trucs. J'adore réfléchir à ces grandes questions sur le sens de la vie. Mon père était pareil. On s'asseyait sous la véranda dans les rocking-chairs que ma mère avait achetés, lui avec sa bière Red Stripe et moi avec mon soda à l'ananas, et on parlait de tout un tas de choses, juste lui et moi.

Il lève les yeux vers le ciel. La lune donne à sa peau foncée un côté argenté. Il me fait un petit sourire.

– La plupart des gens trouvent ça débile, de penser à la philosophie, en mode : quel intérêt d'en parler si on peut l'appliquer à rien de pratique ? Mais lui, il ne voyait pas les choses comme ça.

– Il avait l'air génial, je fais en levant à mon tour la tête vers le ciel.

– Grave génial, il acquiesce avec un petit soupir. Bref, j'aime les filles qui aiment bien faire les geeks avec moi. Comment quand on discutait dans la voiture, je voyais bien que ça commençait à t'intéresser cette histoire de bateau de Thésée. Et tu es intelligente. Tu as dit des trucs intéressants sur la mémoire qui fait partie de notre identité. Et ça me plaît aussi, la remarque que tu as faite sur la vraie raison de ma colère contre Tommy, et sur le fait qu'il fallait que je me trouve de nouveaux rêves. Et puis tu m'as fait rire, aussi.

Il s'interrompt et plaque la main sur sa bouche. Il vient de se rendre compte qu'il m'a en gros avoué que j'étais exactement son genre.

– Merde, il lâche en regardant ses pieds. J'essayais pas de te draguer, je te promets. Je sais que t'as ce truc avec Derrick. Et même si ce n'était pas le cas, sans doute que je devrais pas…

– Pas de souci. Pas besoin de t'excuser. À vrai dire, c'est super gentil.

Il lève la tête d'un coup.

– Tu trouves ? il me demande.

– Ouais.

On se sourit et puis la gêne s'installe. Je ressors mon téléphone pour regarder le plan, et surtout pour nous accorder une minute de répit. Cela dit, je fais bien parce qu'on aurait dû prendre à droite au dernier carrefour.

Au moment où je m'apprête à le lui annoncer, il me désigne la station-service de l'autre côté de la rue.

– Ça te dérange si on s'arrête là ? il me demande. Leurs pompes sont encore éclairées. Peut-être qu'ils ont un générateur, je pourrais acheter un bidon pour la voiture.

On traverse et j'attends devant pendant qu'il va se renseigner.

À quelques mètres, une borne à incendie crache de l'eau vers le ciel. Trois gamins noirs de neuf ou dix ans sautillent gaiement sous le jet. Ils sont trempés.

Quelqu'un, peut-être la grande sœur d'un des trois, regarde leurs pitreries en se marrant. De la musique sort de son téléphone.

Je regarde encore un peu les enfants. Leurs petites jambes maigres s'agitent dans tous les sens. Ils rigolent sans se poser de question, comme seuls les enfants savent le faire, comme si le monde était conçu pour eux, comme s'il n'y avait jamais eu d'aussi beau moment.

Avec la coupure de courant, la ville a l'air d'avoir été mise sur pause, comme si quelqu'un avait appuyé sur un bouton. Je ressens ça, moi aussi, depuis que Derrick m'a larguée. C'est comme si j'attendais que ma vie reprenne.

Quelques minutes plus tard, Seymour ressort du magasin avec un bidon rouge et cinq cônes glacés.

– La dame me les a donnés. Les congélateurs ne marchent plus, et ils sont en train de fondre.

Il pose les yeux sur la fille qui est peut-être la grande sœur.

– Je peux donner ça aux gamins ? il demande.

– Oh, merci, c'est trop gentil ! elle lui dit.

Les petits s'emparent de leurs glaces en criant de joie, encore plus heureux qu'avant. L'un d'eux, le plus petit avec des oreilles gigantesques, regarde Seymour des pieds à la tête avant de poser les yeux sur moi.

– C'est ton amoureux ? il me demande.

– Owen, c'est pas tes affaires ! dit sa peut-être grande sœur, gênée.

– C'est bon, je la rassure en riant. Non, Owen, je réponds calmement. Ce n'est pas mon amoureux.

Je songe à expliquer la course Ryde et tout ça, mais je me ravise. On est bien plus qu'un chauffeur et sa passagère maintenant.

– On est amis.

Je sens le regard de Seymour posé sur moi.

– D'accord, dit Owen avant de repartir en sautillant vers la borne à incendie, la langue sur sa glace.

– Amis ? interroge Seymour. Donc tu me pardonnes d'être tombé en panne ?

– T'emballe pas non plus, je le taquine.

Il rigole.

– Raconte-moi un autre truc sur toi, alors, pour que cette amitié avance.

Je lui raconte que je suis fille unique, que je vis avec mes parents. Que mon père est sous-chef dans un restaurant français branché de Tribeca. Que ma mère est comptable. Que leur rêve, c'est de pouvoir ouvrir un restaurant jamaïcain haut de gamme.

– Qu'est-ce qui te manque le plus de la Jamaïque ?

Quand on me pose cette question, d'habitude, je réponds un truc superficiel – quelque chose à quoi les gens s'attendent – comme ma famille, la plage ou la cuisine. Et c'est vrai que tout ça me manque, mais ce n'est pas ce qui me manque le plus.

– Ce qui me manque, c'est d'avoir le sentiment que je suis chez moi.

Il acquiesce lentement.

– Je vois ce que tu veux dire.

Et je sens qu'il ne ment pas.

Cette fois, quand j'entends d'autres pétards qui explosent, j'aperçois du rouge derrière un immeuble.

Un couple de Blancs plus âgés avance vers nous main dans la main.

– Belle nuit, non ? dit l'homme.

Seymour fait signe que oui.

– Elle est en train de très bien tourner, il leur glisse au moment où ils passent.

SEYMOUR

On est à moins d'une rue de sa fête maintenant. La musique est de plus en plus forte. Je sens d'ici l'odeur du poulet et du porc grillé à la jamaïcaine. On avance jusqu'à l'entrée de la fête. Il y a grave du monde, et partout ça danse et ça rit. On dirait une gigantesque boîte de nuit en plein air avec lumières tamisées au max. Tout le pâté de maisons baigne dans la lueur orange des bougies et des lanternes que les gens ont sorties. Je vois des gamins qui se poursuivent avec des lampes torches, comme dans l'autre rue. Ici aussi, il y a une borne à incendie ouverte où d'autres enfants s'amusent. Des seaux de glace pleins de bière et de sodas sont alignés le long du trottoir.

Toute cette joie me colle le sourire. Pas question pour les gens de laisser la coupure de courant les empêcher de s'amuser. Je repense à la remarque de Grace au sujet des nouveaux rêves.

– Bon, on y est, dit-elle en se tournant vers moi.

– Merci de m'avoir laissé t'accompagner jusqu'ici.

Elle se met à rire et balaie les alentours du regard.

– C'est fou que le courant ne soit toujours pas revenu.

Je ne sais pas quoi répondre, mais j'ai envie d'ajouter quelque chose, pour qu'on ait une raison de s'attarder et de parler encore un peu.

– Moi, je suis bien content.

J'ai pas du tout envie que ça soit la fin. J'ai envie de passer la soirée à cette fête avec elle.

Son téléphone sonne.

Je sais que l'heure est venue de la laisser retourner à sa vie.

– Il est temps que je parte, non ? je dis en agitant le bidon d'essence. Je dois remplir mon réservoir et retourner bosser.

– Merci encore, elle me dit.

Je recule d'un pas, mais je n'arrive pas à partir. Pas sans tenter ma chance.

– Je peux te poser une question ? Tu sais, quand j'ai plus ou moins avoué que t'étais mon genre…

Elle cache son visage dans sa main. Peut-être bien qu'elle rougit.

– Ouais, elle me dit.

– Sans cette histoire avec Derrick, tu crois que ça te plairait de passer du temps avec moi à débattre de podcasts ésotérico-philosophiques sur la nature de l'identité ?

Elle me dévisage pendant quelques secondes. La lueur des bougies derrière elle dessine les contours de son visage et je pourrais rester là longtemps à la contempler. Elle commence à articuler quelque chose. Mais avant qu'elle ait le temps de prononcer un mot, une fille déboule vers nous. Elle est blindée de bijoux qui tintent.

– Salut, fait la fille en me matant des pieds à la tête. C'est toi le chauffeur Ryde qui sait pas qu'une voiture a besoin d'essence pour rouler ?

– Ouais, c'est moi, je dis en riant. Ben dis donc, elle a une grande gueule la meilleure pote.

– T'imagines même pas, elle me répond avec un sourire narquois. Merci d'avoir escorté ma copine.

– Pas de souci, je lui dis.

J'ai toujours les yeux sur Grace et j'espère encore qu'elle va répondre à ma question, même si au fond de moi, je sais que le moment est passé.

Sa pote nous regarde tour à tour plusieurs fois.

– Grace, elle murmure à voix haute. Derrick est dans la queue pour le poulet grillé à la jamaïcaine.

C'est le signal pour que j'y aille.

– C'était cool de tomber en panne d'essence avec toi, Grace. Bonne chance pour la suite.

– Toi aussi, elle me répond.

GRACE

Ça me donne un peu la nausée de le regarder s'éloigner. Je me sens comme quand je m'aperçois trop tard que j'ai mal répondu à une question à un contrôle.

Il disparaît dans la foule.

Lana claque des doigts sous mon nez.

– Oh, c'était quoi ça ? elle demande.

– Je crois qu'on vient hypothétiquement de me proposer de sortir avec moi.

– Et tu as hypothétiquement répondu quoi ?

– Je n'ai pas répondu, je lui dis avant de changer de sujet et avant qu'elle ait le temps de me cuisiner. Il est où Tristán ?

Elle me décoche un sourire d'un kilomètre de large.

– Quelque part par là, en train de me commander un soda.

Je la prends dans mes bras et la serre fort contre moi.

– Je suis grave contente pour vous deux.

Un Blanc absorbé dans une drôle de danse interprétative nous rentre dedans par accident. Lana lève les yeux au ciel et nous entraîne vers le trottoir, moins encombré.

– T'es trop belle, elle me dit. (Elle ajuste mon collier et dégage mes tresses de mes épaules.) Prête ?

Je lui prends la main et serre ses doigts entre les miens.

– Je dois faire quoi, déjà ?

– J'hallucine ! Tu dois montrer à Derrick ce qu'il perd en t'ayant larguée. C'est pas ça que tu veux ?

J'acquiesce, parce qu'elle a raison. C'est ce que je veux depuis six semaines. Sauf que tout d'un coup, je n'en suis plus si sûre. Je ne sais pas ce que je fais là, ni ce que j'attends de la soirée.

– Le camion du poulet est sur la droite, elle me dit en désignant un endroit plus loin dans la rue.

J'aperçois Derrick à côté d'un bus à impériale rouge. Bizarre. Elle me souhaite bonne chance et je pars le rejoindre.

Je me fraie un chemin dans la foule à grand renfort de « pardon » et de « désolée », tout en me demandant ce que je vais lui dire. Un truc nostalgique ? Quelque chose pour lui rappeler ce qui nous avait réunis quand on a commencé à sortir ensemble ?

Mais rien ne me vient. À la place, je repense à Seymour quand il s'est proposé pour me donner la réplique en faisant sa voix de mec con. Je secoue la tête en riant. Il était drôle.

J'arrive enfin à hauteur du foodtruck. Je n'ai pas faim, mais l'odeur des épices me donne envie d'en commander une assiette ou deux.

Je balaie la file d'attente du regard et j'aperçois Derrick dans les premiers. Mon cœur s'emballe brièvement, puis se calme.

Derrick a changé depuis la dernière fois. Il a bronzé et il a laissé pousser son dégradé. Il a un petit bouc ridicule sur le menton. Mais à part ça, il reste beau.

Je m'avance vers lui, mais vu qu'il a les yeux sur son téléphone, il met un peu de temps à me calculer.

– Salut, Derrick.

Il lève la tête comme il fait toujours, avec une mollesse qui donne l'impression qu'il bouge au ralenti.

– Gracie ! Waouh, stylée ! il s'exclame en me regardant des pieds à la tête.

– Merci, je lui dis. Toi aussi.

On reste plantés là pendant quelques secondes et c'est lui qui se reprend le premier. Il me sourit et me serre contre lui.

– Ça fait plaisir de te voir. Qu'est-ce que tu fais là ? T'as jamais aimé ce genre de fête.

Et c'est là que, tout d'un coup, je comprends – je comprends ce qui cloche entre Derrick et moi. Il veut que je sois comme j'ai toujours été. Il veut que je reste la même fille, tout juste débarquée de Jamaïque, qui ne connaissait rien ni personne. La fille qui ne pouvait rien faire sans lui. Il avait raison quand il m'a larguée. Je suis différente, c'est vrai. J'ai changé.

Et ce n'est pas négatif.

Pile à ce moment-là, une fille – Trish – s'avance vers nous. Elle le bouffe du regard. Ça crève les yeux qu'elle le kiffe.

Pour finir, elle nous dévisage tour à tour plusieurs fois, avec un froncement de sourcils nerveux.

Je m'empresse de la rassurer en lui montrant qu'elle n'a rien à craindre de moi.

– Trish, c'est ça ? je lui demande en lui tendant la main. Ravie de te rencontrer. Derrick me parlait justement de toi.

Elle s'illumine.

– C'est vrai ?

– Oui.

Elle s'illumine encore un peu plus.

Je me tourne vers Derrick.

– Faut que je file, mais c'était cool de te croiser. À plus !

J'ai l'impression qu'il s'apprête à ajouter quelque chose, mais je suis déjà partie. Je plonge dans la foule et me laisse porter par elle.

Lana devait être pas loin à me surveiller, parce que tout d'un coup, elle est à côté de moi. Tristán l'accompagne, avec le même sourire d'un kilomètre de large.

– Tu t'es enfin trouvé la meuf qu'il te fallait, je lui dis.

Son sourire s'élargit encore.

– Alors ? fait Lana en rebondissant sur ses orteils. Ça s'est passé comment, avec Derrick ?

– C'était cool de le voir, je dis, pas encore très sûre de savoir ce que je ressens.

– Cool de le voir ? elle répète en imitant ma voix. Meuf, c'est pas toi qui viens de passer je sais pas combien de semaines à me dire à quel point il te manquait ?

– Je sais, mais je crois que j'avais tort.

– Et c'est aujourd'hui que tu t'en rends compte ?

– Oui.

– C'est le mec de Ryde, c'est ça ? J'ai vu comment il te regardait.

Moi aussi, je l'ai vu. Je lui plais. Cette version de moi, juste ici, lui plaît.

J'espère qu'il n'est pas trop tard. Si je cours, je pourrai peut-être le rattraper avant qu'il remonte dans sa voiture et s'en aille.

J'expose mon plan à Lana.

– Tu viens avec moi ? je lui demande.

Elle se tourne vers Tristán.

– Ça ne te gêne pas ?

Il propose de venir aussi, mais elle lui dit de rester pour aider Twig à chauffer la foule. Ils se disent au revoir d'un baiser et elle me prend la main.

– Allez, elle lance.

On s'engage dans la foule dense. On dirait qu'il y a deux ou trois fois plus de monde qu'il y a quelques minutes, comme si tout New York avait décidé qu'il n'y avait pas de meilleur endroit où passer la soirée – pas de meilleur endroit qu'une fête à Brooklyn seulement éclairée par la lune et les bougies. Twig et un autre mec sont sur une estrade, penchés sur leurs platines. Twig ferme les yeux, en transe avec la musique, pendant que son pote tire la langue à Tammi, l'autre Jamaïcaine de ma classe. Elle essaie de ne pas rire. Pas loin, Nella, juchée sur une enceinte, sourit à une fille que je ne connais pas. Ça me fait plaisir de les voir se tenir la main.

Deux garçons à vélo passent entre nous deux. On met cinq minutes à rejoindre l'endroit où j'ai dit au revoir à Seymour, de l'autre côté de la foule. Même si je ne m'attendais pas à ce qu'il soit encore là, je suis déçue.

Lana tire plusieurs fois sur ma main.

– Viens, on le cherche !

– Tu as passé tout ce temps à essayer d'arriver jusqu'ici et tu t'en vas déjà ? dit une voix derrière moi.

On se retourne toutes les deux lentement. Il a un pâté fourré au bœuf dans une main et le bidon d'essence dans l'autre.

– Le mec de Ryde, Lana dit.

– La grande gueule, Seymour répond.

Il faudrait sûrement que je fasse des présentations dans les formes. Mais pas tout de suite.

Lana serre mes doigts.

– Je retourne voir Tristán.

Une fois qu'elle est partie, Seymour me demande :

– Pourquoi tu t'en vas ? Ça s'est mal passé avec Derrick ?

Je secoue la tête.

– Non, pas du tout.

– Alors pourquoi tu…

– Je te cherchais, je l'interromps.

– T'as oublié un truc dans ma voiture ?

Allez quoi, il ne va pas m'obliger à lui faire un dessin !

– Tu te souviens de cette question hypothétique que tu m'as posée tout à l'heure ?

Il écarquille les yeux et un grand sourire joyeux illumine son visage comme un soleil.

Il s'approche de moi, à une trentaine de centimètres.

– Et donc… tu as enfin une réponse ?

– Oui, je lui dis en m'approchant encore.

La lumière revient et, tout autour de nous, des cris de joie retentissent.

Remerciements

Dhonielle Clayton

Ce livre est né pendant la pandémie de Covid-19. Le monde a été mis en pause, et nous avons tous eu le sentiment de traverser une panne métaphorique, de tâtonner dans le noir, en essayant de comprendre ce qui se passait autour de nous. Mais du chaos est sortie cette lumière, joli petit concentré d'amour, notre roman. Je me sens reconnaissante envers ce fil de créativité, arrivé au moment où la mort et l'incertitude rôdaient autour de moi.

Tout d'abord, je voudrais remercier ma nièce, Riley Clayton, qui m'a inspiré l'idée. Si nous n'avions pas fait ce marathon de films et de séries, et si tu ne m'avais pas demandé pourquoi les jeunes filles noires n'ont jamais de grandes histoires d'amour, ce livre n'aurait pas vu le jour. Merci d'avoir lancé ce défi à ta tante. J'espère que je relèverai tous les suivants. Je t'aime, ma grande. Tu es dans mon cœur.

À mes femmes préférées : Tiffany D. Jackson, Angie Thomas, Nic Stone, Ashley Woodfolk et Nicola Yoon, grâce à vous, tous mes rêves se sont réalisés. Merci de m'avoir fait confiance, de m'avoir offert votre affection, votre temps, votre talent, et votre volonté de vous jeter dans le noir avec moi. Ensemble, nous avons créé une superbe lumière. Elle me guidera pendant encore très longtemps. Cette expérience aura été le temps fort de ma carrière. Je suis tellement heureuse d'offrir ce livre au monde avec vous.

À Molly Ker Hawn : Merci d'avoir réalisé mes rêves avec ton cœur de lionne. Tes qualités de meneuse, ta sagesse et ton esprit ont permis à ce livre de trouver sa place. Merci de t'être autant occupée de moi – de nous.

À Mary Pender : Tu es ma meilleure complice. Merci pour tout ce que tu fais. Tu es une magicienne !

À Rosemary Brosnan : Quelle formidable expérience d'édition. Tu m'as poussée toujours plus loin et permis de creuser mes idées. Ton œil et ta sagesse ont transformé mon écriture. Merci de ton aide.

À l'équipe Harper : Suzanne Murphy, Erin Fitzsimmons, Courtney Stevenson, Ebony LaDelle, Patty Rosati, Audrey Diestelkamp et tous les autres. Merci à tous pour ce que vous avez fait. Il faut une armée pour publier un livre, et je suis très heureuse d'avoir eu votre équipe avec nous.

À papa et maman : Merci pour votre éternel soutien, votre sagesse, vos bons petits plats, votre attention. Vous avez écouté chacune de mes plaintes, pansé toutes mes blessures et donné vie à chacun de mes rêves. Je ne serais pas moi si vous n'étiez pas vous. Je vous suis éternellement reconnaissante de l'amour que vous vous témoignez (et de celui que vous avez pour moi), car à mon tour je peux écrire l'amour dans mes histoires.

Aux super-bibliothécaires de la New York Public Library – Louise Lareau, Jenny Rosenoff et Sue Yee : Merci pour vos aperçus détaillés, qui ont aidé à la précision de cette histoire. Vous êtes les piliers de notre société. Je me sens fière d'être l'une des vôtres. Je sais que la section enfants a déménagé pendant que nous écrivions ce livre et je vous remercie de votre aide à la construction de cette ravissante petite histoire d'amour malgré cela. Merci pour vos corrections.

Aux lecteurs et lectrices : Merci pour votre soutien, j'espère que vous garderez vos cœurs grands ouverts pour recevoir tout l'amour que l'univers a en stock pour vous.

Tiffany D. Jackson

Je voudrais remercier la capitaine de notre bateau, Dhonielle, pour m'avoir ~~forcée~~ convaincue de le faire, même si je t'assurais que ce n'était pas ma tasse de thé. Tu as toujours trouvé le moyen de m'aider à me faire confiance. À l'équipe, je vous demande pardon pour ma

« brillante » idée de diviser mon histoire, ce qui a évidemment engendré plus de travail, mais tout s'est superbement assemblé. À Rosemary Brosnan, ça n'a pas dû être facile de te débattre avec nous toutes, mais tu t'es débrouillée sans effort, comme une reine. À Molly Ker Hawn et Mary Pender, merci pour tout ce que vous faites et continuez de faire. À ma famille, je vous aime. À ce foutu Covid, c'est grâce à toi qu'on s'est rassemblées, mais on se bat quand tu veux. Et pour finir, à toi, New York, tu seras toujours mon premier amour.

Angie Thomas

Merci, Seigneur, de m'avoir permis de traverser l'année 2020 sans encombre, et merci pour la lueur qu'a représenté le travail sur ce livre pendant cette année en dents de scie.

Dhonielle la reine, merci de m'avoir affectueusement entraînée dans ce projet avec pour défi d'écrire une histoire d'amour, moi qui suis si friande de drames. C'est un honneur de participer à quelque chose de si singulier. Mesdames, je suis ravie d'avoir créé ce beau roman avec vous. Grâce à nous, les jeunes Noirs sauront qu'eux aussi méritent de vivre les histoires d'amour les plus belles. Merci Molly Ker Hawn et Mary Pender, vous avez été notre phare dans ce voyage, merci d'avoir pris soin de ces textes. Rosemary, merci de nous avoir poussées à creuser en profondeur pour obtenir le meilleur. Merci à la fabuleuse équipe d'Harper, merci de nous avoir servi d'ancre. Et merci à ma mère, Julia, la meilleure joueuse de l'équipe, c'est toi. Lectrices et lecteurs, j'espère que vous trouverez l'amour que vous méritez. Votre propre histoire vous attend.

Nic Stone

Dhonielle Clayton, tout d'abord, merci d'avoir eu cette idée farfelue dans laquelle tu m'as embarquée. T'es la meilleure. Merci à Molly Ker Hawn et Mollie Glick, les Mollie agentes qui font pas le boulot à moitié. Rosemary Brosan : merci d'avoir cru en cet ovni et de lui avoir donné forme. Jay Coles, Terry J. Benton-Walker et Julian Winters : vos retours sur cette histoire absolument pas autobiographique, absolument pas #ownvoice (pour moi), m'ont été extrêmement précieux et je vous apprécie tous plus que les mots ne pourront le dire. Pete Forester : sans toi, la fille du Sud que je suis n'aurait jamais été crédible sur New York. Nigel Livingstone : tu as encore une fois offert le temps et l'espace dont j'avais besoin pour bosser. Même en pleine pandémie. Michael Bonner, merci d'avoir fait de ton ravissant salon le bureau qui m'a permis d'écrire au calme et sans enfant. Je vous aime tous !

Ashley Woodfolk

Écrire un livre comme celui-ci, c'est un rêve qui s'est réalisé. J'ai pu travailler avec certaines de mes amies les plus chères sur un roman comme je n'en avais jamais lu, mais c'est aussi un ouvrage que j'attendais avec impatience depuis des années. Ça n'aurait pas été possible sans Dhonielle pour nous entraîner avec elle, et je chérirai pour toujours les heures de réflexion et les chaînes de messages groupés où nous discutions du livre, mais aussi de tout le reste. Alors, merci à Dhonielle (et au reste de la troupe) pour avoir accepté cette aventure et m'avoir invitée. Merci beaucoup à mon agente, Beth, pour avoir répondu à des millions de questions et à mes messages paniqués, et à notre meneuse intrépide, Molly Ker Hawn, sans qui rien de tout cela n'aurait été possible. Merci à Rosemary Brosnan pour avoir décelé quelque chose de spécial dans chacune de nos histoires, et pour avoir travaillé à leur donner forme tout en appréciant et respectant leurs différences. Ce livre a eu l'effet d'une lumière en cette sombre année, que j'ai ressentie comme une panne générale sous beaucoup d'aspects, et je serai à jamais pleine de reconnaissance pour avoir pu prendre part à sa joie révolutionnaire.

Nicola Yoon

Dans l'histoire des années, 2020 fut de loin la plus longue. Mais il y a eu, malgré tout, des rayons de soleil, et écrire ce livre en compagnie de cinq des autrices les plus talentueuses et les plus courageuses en activité fut l'un d'eux. Un grand merci à Angie, Ashley, Dhonielle, Nic et Tiffany pour leur génie et leur imagination. Un merci tout particulier à notre courageuse meneuse de jeu, Dhonielle, qui nous enrôlées dans ce projet avec son incroyable idée. Sa passion et son dévouement sont sans limites. Merci à notre merveilleuse éditrice, Rosemary Brosnan, qui a mis en forme nos histoires, et à nos super agentes, Molly Ker Hawn et Mary Pender, qui ont mis en forme nos contrats. Un immense merci à mon increvable agente, Jodi Reamer, qui sait toujours tout ce qu'il y a à savoir. Et, bien sûr, merci aux amours de ma vie, David et Penny, d'être là. Mes plus beaux rayons de soleil, c'est vous.

Les traductrices, Nathalie Bru et Lucie Calmanovic-Plescoff

Les romans réunissant, autour d'une même histoire, autant de plumes différentes sont rares et, en termes de traduction, rendre les différences de voix et de style des autrices était un défi que nous avons adoré relever. Nous remercions les éditions Nathan et Cécile Verdier de nous avoir fait confiance. Et parce que le livre que vous avez entre les mains en français est aussi, comme toujours, le résultat d'un travail d'équipe, nous tenons à remercier Claire Géhin pour les échanges constructifs et la qualité de ses relectures. Merci également à Isabelle Macé pour son œil affuté. Et à Kanelle Valton pour les derniers ajustements.

Biographie des autrices

Dhonielle Clayton

Autrice bestseller aux États-Unis, sa série dystopique *Les Belles* est publiée en France, et sa série dans l'univers de la danse classique *Tiny Pretty Things* a été adaptée avec succès par Netflix. Elle est une des directrices de l'association « We Need Diverse Books », qui promeut la diversité dans la littérature jeunesse américaine.

Tiffany D. Jackson

Aussi à l'aise dans le drame que dans le thriller, elle a publié aux États-Unis plusieurs romans récompensés. Son livre young adult *Grown* est le premier à paraître en France.

Angie Thomas

Son premier roman coup de poing sur les injustices policières, *The Hate U Give*, a été un succès partout dans le monde, et a été couronné de nombreux prix – comme, en France, le Prix des Libraires Libr'à Nous. Elle est aussi l'autrice des romans *Parée pour Percer* et *Concrete Rose*, et du carnet d'écriture *Find Your Voice – Trouve ta voix*. *The Hate U Give* a été adapté avec succès au cinéma.

Nic Stone

Elle est l'autrice de plusieurs romans réalistes juniors et young adult bestsellers et primés aux États-Unis. Elle a également couché sur le papier les aventures de la super-héroïne noire Shuri pour Marvel.

Ashley Woodfolk

Après avoir travaillé dans l'édition jeunesse, elle s'est lancée à temps plein dans l'écriture. Ses romans young adult, qui mettent en scène des héroïnes noires, connaissent un important succès outre-Atlantique.

Nicola Yoon

Ses romans *Everything Everything* (également adapté en film) et *The Sun Is Also A Star*, sensibles et lumineux, ont connu un immense succès en France comme aux États-Unis. *Instructions for Dancing* est sa dernière romance. En plus de ses activités d'autrice, elle a créé une collection de fiction young adult mettant à l'honneur les histoires d'amour avec des héros de couleur et écrites par des auteurs de couleur.

Bonus

Cher·ère lecteur·rice,

Éteins la lumière, attrape ta lampe de poche ou allume une bougie, et embarque avec nous sur le chemin de l'amour.

Laisse-moi te raconter comment tout a débuté…

Quand le monde s'est refermé sur lui-même en plein cœur de la pandémie de Covid-19, il a été compliqué pour nous comme pour quiconque de trouver du sens à ce qu'il se passait. Nos plannings d'écriture étaient suspendus. Nos rencontres dans les écoles avaient été annulées. Les salons du livre avaient été arrêtés. Tout ce que nous avions l'habitude de faire avait été interrompu.

Je vis à New York, dans le quartier de Harlem. Pendant le confinement, j'ai eu l'impression que toute la ville avait été mise sur pause, et que plus personne ne savait quoi faire, ni que ressentir face à tout cela. On avait l'impression que les lumières avaient été éteintes… exactement comme dans le livre.

J'ai passé beaucoup de temps avec ma nièce de quatorze ans, à regarder des séries et des films pour ados, afin de passer des bons moments malgré tout. Je me souviens qu'elle s'est plainte une fois du manque de grandes histoires d'amour avec des personnages noirs, et j'ai pensé : « Ça serait génial si mes amies et moi, nous pouvions apporter un peu d'amour dans le monde, surtout maintenant, comme une petite lanterne dans la nuit. »

Puisque nos emplois du temps avaient été bouleversés, j'ai rapidement décrit cette idée à cinq de mes plus proches amies, qui se trouvent être de talentueuses autrices en Young Adult ☺ J'ai beaucoup de chance qu'elles aient accepté de me suivre les yeux fermés et avec autant d'enthousiasme, alors même que le roman n'était pas sûr d'aboutir. Leur décision reposait sur leur confiance et leur amour. Nous savions toutes à quel point ce projet était important.

Chacune d'entre nous a choisi un endroit de la ville ainsi qu'un schéma propre à la romance pour l'utiliser dans notre histoire, avec de quoi plaire à tout le monde : des ennemis qui craquent l'un pour l'autre, des amitiés qui se transforment en crush, des coups de foudre, des triangles amoureux, des ex qui redeviennent amis... Il y a bien plus d'une façon de vivre l'amour.

Les adolescents noirs méritent de se reconnaître dans tous les types d'histoires : celles qui traitent de violences policières et de racisme systémique, mais aussi dans des histoires de magie, de joie, d'amour. Si les adolescents n'ont à leur disposition qu'un seul type de livre, j'ai peur qu'ils croient ensuite que c'est ce à quoi va nécessairement ressembler leur propre histoire. À ça et à rien d'autre. Qu'ils ne peuvent être que des personnages secondaires impertinents, des jeunes en colère, des victimes, ou même des leçons de vie pour les adolescents non racisés. Comme les autres, les lecteurs noirs méritent un large éventail de livres à leur image, et, plus encore, ils méritent des grandes histoires d'amour.

Garde ton cœur ouvert. Et surtout, souviens-toi que les histoires d'amour brillent toujours, même quand les lumières s'éteignent.

Avec tout mon amour,

Dhonielle Clayton

Guide de survie en cas de panne générale en plein été

Pour Dhonielle

Encas : des mini chamallows. Pile la taille pour une bouchée de sucre revigorante, je ne peux plus m'en passer en ce moment.

Livre : *Chroniques des vampires*, d'Anne Rice. Tant qu'à faire, le relire à la lumière des bougies.

Musique : *Black Messiah* de D'Angelo. Parfait pour se détendre dans le noir – D'Angelo ne déçoit jamais.

Vêtements : des tongs, des sous-vêtements propres et un pantalon confortable.

Un truc utile : une batterie externe de téléphone et du déodorant. La nuit va être longue, je vais avoir besoin de rester propre et d'avoir de la batterie.

Bonus : un ventilateur.

Pour Tiffany

Encas : des cookies aux pépites de chocolat. Parce que je suis constituée à 75 % de pâte à cookies.

Livre : la saga *Twilight*. Elle m'apaise.

Musique : une playlist de musique soca et afro-beat. Quand les lumières s'éteignent, la fête peut commencer !

Vêtements : un short, un débardeur et des tongs, pour être aussi à l'aise que possible.

Un truc utile : mon kit de survie en cas d'apocalypse zombie (et honnêtement, si tu n'en as pas déjà un, tu ne peux pas être dans mon équipe *Walking Dead*).

Bonus : une bonbonne de gaz. Voir point précédent.

Pour Nic

Encas : un assortiment de fruits secs faits maison qui déchire, avec des mandarines séchées, des pistaches entières, des chips de parmesan, des noix de pécan caramélisées, des cerises séchées enrobées de chocolat et des framboises lyophilisées. Un délice !

Livre : *La Couleur pourpre*, d'Alice Walker.

Musique : du bon gros hip-hop ! Une playlist avec beaucoup de Future, Migos, Drake, Travis Scott, Saweetie, DaBaby et Megan Thee Stallion.

Vêtements : peu importe, tant qu'il y a plusieurs couches !

Un truc utile : une gourde de deux litres d'eau.

Bonus : du parfum, pour sentir bon même dans le noir.

Pour Angie

Encas : un milkshake protéiné. Je sais, c'est pas très marrant comme choix, mais comme ça je n'aurai pas faim. Je suis en mode survie, OK ?

Livre : peu importe tant que c'est de la fantasy, pour pouvoir m'évader.

Musique : je suis une enfant des années quatre-vingt-dix jusqu'au bout des ongles, donc tout le hip-hop des années quatre-vingt-dix : 2Pac, TLC, etc.

Vêtements : un survêt', ou un short et un t-shirt, ça dépend du temps qu'il fait. J'ai besoin d'être à l'aise. Oh, et des baskets, évidemment.

Un truc utile : un kit de premiers secours, et mon ordinateur pour pouvoir écrire.

Bonus : une Nintendo Switch chargée à 100 %, histoire de jouer à *Animal Crossing*.

Pour Ashley

Encas : ce que je préfère et en toute circonstance, plus encore dans les moments stressants, c'est les Oatmeal Creme Pies (deux biscuits à l'avoine séparés par une couche de crème). Donc en avoir quelques-uns sous la main m'irait parfaitement en cas de coupure de courant. Après, si je pouvais avoir autre chose, ce serait des mini bretzels, de préférence avec du houmous épicé pour les tremper dedans. Et pour la boisson, je choisirais probablement du soda à la fraise ou un Arizona à la mangue.

Livre : j'adorerais avoir sous la main des histoires d'amour estivales pour faire passer le temps, comme *Now That I've Found You* de Kristina Forest, *Rise To The Sun* de Leah Johnson ou encore la série *L'Été où je suis devenue jolie* de Jenny Han.

Musique : *King of Summer* d'ayokay est la bande-son de mes étés (il y a quelque chose de très estival dans l'electronic dance music), ou l'album *Collapsed in Sunbeams* d'Arlo Parks.

Vêtements : j'espère que je porterai quelque chose de cool, comme une robe longue à bretelles.

Un truc utile : une bouteille d'eau ! Très important de rester hydratée.

Bonus : mon sac à main. Qui est un sac à main new-yorkais. Ce qui veut dire que c'est un sac géant dans lequel je peux mettre tous les autres trucs dont je pourrais avoir besoin.

Pour Nicola

Encas : des pâtés jamaïcains fourrés au bœuf, avec un pain au lait de noix de coco. C'est la nourriture parfaite pour la situation : délicieuse et nourrissante, et tu peux la manger avec une seule main.

Livre : *The Norton Anthology of Poetry*, cinquième édition. Non seulement c'est un livre qui m'inspire, dont la poésie est très belle, mais en plus c'est une vraie brique qui peut être utilisée pour frapper quelqu'un à la tête en cas de besoin.

Musique : *Love* de Kendrick Lamar et *Videotape* de Radiohead, ce sont deux des plus parfaites chansons jamais écrites.

Vêtements : une robe d'été (de préférence une robe à fleurs) pour ne pas avoir trop chaud, et des sandales confortables au cas-où il faudrait beaucoup marcher.

Un truc utile : *The Norton Anthology of Poetry*, pour les raisons énoncées plus haut.

Bonus : des Legos®, parce que ce sont les meilleurs jouets du monde.

MIXTE
Papier issu de sources responsables
FSC® C022030

Cet ouvrage a été composé par IGS-CP
à L'Isle-d'Espagnac (16)

N° d'éditeur : 10276384
Achevé d'imprimer sur Roto-Page en mai 2022
par l'Imprimerie Floch à Mayenne
N° d'impression : 100415
Imprimé en France